Irrungen, Wirrungen

Theodor Fontane

얽힘 설킴

초판 1쇄 인쇄 2017년 7월 14일
초판 1쇄 발행 2017년 7월 21일

지은이 | 테오도어 폰타네
옮긴이 | 박광자
발행인 | 신현부

발행처 | 부북스
주소 | 04601 서울시 중구 동호로17길 256 – 15
전화 | 02-2235-6041
팩스 | 02-2253-6042
이메일 | boobooks@naver.com

ISBN 979-11-86998-55-7   04850

이 도서의 국립중앙도서관 출판예정도서목록(CIP)은 서지정보유통지원시스템 홈페이지(http://seoji.nl.go.kr)와 국가자료공동목록시스템(http://www.nl.go.kr/kolisnet)에서 이용하실 수 있습니다.(CIP제어번호: CIP2017016530)

부클래식

069

———

얽힘 설킴

테오도어 폰타네

박광자 옮김

차례

I

쿠어퓌르스텐 제방 길[1]과 쿠어퓌르스텐 길이 만나는 지점에서 동물원과 대각선 방향으로, 1870년대 중반까지도 큰 농원이 들판으로 이어지는 것을 볼 수 있었다. 그 길에서 백 보 정도 안쪽에 비록 뒤편에 있는 작은 집이긴 하지만, 창문이 세 개 있고 마당이 딸린 작은 집이 길을 지나는 사람들 눈에 금세 띄었다. 이 작은 집 때문에 본채 건물은 마치 무대배경처럼 뒤에 숨어 보이고, 초록색과 붉은색으로 칠해진 꼭대기만 보이는 작은 목조탑과 뾰족 탑 아래에 남아있는 시계의 문자반을 보면 (실제 시계의 흔적은 없다) 농원 안쪽에 전혀 다른 무엇이 숨어 있는 것이 확실했다. 비둘기들이 종종 탑 주변을 맴돌고 개 짖는 소리가 가끔 들리는 것을 보면 이런 상상에 더욱 심증이 갔다. 왼편 구석의 출입문이 새벽부터 밤늦게까지 열려 있어서 마당 일부가 들여다보이지만, 그 개가 어디에 있는지 보이지 않았다. 일부러 뭔가를 숨기려는 것은 아니지만, 이 이야기가 시작되는 시기에 이 근처를

---

1   쿠어퓌르스텐담(kurfürstendam) 보통 줄여서 쿠담으로 부르는데, 현재 베를린의 중심가이다.

지나가는 사람은 창문이 세 개 있는 작은 집과, 마당에 서 있는 과일나무 몇 그루를 보는 것으로 만족해야만 했다.

성령강림제[2] 다음 주였다. 낮이 긴 계절이라 눈부신 해는 오래도록 지지 않았다. 하지만 지금은 해가 이미 빌머스도르프 교회 탑 뒤로 넘어가서, 마당은 온종일 내리쬐던 햇볕 대신에 석양으로 물들어가고 있었다. 동화에나 나올듯한 이 마당의 적막감을 능가하는 것은 님프췌 부인이 양녀 레네와 세를 들어 사는 집의 적막함이었다. 부인은 집 전체를 차지하다시피 하는 거실에서 1피트 높이의 큰 벽난로 앞에 언제나 그렇듯이 몸을 웅크리고 앉아, 계속 위아래로 뚜껑을 들썩이며 김을 내뿜는 그을린 찻주전자를 바라보고 있었다. 두 손으로 불을 쬐면서 이런저런 생각에 빠져 있느라 그녀는 현관문이 열리고 건장한 여자가 소란스럽게 들어오는 것을 알아채지 못했다. 이웃 여자가 헛기침하고 들어와서 친구이자 이웃인 그녀의 이름을 다정하게 부르자 그제야 부인은 몸을 돌리며 반갑고, 다정하게 말했다. "아이고, 되르 부인, 어서 오세요. '성'에서 이렇게 왕림을 하셨네요. 그 댁이야 탑까지 갖추었으니 영락없는 성이죠. 어서 이리 앉으세요. 바깥 분이 좀 전에 외출하시는 걸 봤어요. 맞죠? 오늘이 구주희[3] 하러 가시는 날이죠?"

---

2   예수 부활 후 50일째 되는 날로 오순절이라고도 한다. 대개 5월 말이다.
3   구주희(九柱戲): 볼링과 비슷하나 핀을 아홉 개 세워놓고 하는 게임이다.

되르 부인이라는 여자는 건장하고 꽤 당당해 보이는 부인으로 착하고 믿음직해 보이지만, 어딘지 모자라는 구석이 있었다. 하지만 님프취 부인은 그런 것에 개의치 않고 같은 말을 되풀이했다 "그래요, 구주희 하시는 날이에요. 그런데 되르 부인, 바깥분 모자는 이젠 안 되겠어요. 색이 너무 낡아서 흉잡히게 생겼어요. 이제 그건 없애고 새것으로 바꾸세요. 그래도 남편 분은 눈치채지 못할 거예요. 되르 부인, 의자를 가지고 어서 이리 오세요, 아니면 여기 걸상에라도 잠깐 앉아 봐요. 레네는 나를 두고 다시 외출했어요."

"그러니까, 그 사람이 왔나요?"

"맞아요. 둘이서 빌머스도르프 쪽으로 갔어요. 인도를 따라서 갔어요. 그 길에선 아무하고도 마주치지 않죠. 이제 돌아올 때가 되어 가는군요."

"그럼 나는 갈래요."

"되르 부인, 그럴 필요 없어요. 그분은 들어오지 않아요. 혹시 들어온다고 해도 정말 괜찮아요."

"알아요, 그건 알아요. 그런데 일은 어떻게 되어가고 있나요?"

"글쎄요, 어떤 상황이라고 해야 하나? 그 앤 이런저런 생각을 하면서, 안 받아들일 생각인 것 같아요."

"어머나!" 되르 부인은 님프취 부인이 내민 걸상보다 좀 더 높은 걸상을 끌어당겼다. "맙소사, 저런, 그건 좋지 않아요. 생각은 자고로 나쁜 일의 시작이거든요. 장담합니다. 보세요, 님프취 부인, 나도 처지가 같았지만 쓸데없는 생각 같은 것 하지 않았어요. 그랬기 때문에 내 경우는 그나마 완전히 다르게 풀린 거 예요."

되르 부인은 상대방이 자신의 말을 제대로 알아듣지 못한 것 으로 생각하고 계속 말했다. "나는 머릿속에 쓸데없는 생각을 하 지 않았기 때문에 일이 원만하게 풀려서 되르와 결혼하게 됐어 요. 대단할 것은 없지만 나름 괜찮아서 어디서나 얼굴은 들고 다 닐 수 있었어요. 내가 호적계로 가지 않고 되르와 교회로 갔던 것 도 그런 이유예요. 그냥 결혼신고를 하면 말들이 많거든요."

님프취 부인은 고개를 끄덕였다. 하지만 되르 부인이 계속 말을 이었다. "그래요, 교회로 갔어요. 성 마태 교회로 갔는데 주례 목사는 빅셀[4] 목사였어요. 그런데 님프취 부인, 나는 레네 보다 더 크고 훨씬 매력이 있었어요. 훨씬 예뻤다고 할 수는 없 지만 (이것도 꼭 맞는 말이라고 할 수는 없죠, 사람들 취향은 가 지각색이니까요) 나는 레네보다 더 통통했는데, 그걸 좋아하는 사람들이 많았어요. 맞아요. 그랬어요, 내가 훨씬 탄탄하고 체중 이 나갔는데, 나한테는 뭐랄까 확실히 다른 면이, 솔직하고 단 순한 면이 있었어요. 그리고 그 사람, 내 백작도 쉰 살이 넘었지 만 역시 단순한 사람, 항상 즐거운 사람이어서 점잖은 것 하고 는 거리가 멀었죠. 그래서 내가 수백 번 '안 돼요, 백작님, 이러 지 마세요. 이러면 정말 안 돼요'라고 말했죠 ……. 나이 든 사람 들은 익례 그래요. 그래서 하는 말인데 님프취 부인, 내 말은 쓸

---

4   카를 아우구스트 루드비히 빅셀(1803~1889): 당대 유명한 루터교 목사.

데없는 생각은 안 된다는 거예요. 그건 끔찍한 일이에요. 레네의 남작을 볼 때마다 내 백작이 어땠나를 생각하면 창피해요. 레네로 말할 것 같으면, 천사는 아니어도 그 애는 얌전하고 부지런해서 뭐든지 잘하고 올바르고 정직해요. 그렇지만 님프취 부인, 그 점이야말로 비극이에요. 오늘은 여기 내일은 저기로, 이리저리 뛰어다니는 사람은 실패하지 않는 법이고, 넘어져도 고양이처럼 금방 다시 일어날 수 있어요. 하지만 만사를 진지하게 받아들이고 모든 것을 전부 사랑으로 내어주는 착한 아이들은 심각하지요 ……. 아니, 혹시 별로 심각한 일이 아닌가요? 레네는 양녀이지, 부인의 진짜 혈육은 아니니까요. 그 애가 혹시 어느 귀한 집 공주님인지도 모르죠."

그런 빈정대는 말을 듣자 님프취 부인은 고개를 흔들며 뭔가 말하려는 듯했다. 하지만 되르 부인은 이미 일어나서 마당에 나 있는 길을 내다보며 말했다.

"어머나, 저기 돌아오네요. 오늘은 재킷에 바지, 사복 차림이네요. 그래도 역시 멋있어요. 남작이 레네의 귀에다 뭐라고 하니까 레네가 웃음을 터트리고 나서, 금방 얼굴을 붉히네요 ……. 이제 돌아가는데, 내 생각엔 되돌아올 것 같아요. 아니, 아니네요. 그냥 손만 한 번 더 흔드네요. 레네가 손으로 키스를 보내고 있어요 ……. 그래요, 나는 저런 것이 정말 마음에 들어요. 정말이지 달라요, 내 백작은 저렇지 않았거든요."

되르 부인은 계속 말을 하다가 레네가 들어오자 두 사람은 인사를 나누었다.

2

다음날 오전 이미 높이 떠오른 해는 되르 농원의 채소밭과 전날 저녁에 님프취 부인이 조롱 반 농담 반 '성'이라고 부른 건물을 포함한 여러 건물을 비추고 있었다. 그런데 그 '성'으로 말하자면 어둠 속에서는 그런대로 당당해 보이지만 오늘처럼 사정없이 내리쬐는 햇볕 아래에서는 고딕식의 창문이 달리고 꼭대기까지 칠을 한 보잘것없는 목조건물에 불과했다. 건물 양쪽 박공벽은 짚과 점토를 섞어서 골조를 덧댔는데, 단단한 이 부착물은 두 개의 다락방하고 그런대로 어울렸다. 아래의 나머지 공간은 돌바닥으로 되어있는데 여러 개의 사다리가 바닥에서 위로, 비둘기장으로 쓰이는 탑에까지 놓여 있었다.

과거에 이 건물이 아직 되르의 소유가 아닐 적에 이 거대한 목조 건축물은 콩 넝쿨이나 물뿌리개를 보관하는 창고나 감자 저장소로 사용되었다. 수년 전 이 농원이 지금의 소유주에게 팔리고 나서 본채는 님프취 부인에게 세를 내주고, 고딕식으로 칠한 목조건물에는 앞서 말한 두 개의 다락방을 만들어 당시 홀아비가 된 되르의 집으로 꾸몄는데, 정밀로 형편없는 집이었다. 얼마 뒤 그가 재혼했지만, 사정은 조금도 달라지지 않았다. 창문 없는 이 창고는 돌바닥이라 시원하기 때문에 여름 동안은 지내기가 나쁘지 않지만, 겨울이 되고 만약에 마당 건너편에 있는 두 개의 커다란 온실이 없다면 되르 부부와 전처소생의 좀 모자라는 스무 살 난 아들은 추위에 떠는 수밖에 없을 것이다. 되르 집안의 식구는 11월부터 3월까지 전적으로 온실에서 지냈다. 날씨가 따뜻해지고 심지어 더운 계절에도 가족의 생활은 햇볕을 피할 필요가 없는 한 대부분 이 온실 안에서 이루어졌는데, 온실 안에 모든 것이 편리하게 갖춰져 있기 때문이었다. 여기에는 선반과 화분대가 있어 온실 꽃의 신선한 향기를 매일 아침 맡을 수 있고, 소와 염소의 축사, 마차를 끄는 개의 집도 있었다. 가운데에 좁은 고랑이 있는 50보 길이의 온상도 여기서부터 두 줄로 시작되어 뒤편의 넓은 채소밭으로 이어졌다.

채소밭이 손질이 잘되지 않은 까닭은 무엇보다도 되르가 정돈에 소질이 없는 데다가 닭을 무척 좋아해서 닭들이 멋대로 쪼아 먹고 파헤치는 피해쯤은 아랑곳하지 않는 까닭이었다. 닭들의 피해는 실제로 별것 아니었는데, 아스파라거스밭을 제외하면 실제로 그의 농원에는 별로 값나가는 것이 없기 때문이었다. 되르는 평범한 품종일수록 더 이익이 난다는 생각에서 마저럼[5] 같은 향신료나 특히 풋마늘[6]을 소중하게 여겼다. 진짜 베를린 사람들은 바이스비어[7], 길카 브랜디, 풋마늘, 이 세 가지면 된다는 것이 그의 지론

---

5   스위스 원신의 향기로운 허브로 진정 작용이 있다.

6   흔히 리크라고 불리는 양파와 부추의 중간.

7   보통 맥주보다 밝은색을 띠어 흰 맥주라는 바이스비어라는 이름으로 부르

이었다. 그는 언제나 '풋마늘로 낭패 봤다는 말은 들어본 적 없다'고 말끝을 맺었다. 되르는 유별나게 독자적으로 생각하는 사람이어서 남들이 뭐라 하든 상관하지 않았다. 연애결혼인 두 번째 결혼도 그런 것이었는데, 물론 아내가 남다른 미인이라는 점이 작용한 것이 사실이었지만, 전에 그녀가 백작과 관계가 있었다는 것을 되르는 결점이 아니라 오히려 아내의 매력을 입증하는 것으로 생각했다. 물론 그건 과대평가였다. 하지만 되르라는 인물 역시 자연에서 복 받은 것이 별로 없어서 이야기할 만한 것은 별로 없었다. 중간 정도의 마른 몸집에, 머리와 이마에는 백발이 다섯 가닥 정도 늘어져 있어서 왼쪽 눈과 관자놀이 사이에 눈에 띄는 갈색 천연두 자국마저 없다면 극히 평범한 모습이었다. 그의 아내가 거리낌 없이 "그이는 쪼글쪼글해서, 왼쪽에서 보면 보르스도르프 사과[8] 같아요."라고 말하는 것도 근거 없는 말은 아니었다.

그 말은 맞는 말이었다. 언제나 커다란 챙이 달린 아마포 모자를 깊숙이 내려써서 얼굴의 평범함과 특이점 모두가 다 감춰져 있지만, 사람들은 이 모자 표식만으로도 쉽게 그를 알아보았다.

챙 달린 모자를 깊이 내려쓴 오늘, 그러니까 앞서 되르 부인과 님프취 부인이 이야기를 주고받은 그 다음 날, 그는 온실 앞

지만, 바이에른 밖에서는 바이첸비어라고 부른다.

8   라이프치히 근처 보르스도르프에서 생산되는 사과에는 작은 갈색 반점이 있었다.

에 있는 화분대 앞에서 다음 날 7일장에 가져갈 십자화와 제라늄 화분을 추려내는 중이었다. 이것은 화분에서 기른 것이 아니라 나중에 화분으로 옮겨 심은 것이었다. 그는 내일 장을 보러 나와서 5페니히 싸게 사지만 결국 자신에게 속게 될 '사모님들'을 마음속으로 비웃으며 화분을 만족스럽게 만지고 있었다. 그것은 그에게 큰 즐거움이자 그의 주된 정신생활이기도 했다. "약간 실랑이하는 거, 난 그게 정말 재미있어!"

그가 이렇게 혼잣말하고 있을 때 마당에서 집 지키는 강아지의 소리에 수탉의 절망적인 비명이 섞여 들려왔다. 그것은 다름 아닌 '그의' 닭, 은빛 깃털을 한 소중한 수탉의 울음소리였다. 마당을 쳐다보니 암탉들은 흩어져 도망을 가고, 배나무 위로 올라간 수탉만이 아래에서 짖어대는 개를 피해 연신 도움을 호소하고 있었다.

"망할 놈 같으니." 되르가 성이 나서 소리쳤다. "옆집 볼만 집의 개로군 ……. 또 울타리를 뚫고 들어왔어. 어디 두고 보자."라고 말하고 그가 손질하던 제라늄 화분을 급히 내려놓고 개집으로 달려가 사슬을 끌러 커다란 개를 풀어놨다. 개는 쏜살같이 마당으로 달려갔다. 하지만 되르의 개가 배나무에 닿기도 전에 볼만 집의 개는 달아나서 울타리 밑을 기어 밖으로 사라졌다. 마차를 끄는 여우 빛깔의 개는 성큼성큼 뒤를 따라갔지만, 구멍이 발바리만 겨우 기어들어갈 크기여서 쫓아가는 것을 포기하는 수밖에 없었다.

그러는 사이 되르가 갈퀴를 들고 달려왔지만, 그 역시 별도리

없이 개와 얼굴만 마주 보았다. "줄탄, 안 되겠다." 그러자 줄탄은 꾸지람이라도 들은 듯 시무룩해져서 천천히 자기 집 쪽으로 걸어갔다. 밖에서 밭고랑을 뛰어다니는 강아지를 바라보면서 되르가 말했다. '빌어먹을, 공기총을 마련해야지 안 되겠어. 멜레스 총포상이든 어디든 가서 하나 사야겠어. 남몰래 그놈만 처치해버리면, 수탉도 암탉도 다 조용해지겠지. 내 닭들 말이야.'

하지만 수탉은 제발 조용히 하라는 되르의 요구를 무시하고, 앞서와 마찬가지로 목이 터지라 울어댔다. 수탉은 자랑하듯 은빛 목을 쭉 빼더니 배나무 위에 올라간 것은 멋진 계략, 아니면 단순한 기분전환이었다고 암탉들에게 보여주려는 듯했다.

되르가 말했다. "저런, 수탉 꼴 좀 보게. 별난 재주라도 부린 척하네. 용기도 없는 놈이 말이야!"

그러면서 그는 다시 화분대로 일하러 돌아갔다.

3

그때 되르 부인이 아스파라거스를 캐면서 이 광경을 바라보고 있었는데, 이런 일은 사흘이 멀다고 되풀이되는 일이어서 별로 관심을 두지 않았다. 일을 계속하면서 온상을 자세히 훑어보아도 '흰 꼭지'가 눈에 더 띄지 않자 그녀는 찾는 것을 단념했다. 바구니를 팔에 걸고 그 안에다 작은 칼을 넣은 후 그녀는 무리에서 벗어난 병아리 몇 마리를 몰면서 농원의 가운데 길을 천천히 지나 안마당으로 들어와 남편이 장으로 갈 채비를 하고 있는 화분대로 갔다.

"이런, 여보, 즈젤렌" 되르가 아내를 맞았다. "당신 여기 있군, 그러면 다 봤겠네, 볼만 그놈이 또 와서 법석을 부렸어. 내가 잡아서 볶을 테니, 두고 봐. 기름이 좀 있겠지, 비계는 줄탄 주면 돼 ······. 즈젤, 개의 비계는 말이지 ······." 그는 얼마 전부터 효과가 있다고 믿는 통풍요법을 늘어놓을 생각이었다. 하지만 그 순간 아내의 팔에 아스파라거스 바구니가 매달려 있는 것을 보자 그것을 중단하고 말을 이었다. "자, 어디 한번 볼까? 어디 좋은가?"

"그냥 좀." 되르 부인이 말하고 반도 안 되게 들어있는 바구니를 내보이자 그가 고개를 저으면서 몇 개를 손가락으로 만지

작거렸다. 줄기는 대개 가늘고, 부러진 것도 섞여 있었다.

"여보, 즈젤, 비난하는 건 아니지만, 당신은 아직도 아스파라거스를 보는 눈이 없어."

"아뇨, 있어요. 그렇지만 난 재주는 못 부려요."

"싸우지 맙시다, 즈젤. 그래 봤자 소용없으니. 하지만 이대로 가면 굶어 죽어."

"그럴 리 없어요. 여보, 불평은 그 정도만 해요. 아스파라거스가 땅속에 있는 이상 오늘 나오나 내일 나오나 마찬가지예요. 성령강림제 이전처럼 비가 한번 쏟아지면 돼요. 두고 봐요, 비가 올 거예요. 빗물 통 냄새 좀 맡아보세요. 왕거미도 구석으로 기어들어갔어요. 당신이 욕심을 내니까 매일 나한테 무리한 요구를 하고 있어요."

되르가 소리 내서 웃었다. "자, 전부 잘 묶어, 흠이 좀 있는 것도. 당신은 가끔 빠트리는 게 있어."

"그렇게 말하지 말아요." 평소에 남편의 태도를 못마땅하게 생각하는 아내가 남편의 말을 가로막고 평소처럼 오늘도 애정의 표시로 남편의 귓불을 한번 잡아당기고 '성'으로 들어갔다. 그녀는 돌을 깐 바닥에 편안하게 앉아 아스파라거스 다발을 묶을 생각이었다. 그런데 항상 거기 놔두는 걸상을 문지방 쪽으로 끌어오려는 순간 건너편에 님프춰 부인이 사는 창문 셋 달린 집의 뒤쪽 창이 활짝 열리더니 양쪽 문고리를 (너무 활짝 열리지 않도록) 묶는 소리가 들렸다. 그와 동시에 프리즈[9] 스커트에다 라일락 무늬의 큼지막한 재킷을 입고 잿빛 금발에 작은 두건을 쓴 레네가 이쪽을 향해 정답게 인사하는 것이 보였다.

되르 부인도 정답게 답례를 하며 말했다. "항상 창문을 열어 두네. 그건 좋은 일이야, 레네헨. 벌써 날씨가 더워지고 있어. 오늘도 더울 것 같아."

"그래요, 더워서 어머니께선 머리가 아프시데요. 그래서 뒷방에서 다리미질하려고 해요. 이쪽이 더 좋거든요, 앞쪽에선 아무것도 안 내다보여요."

"그 말이 맞아." 되르 부인이 말했다. "나도 그쪽 창가로 갈게. 함께 얘기를 주고받으면 일이 더 잘되니까."

"어머나, 감사합니다, 아주머니. 하지만 창 앞은 햇볕이 너무 뜨거울 거예요."

"괜찮아, 레네. 파라솔을 가져올게. 낡아서 온통 기웠지만 그래도 제구실을 하니까."

5분도 채 안 되어 되르 부인이 창 앞으로 걸상을 끌고 와서 마치 장다름 광장[10]에라도 있는 것처럼 대를 꽂은 파라솔 아래 편안하고 자신 있게 자리를 잡았다. 방 안에서 레네가 의자 두 개를 창가에 바짝 붙이고 그 위에다 다림질 판을 올려놓았기 때문에 이제 두 사람은 서로 손이라도 잡을 수 있을 만큼 가까웠다.

---

9   거친 모직의 일종.

10   베를린의 유명한 광장으로 장이 열렸다.

다리미가 열심히 오가기 시작했고, 되르 부인은 아스파라거스를 골라내고 슈느라고 분주했다. 그녀는 가끔 일손을 멈추고 창으로 방 안을 들여다보았는데 방 안에는 다리미의 열판을 달구기 위해서 화로가 뜨겁게 달아올라 있는 것이 보였다.

"접시 좀 줘 봐, 레네. 접시든 사발이든 다 괜찮아." 레네가 담을 그릇을 신속히 가져오자 부인은 그동안 골라서 앞치마에 담아둔 흠 있는 아스파라거스를 거기에 담았다. "자, 레네, 이거면 아스파라거스 수프를 만들 수 있어. 이거나 성한 거나 차이가 없어. 모두 최고만 찾지만 그건 어리석은 거야. 꽃양배추도 마찬가지야. 모두 하얀 속만 찾지만 그건 잘못된 생각이야. 사실은 줄기가 제일 좋은 부분이야. 영양소는 거기에 다 있어. 중요한 건 영양가니까."

"어머나, 아주머니, 감사합니다. 하지만 아저씨께서 뭐라 하지 않으실까요?"

"그이? 괜찮아, 레네. 그이가 뭐라든 상관없어. 항상 탓만 하는 사람이니까. 흠이 있는 것도 함께 묶어서 말짱한 것으로 보이게 만들라고 나한테 말하지만, 난 그렇게 속이고 싶지 않아. 흠이 있는 거나 없는 거나 다를 것이 없고, 맛도 마찬가지야. 하지만 돈 내고 사는 사람들한테는 제대로 된 것을 줘야지. 씨만 뿌리면 자연히 열매를 맺는데, 그이가 구두쇠처럼 구는 걸 보면 화가 나. 농사꾼들은 원래 모두 욕심을 부리고 항상 불평이 많아."

"그래요." 레네가 웃었다. "아저씨는 인색하고 좀 이상한 점도 있지만, 그래도 틀림없이 좋은 남편이세요."

"그래, 레네야. 몹시 나쁜 사람은 아니지. 그리고 인색한 것이 낭비하는 것보다 백배는 나아. 단지 너무 추근거리지만 않았으면 좋겠어. 항상 내 옆에서 떨어지질 않으려 한다니까! 믿지 않겠지만, 항상 따라 다녀. 정말이지 한심한 정도야. 쉰여섯이나 되는데 말이야. 아니, 어쩌면 한 살 더 많은지도 몰라. 형편에 따라 거짓말도 하는 사람이니까. 그런데 무슨 말을 해도 소용이 없어. 전혀 소용이 없어. 내가 귀가 닳도록 뇌졸중 얘기를 하면서 절뚝거리고 입이 비뚤어진 사람들을 보라고 하지만 그 사람은 웃기만 하고 내 말을 듣지 않아. 그러다가 곧 그런 신세가 되고 말 거야. 레네, 그렇게 될 게 틀림없어. 곧 그렇게 된다니까! 하지만 전부 다 나한테 준다고 문서로 해 놓았기 때문에 별로 할 말은 없어. 심은 대로 거두는 거니까. 그런데 오늘 내가 뇌졸중이 어떻다니 남편이 안짱다리라느니 흉만 봤네. 어째, 레네, 하지만 이 세상에는 전혀 다른 사람도 있지. 전나무처럼 늘씬하게 자란 사람 말이야. 레네, 그렇지 않아?"

이 말에 그렇지 않아도 붉은 레네의 얼굴이 한층 더 붉어졌다. "열판이 식었어요." 그녀가 다림질 대에서 뒤로 물러나 화로로 가서 지금까지 쓰던 열판을 새것과 바꾸기 위해 석탄 위에다 올려놓았다. 이 모든 일을 그녀는 순식간에 했다. 그러고 나서 재빠르게 새로 달궈진 열판을 집게로 다리미에다 끼워 넣고 다리미 입구를 닫았다. 그런 뒤에야 그녀는 아직도 되르 부인이 대답을 기다리고 있는 것을 알았다. 착한 부인은 확실하게 하려고 질문을 다시 반복하면서 한마디 더 덧붙였다. "그분이 오늘 오지?"

"네, 적어도 약속은 했어요."

"이젠 말해 줘, 레네." 되르 부인이 말을 이었다. "어떻게 만나게 된 거야? 어머니는 말을 안 해 줘. 말을 해도 뒤죽박죽이어서 도대체 알아들을 수가 없어. 자, 어서 말을 해 봐, 스트랄라우에서 만났다는 게 사실이야?"

"네, 아주머니. 스트랄라우에서였어요. 부활절 다음 날이었는데 성령강림제 날처럼 따뜻했어요. 리나 간스아우게가 배를 타고 싶다고 해서 배를 빌리고, 아주머니도 잘 아시는 리나의 남동생 루돌프한테 배를 젓게 했어요."

"맙소사, 루돌프한테? 그 앤 아직 어린애인데."

"그런데 그 애가 노를 저을 줄 안다면서 '누나들은 배가 흔들리지 않게 가만히만 앉아있어요.'라는 거예요. 그 심한 베를린 사투리로 말이에요. 우리는 곧 그 애가 노를 잘 젓지 못한다는 것을 알았기 때문에 배를 흔들지도 않았어요. 그러나 조금 뒤에 걱정도 잊은 채 물결이 흐르는 대로 떠밀려가면서, 옆으로 지나가는 사람들하고 농담을 주고받고 물을 뿌리는 장난까지 했어요. 그런데 우리와 같은 방향으로 가는 보트에 아주 멋진 신사 몇 분이 계속 인사를 건네는 거예요. 우리는 신이 나서 인사를 보냈고 리나는 전혀 모르는데 아는 사람처럼 손수건까지 흔들었어요. 리나는 아직 너무 어리니까요. 그렇게 웃고 장난치며 건성으로 노를 젓다가 한순간 정신을 차려보니 트렙토 쪽에서 증기선이 우리 쪽으로 오고 있는 거지 뭐예요. 아주머니, 상상 좀 해 보세요. 우리는 너무나 놀라서 루돌프더러 키를 어서 돌리라고 소리쳤어요. 정신이 나간 그 애가 키를 잡았지만 배는 제자리에서 빙빙 돌기만 하는 거예요. 우리는 비명을 질렀는데 만일 그때 보트에 탄 남자분들이 구해주지 않았으면 틀림없이 증기선과 충돌했을 거예요. 그분들이 두세 번 노를 저어 우리 옆으로 왔고, 한 분이 보트의 상앗대로 우리 보트를 단단히 끌어당겨 그쪽 보트에 바싹 붙이는 동안 다른 한 분은 증기선 쪽에서 오는 커다란 파도가 우리를 삼키려는 순간 우리를 소용돌이에서 구해주었지요. 선장은 손가락으로 우리를 꾸짖었어요. (나는 그걸 보았는데 너무나 무서웠어요) 이런 일이 있고 나서 잠시 후 우리는 스트랄라우에 도착했어요. 우리를 구해준 두 신사분이 기슭으로 뛰어내리더니 손을 내밀어 정말로 기사처럼 우리가 내리는 것을 도와주었어요. 우리는 튀베크 옆 부두에 서 있었는데 너무 당황스러웠고, 리나는 막 울더군요. 고집 센 허풍쟁이인 데다가 군인을 싫어하는 루돌프는 뚱해서 앞만 보고 있었고요. 마치 '바보들 같으니. 나도 얼마든지 빠져나올 수 있었어.'라는 태도였지요."

"그래. 그 앤 허풍쟁이야. 나도 그 애를 알아. 그런데 그 두 남자분은? 그게 무엇보다도 중요해."

"그분들은 처음에는 안전하다며 위로해 주고, 우리 곁의 다른 테이블로 가서 줄곧 우리를 바라보았어요. 7시가 되니 어둠이 내려앉기 시작해서 집으로 돌아가려니까 한 분이 다가와서 친구와 함께 우리를 바래다줘도 괜찮은지 물었어요. 나는 우쭐해서 말했어요. '생명을 구해주셨는데 기사님의 청을 거절할 수는 없지요. 하지만 잘 생각하셔야 해요. 우리가 사는 곳은 세계의 끝과 같은 곳이거든요. 정말이지 여행이라고 생각할만한 거리입니다.' 이 말에 그분은 친절하게도 '더욱 좋습니다.'라고 말하는 거예요. 그럴 즈음 다른 분도 우리 곁으로 왔어요 ……. 아주머니, 이렇게 솔직하게 이야기하는 것은, 옳은 일은 아닌 것 같지만 한 분이 특히 마음에 들어서 까다롭거나 새침하게 굴 수가 없었기 때문이에요. 그래서 함께 먼 길을 걸어서, 처음에는 슈프레 강가를 따라서 그런 다음에는 운하를 지나서 오게 되었어요."

"그럼 루돌프는?"

"그 앤 마치 일행이 아닌 것처럼 뒤를 따라 왔어요. 그렇지만 하나도 놓치지 않고 다 보면서 신경을 쓰더군요. 그 점은 칭찬할 만했어요. 왜냐면 리나는 이제 겨우 열여덟 살이어서 착하고 순진하기만 한 아이니까요."

"그렇게 생각하니?"

"그럼요, 아주머니, 보기만 해도 알아요. 보면 한눈에 알 수 있거든요."

"그럼, 대개는 그래. 하지만 안 그런 경우도 있어. 그래 정말 그 사람들이 집까지 바래다주었어?"

"네, 아주머니."

"그리고 그 후에는?"

"그 후에 어떻게 되었는지는 아주머니도 아세요. 그분은 다음날 와서 저의 안부를 물었어요. 그리고 그 후 자주 오시는데, 오시면 전 언제나 기뻐요. 왜냐하면, 뭔가를 경험하는 짓은 기쁜 일이니까요. 이런 교외에 살면 자주 외로워요. 그리고 아주머니,

어머니께서는 아무런 반대가 없으세요. 항상 '얘야, 괜찮아. 정신 차릴 사이도 없이 나이를 먹게 된단다.'라고 말하세요."

"맞아, 그래." 되르 부인이 말했다. "님프취 부인이 그렇게 말하는 것을 나도 들은 적이 있어. 님프취 부인 말 그 말대로야. 적어도 무엇이든 생각하기에 달렸어. 교리 문답서를 따르는 것이 좋지. 그건 너도 그렇게 믿고 있을 거야. 하지만 내가 보니까 언제나 그대로 되는 것은 아니야. 사람에 따라서는 그대로 하지 않는 사람도 있는데, 그런 것도 괜찮아. 자기식으로 살면 되는데, 단지 정직하게 살고, 품위를 지키고, 약속을 지키기만 하면 돼. 그러다 혹시 나중에 무슨 일이 일어나게 될 때는 참아야 하고, 불평하지 말아야 해. 이런 것을 잘 알고 항상 기억한다면 그다지 나쁠 것 없어. 나쁜 것은 쓸데없는 것을 생각하는 거야."

"아유, 아주머니." 레네가 웃었다. "무슨 생각을 하시는 거예요. 생각이라뇨! 전 절대 그렇지 않아요. 전 누굴 사랑하면 그냥 사랑할 뿐이에요. 그것이면 충분해요. 그 사람한테 더 바라는 것은 없어요. 정말이지 전혀 없어요. 가슴을 두근거리면서 그 사람이 오는 시간을 손꼽아 기다리고, 다시 올 때까지 가만히 못 참고 기다리는 것, 이런 것에 저는 행복해요. 이것이면 충분해요."

"그래." 되르 부인이 빙그레 웃었다. "그게 맞아, 사랑은 그래야만 해. 하지만 레네, 그분 성함이 보토[11]라는 게 사실이니? 그런 이름은 못 들어 봤거든. 기독교인 이름 같지가 않아."

---

11   당시 로맨틱한 분위기 때문에 비기독교적인 이름이 유행이었다.

"그건요, 아주머니," 레네는 그런 성이 있다는 것을 자세히 설명하려고 몸짓을 했다. 그러나 그녀가 말을 채 꺼내기도 전에 줄탄이 짖고 그와 동시에 현관 쪽으로 누군가가 들어오는 소리가 들렸다. 그러더니 집배원이 나타나 되르 앞으로 온 주문용 엽서 두 장과 레네한테 온 편지를 내놓았다.

"맙소사, 한케 씨네." 되르 부인이, 땀방울을 흘리면서 그녀의 앞에 나타난 집배원에게 말했다. "땀을 많이 흘리네요. 벌써 그렇게 더운가요? 이제 겨우 9시 반인데요. 보아하니 집배원이라는 직업도 쉽지 않네요."

마음씨 좋은 부인이 신선한 우유 한 잔을 가지러 가려 하자 한케가 사양했다. "시간이 없습니다, 되르 부인. 다음에 하지요." 라고 말하면서 그가 떠났다.

그 사이 레네가 편지의 봉투를 뜯었다.

"뭐라고 쓰였어?"

"오늘은 올 수 없지만, 내일 오신대요, 아, 내일이 정말 기다려져요. 할 일이 있어서 다행이에요. 일은 하면 할수록 더 좋아져요. 아주머니, 오늘 오후에 밭에 나가 땅파기를 도와드릴게요. 그렇지만 되르 아저씨가 안 계셔야 해요."

"없을 거야."

두 여자는 헤어졌다. 레네는 되르 부인한테서 받은 아스파라거스를 어머니에게 드리려고 거실로 갔다.

4

보토 남작이 온다는 다음 날 저녁이 되었다. 레네는 마당을 초조하게 왔다 갔다 하고 있었다. 집 안 넓은 거실에는 평소처럼 님프취 부인이 벽난로 앞에 앉아있고, 그 주변에는 오늘도 되르 집안 식구들이 모여 있었다. 되르 부인은 커다란 나무바늘로 남편의 푸른색 스웨터를 짜고 있는데, 아직 모양을 제대로 갖추지 못한 큼지막한 뜨개질 조각을 무릎 위에 올려놓고 있었다. 그 옆에는 되르가 기분 좋게 다리를 포개고 앉아 사기로 만든 파이프로 담배를 피우고 있었다. 아들은 창가의 안락의자에 앉아 붉은 머리를 의자의 측면에 기대고 있었다. 매일 아침 수탁 울음소리와 함께 일찍 일어나기 때문에 그는 자주 지금처럼 피곤해서 잠이 들었다. 아무도 입을 열지 않았기 때문에 뜨개바늘 부딪치는 소리와 가끔 다람쥐가 초막에서 나와 신기한 듯 주위를 돌아보며 먹이를 갉아먹는 소리만이 들렸다. 벽난로와 석양의 노을만이 희미한 빛을 던지고 있었다.

되르 부인이 앉은 자리에서는 마당에 난 길을 내다볼 수 있어서 어두워도 울타리를 따라오고 있는 사람을 알아볼 수 있다. "저기 오시네."라고 그녀가 말했다. "여보, 담배 좀 꺼요. 오늘은 굴뚝처럼 온종일 폭폭 연기를 뿜고 계시네요. 당신 같은 골초를 싫어하는 사람들도 있어요."

이런 말에 되르는 별로 대꾸하지 않았다. 그런데 그의 아내가 잔소리를 더 늘어놓기도 전에 남작이 들어왔다. 남작은 굉장히 기분이 좋아 보였는데 클럽에서 내기에 이겨서 과실주를 마시고 온 때문이었다. 님프취 부인에게 손을 내밀면서 그가 말했다. "안녕하세요? 어머님, 별일 없으시죠? 그리고 되르 부인, 절친한 저의 친구, 든든한 후원자이신 되르 선생님도 안녕하시죠? 선생님, 이런 날씨 어떻습니까? 선생님이나 저한테 딱 맞춤입니다. 5년 중 4년은 물에 잠겨 있어서 미나리아재비 풀만 자라는 우리 집 초지에는 이런 날씨가 필요합니다. 레네한테도 이런 날씨가 필요하죠. 좀 더 밖으로 나가야 하니까요. 레네는 너무 창백해 보여요."

그 사이 레네는 나무걸상을 아주머니 곁에다 갖다 놓았다. 보토 남작이 그 자리를 제일 좋아하는 것을 알기 때문이었다. 그런데 남작이 상석을 차지해야 한다고 굳게 믿고 있는 되르 부인이 얼른 일어나 푸른색 털실 더미를 질질 끌고 가면서 의붓아들에게 말했다. "어서 일어나, 어서 빨리. 빈둥거리기만 하면 어떡할 거야!" 아직도 잠에 취한 불쌍한 아들이 일어나서 자리를 양보하자 남작은 만류했다. "저런, 되르 부인, 그 젊은이를 그냥 두세요, 친구 되르 씨처럼 저도 여기 걸상에 앉는 게 편합니다."라고 그가 말했다.

레네가 손에 들고 있는 걸상을 나이 든 부인 곁으로 그가 밀더니 않으면서 이렇게 말했다. "여기 님프춰 부인 옆자리가 최고의 자리입니다. 나는 이렇게 마음에 드는 벽난로를 본 적이 없어요. 항상 불이 지펴져 있어서 따뜻해요. 그렇습니다, 어머니. 이자리가 제일 좋습니다."

"아이고, 맙소사" 그녀가 말했다. "여기가 제일 좋다니! 다 늙은 세탁부 옆이 뭐가 좋담!"

"좋아요. 여기가 좋습니다. 직업은 모두 다 신성합니다. 세탁부도 그래요. 베를린의 어느 유명한 시인[12]이 자신의 늙은 세탁부를 위해 시를 썼다는 걸 모르십니까?"

"그게 가능한가요?"

"물론 가능하지요. 그리고 시의 마지막에 시인이 뭐라고 썼는지 아세요? 이렇게 말했습니다. '나도 이 늙은 세탁부처럼 살다가 죽고 싶다'고 했습니다."

"그런 사람도 있나요?" 부인이 살짝 떨리는 목소리로 중얼거렸다.

"어머님, 이것도 잊지 마세요, 그 시인의 말이 옳아요. 그리고 나도 전적으로 거기에 동의하고요. 어머니는 그냥 웃고만 계시는군요. 하지만 한번 둘러보세요, 어떻게 생활하고 계시는지 한번 보세요. 프랑스 왕 같습니다. 무엇보다도 집이 있고, 벽난로가 있고, 밭이 있고, 되르 부인이 있습니다. 그리고 레네도 있어요,

---

12 아델베르트 폰 샤미소가 1833년에 쓴 〈늙은 세탁부 Die alte Wasserfrau〉라는 시를 말한다.

안 그런가요? 그런데 레네는 대체 어디 있나요?"

그가 말을 계속 이어가려고 할 때 레네가 쟁반을 들고 들어왔는데, 거기에는 물병하고 사과주가 놓여 있었다. 과일주가 약효가 있다면서 이해하기 어려울 정도로 유난히 좋아하는 남작을 위한 것이었다.

"아니, 레네. 너무 잘 해주면 안 돼. 이렇게 격식을 갖춰서 가져다주니 클럽에라도 온 것 같아. 그냥 손으로 갖다 주는 게 나는 더 좋아. 그리고 손 좀 잡아보게 이리 손 좀 내봐 봐요. 아니, 왼손 말이야. 왼손이 당신의 심장에 더 가깝지. 어서 여기 좀 앉아요. 되르 씨 부부 사이에 앉아요. 내가 마주 볼 수 있도록, 계속 바라볼 수 있도록. 나는 온종일 이 순간을 고대했거든."

레네가 웃었다.

"믿지 않는군. 증거를 보여줄까? 레네, 어제 있었던 파티에서 무얼 좀 가져왔어. 선물을 가져올 때는 그걸 받을 사람 생각을 하면 더 기쁘지. 그렇지 않나요, 되르 씨?"

되르가 빙긋이 웃었다. 그러자 부인이 말했다. "맙소사, 이 사람이요? 이 사람은 선물을 할 줄 몰라요. 긁어모아 저축하는 것밖에 몰라요. 농사꾼은 그래요. 그런데 남작님의 선물이 무엇인지 어서 보고 싶네요."

"더 오래 기다리게 했다간 되르 부인께서 황금 구두나 옛날얘기에 나오는 굉장한 물건으로 생각하시겠어요, 사실은 이겁니다."

그러면서 그가 봉투를 내밀었는데, 안에는 폭죽용 사탕의 포장지가 보였다.

그 안에 든 것은 사탕이었다. 사탕 봉투가 한 바퀴를 돌았다.

"자, 잡아당겨 보죠. 레네, 꼭 잡고 눈을 감아요." 되르 부인은 터지는 소리에 재미있어했는데, 레네의 검지에서 피가 나는 것을 보자 더 재미있어했다. "그거 안 아파, 레네. 난 알아. 새색시가 손가락 찔린 정도야. 내가 아는 어떤 여자는 무슨 기적이라도 일어날 것처럼 찔린 손가락을 정신없이 계속 빨고 또 빨더라!"

레네는 얼굴이 붉어졌다. 하지만 되르 부인은 그것을 보지 못하고 말을 이었다. "자, 남작님, 그 안에 있는 글을 읽어주세요."

우리 사랑에 빠져 혼미하니
하느님과 천사에게 영광을.

"맙소사" 되르 부인이 말하면서 양손을 마주 잡았다. "찬송가 가사 같아요. 전부 다 이렇게 독실한가요?"

"아뇨, 아닙니다." 보토가 말했다. "전부 그렇지는 않습니다. 자, 되르 부인, 우리도 하나 뽑아서 무어라고 쓰여 있는지 한번 보죠."

그러면서 그가 하나 뽑아 읽었다.

아모르의 화살에 깊이 꽂히니
천국과 지옥이 바로 여기로다.

"자, 되르 부인, 어때요? 이건 좀 다르지 않습니까?"

"네, 다르네요. 하지만 마음에 썩 들진 않네요. 이번엔 내가 하나 뽑아볼까요?"

"네"

"지옥 같은 게 나오면 안 돼요. 난 그런 게 있는 것이 싫어요."

"저도요." 레네가 웃었다. "아주머니 말이 맞아요. 항상 맞는 말씀만 하시거든요. 하지만 이런 구절을 보면 시작을, 제 말은 언제든 금방 대화를 시작하실 수 있다는 게 사실인가요? 왜냐면 편지 쓸 때도 마찬가지지만 시작이 제일 어렵거든요. 그래서 나는 어떻게 낯선 여자들하고 (왜냐면 모든 사람을 다 아시는 것은 아니니까요) 그렇게 금방 대화를 시작하실 수 있는지 상상이 안 돼요."

"맙소사, 레네." 보토가 말했다. "그건 생각하는 것처럼 그렇게 어렵지 않아. 아주 쉬워. 원하면 내가 당장 식탁의 대화를 한번 보여줄까?"

되르 부인과 님프취 부인은 기뻐했고, 레네 역시 동의하면서 고개를 끄덕였다.

"자, 시작합니다." 보토 남작이 말을 이었다. "백작 따님이라고 상상을 해봐요. 내가 지금 식탁에 함께 앉아서 이제 첫 수저를 들었어요."

"좋아요. 자 그럼?"

"자, 이제 내가 입을 엽니다. '제가 틀리지 않는다면 어제 아가씨를 플로라[13]에서 어머님과 함께 뵌 것 같습니다. 비난할 일이 아니죠. 요즘 날씨가 워낙 좋다 보니 매일 밖으로 나가고 싶어지니까요. 말하자면 여행 날씨라는 거죠. 숙녀분께서는 계획, 그러니까 여름 여행 계획이라도 있으신가요?' 그러면 당신이 대답하죠. '아직 아무것도 정해진 것은 없어요. 왜냐하면, 아빠는 무조건 바이에른으로 가자고 하시는데, 제가 정말 가고 싶은 곳은 쾨니히슈타인과 바스타이가 있는 작센스위스[14]이거든요.'라고 말합니다."

"그건 정말이에요." 레네가 웃었다.

"어때요, 잘 맞히죠? 그러면 내가 다시 말을 잇습니다. '자, 우리는 취미가 같군요. 나는 작센스위스를 이 세상 어느 곳보다도, 진짜 스위스보다 더 좋아합니다. 대자연의 아름다움에 취해서 항상 산을 헐떡이면서 올라갈 수만은 없지요. 하지만 작센 스위스는 정말 환상적이고 완벽한 곳입니다. 드레스덴이 가까이에 있어서 15분에서 30분이면 그곳에 가서 그림, 극장, 대공원, 츠빙어 궁전, 그뤼네스 게뵐베 박물관을 볼 수도 있습니다. '어리석은 처녀들'[15]을 그린 주전자도 봐야 하고, 무엇보다도 주기도문 전문을 새긴 '버찌 씨'[16]도 구경해야지요. 버찌 씨에 새긴 글

---

13   샤를로텐부르크 성 근처에 있는 유원지.

14   작센주 드레스덴의 남동쪽과 엘베 강 양쪽의 아름다운 산악지대.

15   〈마태복음〉 25장 1절-13장: 신랑을 맞으러 열 처녀가 나갔는데 슬기로운 다섯 처녀는 기름이 가득한 등불을 가지고 나갔지만, 준비를 제대로 못 한 다른 다섯 처녀는 등불에 기름을 구하러 가느라고 신랑을 맞지 못했다.

16   말린 버찌의 씨에다 주기도문을 새겼다.

은 확대경으로만 보입니다."

"아, 그런 식으로 말씀하시는군요."

"그래요. 왼쪽 옆의 여자분, 레네 백작 아가씨하고는 이제 끝내고, 이번에는 오른쪽 옆의 분, 그러니까 되르 남작 부인하고 얘기를 좀…….."

되르 부인은 기쁜 나머지 소리가 날 정도로 무릎을 쳤다.

"자, 되르 남작 부인, 무슨 이야기를 할까요? 우리 스펀지 버섯[17] 이야기를 할까요?"

"어머나, 싫어요. 스펀지 버섯이라니, 남작님, 스펀지 버섯 이야기는 싫어요."

"왜요? 왜 안 되나요? 되르 부인. 아주 진지하고 유익한 이야기인데요. 이건 아주 진지하며, 부인이 생각하는 이상의 의미가 있을 수도 있습니다. 전에 나는 같은 연대에 있던 전우를 만나러 폴란드에 간 일이 있었습니다. 그 친구는 빨간색의 육중한 탑이 두 개나 있는 커다란 성에 살고 있었는데, 요즘은 어디서도 볼 수 없는 엄청난 성이었어요. 맨 끝에 있는 방이 그의 방이었어요. 그 친구는 여자를 싫어해서 독신이었어요……."

"그럴 수가 있나요?"

"성은 어딜 가나 썩어서 바닥이 내려앉고, 널판이 사라진 곳은 스펀지 버섯의 온상이었어요. 나는 스펀지 버섯 온상을 이리

---

17   우리말로 곰보버섯으로 불리기도 하는데, 유럽과 북미에서는 식용으로 쓰인다.

저리 피해 가면서 간신히 맨 끝에 있는 친구의 방으로 갔습니다."

"그럴 수가 있나요?" 되르 부인이 되풀이하며 덧붙였다. "그런데 설마 스펀지 버섯 이야기만 하시는 건 아니죠?"

"항상 그런 것은 아닙니다. 가끔 혹은 아주 간간이 그 얘기를 하지만, 무슨 이야기로 시작하던 마찬가지입니다. 스펀지 버섯이 아니면 들싸리 버섯 이야기이고, 붉은 폴란드 성 이야기가 아니면 테겔 성, 자트빙켈이나 발렌티스베르더 성 이야기, 혹은 이탈리아나 파리, 혹은 시내 전차 또는 팡케 강[18]의 복개, 뭐 어떤 것이든 마찬가지입니다. 어떤 이야기이든 마찬가지이고, 마음에 들든지 혹은 들지 않든지 상관없습니다. 사실 '좋아요'와 '싫어요'는 별 차이가 없는 것입니다."

"그렇지만" 레네가 말했다. "그 모든 것이 단지 빈말인데, 그런 식으로 여흥에 어울린다는 것이 저한테는 너무나 이상해요."

"아름다운 여성들의 멋진 차림새를 볼 수 있고, 때로 잘 보면 숨은 이야기를 폭로하는 그런 순간과 마주치기도 합니다. 시간이 오래 걸리지도 않아서 클럽에서는 전부 다 만회할 만한 시간이 항상 있어요. 클럽은 정말 재미있어요, 거기에는 빈말은 없고, 사실만이 있습니다. 나는 어제 피트한테서 그라디스[19] 흑마를 빼앗았어요."

---

18   슈프레 강의 지류로 하수가 많이 흘러들어 베를린 시민들의 불평이 많았다.
19   작센에 있는 유명한 말 목장.

"피트가 누군데요?"

"그건 우리끼리 부르는 이름입니다. 우리끼리 있을 때는 그렇게 부릅니다. 황태자비도 빅토리아라는 이름 대신 비키라고 부릅니다. 이런 애칭이나 별명은 정말 재미있어요. 그런데 들어보세요, 저쪽에서 음악을 시작했네요. 잘 들리게 창문을 열까요? 당신 벌써 발끝을 이리저리 흔들고 있군요. 어때, 우리 한번 일어나서 콩트르당스[20]나 프랑세즈[21]를 춰볼까요? 우리는 세 쌍이네요. 되르 씨하고 님프취 부인이 한 쌍, 되르 부인과 제가 한 쌍(자, 추실까요), 그리고 레네 하고 한스가 한 쌍 하면 됩니다."

되르 부인은 즉시 승낙했지만, 되르 씨와 님프취 부인은 거절했다. 님프취 부인은 너무 늙어서, 되르 씨는 그렇게 고급 춤은 모른다는 이유였다.

"좋습니다, 되르 씨, 하지만 박자는 맞춰주셔야 합니다. 레네, 쟁반하고 수저를 드려요. 자, 그럼 숙녀분들은 앞으로 나오세요. 되르 부인, 팔을 주세요. 한스, 정신 차려, 빨리빨리,"

얼른 두 쌍은 제 위치에 가서 섰다. 파트너가 마치 엄격한 댄스 교사처럼 프랑스어로 "앙 아방 되, 빠 드 바스크"라고 말하자 되르 부인은 더욱 기품 있게 움직였다. 주근깨투성이의 농부 아들은 딱하게도 아직도 잠에 취한 눈을 하고 인형처럼 기계적으로 이리저리 끌려 다녔다. 그러나 다른 세 사람이 능숙하게 춤을

---

20   18세기에 프랑스에서 유행한 사교춤 4~8쌍의 남녀가 4분의 2박자 또는 8분의 6박자로 명랑하게 추는 춤.

21   여러 쌍의 사람들이 네모꼴을 이루며 추는 춤.

추었기 때문에 되르 씨도 결국 흥에 겨워 걸상에서 일어나 숟가락 대신 손가락 마디로 쟁반을 두드리기 시작했다. 님프취 부인은 지난날의 흥은 나지만 더 이상은 따라갈 수 없음을 알자 불길이 솟아오를 정도로 달아오른 석탄을 부지깽이로 휘저었다.

음악이 멈출 때까지 그들은 그렇게 했다. 음악이 멈추자 보토는 되르 부인을 그녀의 지리로 데리고 갔지만, 서둔 농부의 아들은 어떻게 해야 하는지를 모르기 때문에 레네는 그대로 방 한가운데에 서 있었다. 보토에게 그것은 더 좋은 일이었다. 저쪽에서 음악이 다시 들려오자 그는 레네와 왈츠를 추기 시작했고 그녀의 귀에다 당신 정말 아름답다고, 여느 때보다도 더 아름답다고 속삭였다.

모두 몸이 달아올랐는데, 그중에도 열린 창문 곁의 되르 부인이 제일 심했다. 그녀가 "어머나, 좀 으슬으슬하네."라고 말하자 보토가 친절하게 달려가 창문을 닫았다. 하지만 그것을 모른 척 하면서 그녀가 말했다. "멋쟁이들은 모두 신선한 공기를 좋아하기 때문에 신선한 공기를 위해서 입가의 이불이 얼 정도로 춥게 덮고 자는 사람들도 있대요. 왜냐면 입김하고 주전자 꼭지가 내뿜는 증기는 같은 것이니까요. 창문도 항상 열어두고, 닫으면 안된대요. 그건 그렇고, 레네, 집에 뭔가 몸과 마음을 따뜻하게 할게 없니?"

"있어요, 아주머니. 원하시는 것 다 있어요. 차하고 펀치가 있고요, 아니면 버찌술도 있어요. 그건 지난 크리스마스 때 아주머니께서 어머니와 저한테 커다란 아몬드 케이크랑 함께 주신 거예요 ……."

되르 부인이 차와 펀치 중에서 결정하지도 않았는데 벌써 버찌술 술병이 운반됐고, 각자 앞에 놓인 크고 작은 컵에다 원하는 만큼 따랐다. 그을린 주전자에 끓인 물을 레네가 들고 돌아가면서 부었다. "물을 많이 붓지 마, 레네. 물 너무 많이 붓지 마. 진한 게 좋아. 물을 많이 타면 맛이 없어." 방은 이제 퍼져가는 과실주의 향으로 가득했다.

"아, 정말로 맛이 있네요." 잔을 들고 조금씩 마시면서 보토가 말했다. "이렇게 맛있는 것은 어제도, 오늘 클럽에서도 마셔 보지 못했습니다. 레네 만세. 그런데 이렇게 마실 수 있는 것도 사실 되르 부인이 몸이 으슬으슬하다고 말한 덕분입니다. 그러니 자, 한잔 더 마시면서 건배를 하죠. 되르 부인 만세."

"만세" 모두 소리쳤다. 되르 씨는 손가락으로 쟁반을 두드렸다.

모두 입을 모아 정말 훌륭한 술이라고, 펀치 원액보다도 더 맛있다고 칭찬을 했다. 펀치 원액은 대개 사육제부터 상점 진열장에 뜨거운 햇볕을 받으며 놓여 있어서 신선하지 않을뿐더러 여름에는 쌉쌀한 레몬 맛이 난다고 했다. 하지만 버찌술은 건강에 좋은 데다가 상하는 법이 없어서 한 병을 전부 다 마시지 않는 한 고편도(苦扁桃) 독[22]에 걸릴 위험이 없다고 했다.

---

22   쓴 아몬드는 식용 아몬드와 달리 너무 많이 먹으면 어린아이의 경우 사망할
      수 있다고 알려져 있다.

마지막 말은 되르 부인의 말이었는데, 그러자 술에 대한 아내의 사랑을 잘 알고 있는 되르 씨는 그냥 두면 안 되겠다고 생각하고 인제 그만 일어나자고 말했다. 내일도 날이니까.

보토와 레네는 조금만 더 있어 달라고 했지만, 착한 되르 부인은 남편을 부리려면 가끔 남편의 말을 들어야 한다는 것을 잘 알고 있었다. "아니야, 레네. 내가 잘 일아. 이 사람은 닭이 자는 시간에 잠을 자러 가야 해."

"그러세요." 보토가 말했다. "그렇다면 그렇게 하십시오. 그럼 우리가 두 분을 집까지 모셔다드리지요."

이 말과 함께 모두 일어났다. 님프취 부인만 혼자 남았는데, 그녀는 떠나는 사람들에게 다정하게 고개를 끄덕이며 배웅하고, 일어나서 천천히 안락의자로 가서 앉았다.

5

초록색과 붉은색으로 칠한 탑이 있는 '성' 앞에 오자 보토와 레네는 걸음을 멈추고, 밤이 너무도 아름다워서, 농원으로 들어가되르 씨에게 반 시간 정도 산책하고 싶다고 정중하게 부탁했다. 아버지 되르 씨가 이 세상에서 안심하고 재산을 맡길만한 사람은 없을 거라며 웅얼웅얼 대답하자 두 사람은 공손히 인사를 하고 농원 쪽으로 걸어갔다. 줄탄을 제외하고 사방이 고요했다. 두 사람이 줄탄 옆으로 다가가자 개가 일어나 낑낑거려, 레네가 쓰다듬어 주자 개집으로 기어들어갔다.

농원 안은 까치밥나무와 구스베리 덤불 사이 넓은 길을 따라 비단향꽃무와 목서초가 피어서, 향기가 가득하고 상쾌했다. 그 향긋한 향기에 백리향의 강한 향기가 섞여 있었다. 나무 사이로는 바람 한 점 없고, 개똥벌레만이 허공을 날고 있었다.

레네가 보토의 팔짱을 끼고 두 사람은 농원 끝까지 걸어갔다. 두 그루의 은백양나무 사이에 벤치가 놓여 있었다.

"앉을까?"

"아뇨. 지금은 앉고 싶지 않아요."라고 레네가 말하고, 키 큰 나무딸기 덤불이 농원의 울타리를 덮고 있는 샛길로 접어들었다. "팔짱을 끼고 걷는 것이 정말 좋아요. 이야기 좀 해주세요. 아주 멋진 이야기, 아니면 질문을 해도 좋아요."

"좋아. 되르 부부 얘기를 해도 되나?"

"그럼요."

"좀 별난 부부야, 그래도 행복해 보여. 남편은 아내가 하라는 대로 하고 있지만, 그래도 남편이 더 똑똑해."

"맞아요." 레네가 말했다. "아저씨가 더 똑똑하세요. 하지만 욕심이 많고 냉정하여서 오히려 순하신 거예요. 항상 양심의 가책을 겪고 있으시거든요. 아주머니는 남편이 사람들을 속이기 때문에 간섭하고 참지 못하는 것이고, 아저씨는 그게 두려워서 아내 말을 듣고 있는 거예요."

"단지 그것뿐일까?"

"아마 사랑도 있겠죠. 좀 이상하게 들리겠지만. 아저씨 쪽에서는 아내를 사랑하고 있어요. 연세가 쉰여섯, 혹은 좀 더 되시는데 지금도 부인한테 반해있어요. 부인이 덩치가 크다는 이유로 말이에요. 두 분 다 그런 일에 관해서 저한테는 이상할 정도로 숨김없이 말씀하세요. 그런데 솔직히 말하면 부인은 제 취향은 아니에요."

"아냐, 레네. 아주머니는 몸매가 있잖아."

"그래요." 레네가 웃었다. "몸매가 있긴 한데, 좋지는 않아요. 엉덩이가 한 뼘 정도 위로 올라간 게 안 보이세요? 남자들은 그런 것은 보지 못하고 '몸매'가 '당당하다'느니 그런 말만 해요. 그 당당함이 어디서 오는지 알지 못하면서 말이죠."

이렇게 이야기하고 놀리다가 그녀는 걸음을 멈추고 허리를 굽혀서 산울타리 앞쪽의 길고 좁은 딸기밭에서 철 이른 딸기를 찾았다. 이윽고 원하는 것을 찾아내자 레네는 아주 잘 익은 딸기의 줄기를 입에 물고 그의 앞으로 가서 그를 바라보았다.

서슴지 않고 그가 그녀의 입술에서 딸기를 따서 먹고 그녀를 포옹하며 키스했다.

"사랑스러운 레네, 정말 맛있어. 그런데 들어 봐, 줄탄이 짖고 있어. 당신한테 오고 싶은가 봐. 개를 풀어줄까?"

"안 돼요. 개가 오면 나는 당신의 반쪽밖에 못 가져요. 당신이 당당한 되르 부인과 이야기할 때 내가 당신을 전부 다 못 가졌던 것과 마찬가지예요."

"좋아." 보토가 웃었다. "줄탄은 그대로 두지. 그건 좋아. 하지만 되르 부인 이야기는 조금 더 해야겠어. 정말로 좋은 분이야?"

"네 좋은 분이에요. 가끔 이상한 말을 하실 때도 있지만요. 어느 쪽으로도 해석할 수 있는 말로 들리고, 그렇게 보이기도 해요. 하지만 아주머니는 아무것도 알아차리지 못해요. 그리고 행동을 봐서는 과거를 상기시킬 만한 것도 전혀 없어요."

"과거에 무슨 일이 있었나?"

"네, 잘은 몰라도 여러 해 동안 어떤 관계가 지속됐는데 아주머니 말로는 '깊은 관계'였다고 해요. 이 관계와 되르 부인에 관한 소문이 많았던 것이 사실이에요. 아주머니가 스스로 그런 이야깃거리를 자꾸 만들어 내기도 했어요. 그런데도 아주머니는 워낙 단순해서 그런 것에 신경 쓰지 않을 뿐 아니라 자책도 별로 하지 않아요. 불편했지만 자신은 단지 의무감에서 충실하고 정직하게 했다는 식이에요. 웃고 계시네요, 이상한 말이지만 그래요. 하지만 이제 되르 부인 이야기는 그만하고, 앉아서 초승달을 구경하죠."

달은 동물원의 코끼리 집 위에 떠 있어서 환한 달빛이 축사를 평소보다 더 환상적으로 보이게 했다. 레네가 그쪽을 가리키면서 상의에 달린 모자를 더 단단히 매고 남작의 가슴에 파고들었다.

이렇게 아무 말 없이 행복하게 몇 분이 지났다. 붙잡을 수 없는 행복에서 깨어난 사람처럼 그녀가 몸을 일으키며 말했다. "무슨 생각을 하세요? 사실대로 말해주세요."

"무슨 생각을 하느냐고? 말하려니 창피하네. 감상에 젖어서 체덴 성에 있는 우리 집 밭을 생각했는데, 되르 씨의 농원하고 똑같거든. 상추밭에 벚나무가 있는데 참새 집이 여러 개 매달려 있는 것까지 같아. 그리고 아스파라거스밭도 있어. 이따금 어머니와 함께 그곳에 가는데, 기분이 좋으실 때는 작은 칼을 주시면서 나더러 해보라고 하셨어. 그런데 내가 서툴러서 아스파라거스 줄기를 너무 길게 또는 짧게 자르곤 했지. 어머니는 일에 아주 능숙하셨어."

"그러실 것 같아요. 그런데 저는 좀 두려워요."

"두렵다고? 왜? 왜 그런 거야, 레네?"

레네는 환하게 웃었지만 어딘지 꾸민 웃음 같았다. "그렇다고 내가 사모님 앞에 나타날 생각을 한다고 생각하진 마세요. 그건 여왕님 앞에 가는 두려움과 비슷한 것일 뿐이에요. 설마 제가 궁중 같은 데 나가고 싶어 한다고 생각하는 건 아니지요? 아니에요. 걱정하지 마세요. 그리고 당신을 원망하지도 않아요."

"아니지. 당신은 그러지 않아. 그러기에 당신은 너무 자부심이 강해, 그리고 민주주의자이지. 당신이 하는 다정한 말은 전부다 진심이야. 맞지? 하지만 우리 어머니가 어떤 분일지 한번 상상을 해봐. 어떤 모습일 것 같아?"

"당신하고 똑같을 것 같아요. 키 크고 늘씬하고 푸른 눈에 금발."

"아니야, 레네 (이번에는 그가 웃었다). 틀렸어. 어머니는 몸집이 작고, 눈은 생기 넘치는 검은 눈이고, 코가 크셔."

"믿을 수 없어요, 그럴 리 없어요."

"하지만 사실이야. 나한테는 아버지가 계시는 걸 생각해야지. 여자들은 그건 생각 못 해. 여자들은 항상 여자 쪽만 중요하게 생각하지. 자, 이번에는 어머니 성격이 어떠실지 한번 말해봐."

"늘 자식들의 행복만을 비는 분이라고 생각해요."

"맞아."

"그리고 자식들이 모두 부유한, 아주 부유한 배필을 맞기를 바라시죠. 아마 당신한테도 이미 정해 놓은 신붓감이 있을 거예요."

"당신 정말 딱한 사람이군 ……."

"당신은 나를 잘 몰라요. 나는 당신을 사랑하고, 이런 순간을 가진 것만으로 행복해요. 앞으로 어떻게 될지 그런 것은 나는 생각지 않아요. 언젠가 당신은 떠나겠지만 ……."

그가 고개를 저었다.

"고개를 젓지 마세요. 내 말이 맞아요. 당신은 나를 사랑해요,
그건 변함없어요. 그래서 나는 사랑에 빠져 어리석게도 헛된 생
각을 합니다. 하지만 당신이 떠나갈 것만은 확실히 잘 알아요. 당
신은 그래야만 해요. 사랑이 눈을 멀게 한다지만, 오히려 사랑은
앞을 훤히 더 내다보게도 해요."

"아, 레네, 내가 얼마나 사랑하고 있는지 당신은 몰라."

"아뇨, 잘 알아요. 그리고 당신이 이 레네를 특별하게 생각하
고 매일 '레네가 백작 아가씨라면 얼마나 좋을까'라고 생각하는
것도 잘 알아요. 하지만 이미 늦었어요. 그건 내 힘이 닿지 않는
일이에요. 당신은 나를 사랑하지만, 마음이 너무 약해요. 그건 달
라질 수 없어요. 멋진 남자들은 마음이 너무 약해서 강한 사람들
이 하자는 대로 합니다. 강한 사람들은 ……, 글쎄요, 그건 누구
일까요? 당신 어머니, 아니면 사람들의 소문, 혹은 주변이겠죠.
아니면 이 세 가지 전부가 ……. 그런데 저기 좀 보세요."

그녀가 동물원 쪽을 가리켰다. 나무와 나뭇잎이 검푸르게 우
거진 사이로, 불꽃이 쉭 소리를 내면서 하늘로 올라가더니 펑 소
리와 함께 수많은 불꽃이 흩어졌다. 첫 번째에 이어 두 번째 불꽃
이 솟아올랐는데, 뒤따라가서 앞지르려는 듯이 올라가더니 갑자
기 뚝 끊어져 버리고 건너편 덤불이 녹색과 붉은빛을 발했다. 그
사이 새 둥지 속의 새들이 요란하게 울어댔다. 한참 지난 후 음악
이 다시 시작되었다.

"보토, 제가 이렇게 당신의 팔을 끼고 여기 회양목 화단에서처럼 저기 레스터알레[23]로 가 이리저리 자신 있게 걸으면서, '마음껏 빤히 쳐다보세요, 이분은 이분이고, 저는 저예요. 이분은 저를 사랑하고, 저는 이분을 사랑해요.'라고 사람들에게 말하면 어떨까요. 그래요, 보토, 내가 그것을 위해서라면 얼마나 큰 희생을 치를 수 있는지 아세요? 그러나, 아무 말 하지 마세요. 당신은 몰라요. 당신과 당신 친구들은 오직 당신들의 모임과 당신들의 클럽, 당신들의 삶밖에 몰라요. 아, 불쌍하고 보잘것없는 삶이에요."

"그렇게 말하지 마, 레네."

"왜 안 되지요? 무슨 일이든 사실을 똑바로 정직하게 바라보아야 해요, 그리고 기만하지 않도록 해야 해요, 무엇보다도 자신을 말이에요. 그런데 추워지네요. 그리고 저쪽도 끝나가네요. 지금 연주하는 곡이 마지막 곡이에요. 자, 어서 안으로 돌아가서 벽난로로 가요. 불은 아직 남아있고 어머니는 오래전에 잠자리에 드셨을 거예요."

그녀가 그의 어깨에 가볍게 기댄 채 두 사람은 농원의 길을 내려왔다. '성'의 불은 이미 꺼졌고 줄탄만이 개집에서 목을 내밀고 두 사람을 바라보았다. 이번에 개는 꼼짝도 하지 않은 채 침울한 생각에 잠겨 있었다.

---

23 베를린의 동물원을 따라 난 길 이름으로 '수다, 비방하는 길'이라는 뜻.

6

다음 주에는 밤나무 꽃이 이미 떨어졌고, 벨뷔 거리의 꽃까지 다
떨어지고 말았다. 보토 폰 리네커 남작은 이 거리에 있는 일층 집
에서 살았는데, 정원과 정면 쪽이 내다보이는 발코니가 있었다.
그리고 서재와 식당, 침실은 그의 재력을 훨씬 넘는 고급 취향의
가구들이 장식하고 있었다. 식당에는 헤르텔[24]의 정물화 두 점과
루벤스[25]의 〈곰 사냥〉의 멋진 복제품이 걸려 있고, 서재에는 안드
레아스 아헨바흐[26]의 〈바다의 폭풍우〉 작품이 같은 화가의 소품
들과 함께 자랑스럽게 자리잡고 있었다. 〈바다의 폭풍우〉는 우
연히 복권에 당첨돼서 구매하였는데, 이 아름다운 그림 덕에 그
는 미술 전문가, 특히 아셴바흐 열광자가 되었다. 그는 복권에 당
첨되는 통에 계속 복권을 사니 돈이 더 많이 든다고 곧잘 농담하
였고, 덧붙여 자고로 행운이란 모두 그렇다고 말했다.

페르시아 융단이 걸쳐진 플러시[27]천 소파 앞에 작은 공작석

---

24   Albert Hertel (1843-1912) 베를린 태생의 화가.

25   Peter Paul Rubens (1577 – 1640) 17세기 바로크를 대표하는 벨기에 화가.

26   Andreas Achenbach (1815-1910) 풍경화가.

27   실크나 면직물을 우단보다 털이 좀 더 길게 두툼하게 짠 것.

(孔雀石)[28]탁자 위에는 커피잔이 놓여 있었다. 소파 위에는 여러 종류의 신문들이 널려 있었는데, 어떤 것은 이 장소에 놓인 것이 굉장히 이상했지만, 그것은 보토 남작이 입버릇처럼 말하는 '정치보다는 잡담이 낫다'는 문구로 설명이 되었다. 그들의 이마에 날조한 이야기라는 도장을 찍은 이른바 《페를레》[29]를 그는 제일 좋아했다. 아침 식사 중에는 언제나 새장을 열어두기 때문에 오늘도 카나리아 한 마리가 언제나 응석을 받아주는 주인의 손과 어깨에 날아와 앉았는데, 버릇을 잘못 들인 주인은 귀찮아하지 않고 매번 신문을 옆으로 치우면서 작은 귀염둥이를 쓰다듬어 주었다. 그가 그렇게 하는 것을 생략하고 신문을 읽으면, 작은 새는 그의 목과 수염까지 다가와 원하는 것을 얻을 때까지 고집스럽게 울어댔다. "애인은 다 마찬가지야." 리네커 남작은 중얼거렸다. "복종과 굴복을 요구하는 법이지."

그때 복도에서 종이 울리더니 하인이 밖에서 받은 우편물을 가지고 들어왔다. 그중 하나는 봉하지 않고, 네모반듯한 회색 봉투에 담겼는데, 3페니히 우표가 붙어 있었다. "함부르크의 복권이거나 아니면 새 담배 광고일 거야."라고 그가 말하며 펴보지 않은 채 봉투와 편지를 옆으로 밀쳐놓았다. "그런데 이건 ……. 아, 레네한테서 온 거네. 봉해져 있는 세 번째 것이 우선권을 주장하지 않는다면, 레네의 것은 맨 나중으로 미뤄놔야지. 오스텐

---

28 밝고 선명히 녹색의 바탕 위에 뚜렷한 줄무늬가 아름다운 광물료, 공자의 난 개를 연상시키기 때문에 공작석(말라카이트, malachite)이라 부른다.

29 진주라는 뜻의 잡지, 혹은 간단한 소식지로 추측된다.

의 문장(紋章)을 보니 쿠르트 안톤 외삼촌한테서 온 것이네. 베를린의 스탬프가 찍힌 것을 보면 이미 도착하신 모양인데, 무슨 일이시지? 십중팔구 아침을 함께 먹자거나 말안장을 함께 사러 가거나 렌츠[30]에 동행하거나, 함께 전부 다 하자는 게 아니라면 아마 크롤[31]에 가자는 거겠지.

창틀에 놓인 편지 칼로 그가 봉투를 열어 오스텐 삼촌의 필적을 알아보고 편지를 꺼냈다.

브란덴부르크 호텔 15호실

사랑하는 보토에게,

한 시간 전에 베를린의 동부 역에 무사히 도착해서 브란덴부르크 호텔에 숙소를 정했다. '소매치기를 조심하라'는 베를린 사람들의 옛 경고를 명심하면서 항상 묵는 곳이지. 정통 보수파는 사사로운 일에도 한결같지. 이곳 공기가 견디기가 힘들어서 이틀만 묵을 작정이다. 숨이 막히는 닭장 같구나! 나머지 얘기는 만나서 하자. 1시에 힐러에서 기다리겠다. 만나서 함께 말안장을 사고, 저녁에는 렌츠에 가자. 시간 엄수 바란다.

노(老) 외숙 쿠르트 안톤

리네케는 웃었다. "이럴 줄 알았다니까! 그래도 달라진 것이 하

---

30 1842년 베를린에서 만들어진 서커스단.
31 프리드리히 빌헬름 4세가 만든 공연장/유원지로 오페라 홀이 유명했다.

나 있네. 전에는 보르하트였는데, 이번에는 힐러로 바뀌었어. 저런, 사소한 일까지 정통 보수파 운운하시는 걸 보면 참 대단하셔. 그럼 이번에는 레네의 편지를 볼까. 그런데 외삼촌께서 당신 편지와 함께 어떤 편지가 왔는지 아시면 무슨 말을 하실지 궁금하군.”

이런 말을 하면서 레네의 편지 봉투를 뜯어 읽기 시작했다.

당신을 만나 보지 못한지 꼬박 닷새예요. 일주일을 채우실 건가요? 내일은 오시겠지 생각하면 전 저녁마다 기뻤어요. 당신은 정말 다정하고 훌륭하셨어요. 어머니는 ‘이젠 오지 않을 거다.’라고 말씀하시며, 놀리십니다. 아, 그 말에 얼마나 가슴이 아픈지 몰라요. 그렇게 되도록 정해져 있고, 그 날이 언제라도 올 것을 알기 때문이죠. 어제도 또다시 그런 생각을 했어요. 왜냐하면, 닷새 동안 당신을 못 뵈었다고 썼지만, 그건 사실이 아니에요. 코르소[32]에서 몰래 숨어서 어제 뵈었거든요. 저도 거기에 갔었어요. 물론 샛길에 숨어서 한 시간 동안이나 당신이 말을 타고 오가는 모습을 봤어요. 나는 얼마나 두근거리며 기뻐했는지 몰라요. 다른 누구보다 당신이 제일 당당했거든요. (되르 부인만큼 당당했어요. 부인이 당신께 안부를 전해 달라고 하세요) 당신을 보면서 얼마나 자랑스러웠는지 질투 같은 것은 잊고 있었는데, 꼭 한번 질투가 났어요. 꽃으로 장식한 두 마리 백마가 끄는 마차를 탄 그 금

32 워낙은 귀족들의 마차가 지나다니던 길로, 카니발 같은 행사에 이용되는 중심가의 대로를 일컫는다. 베를린의 경우 동물원 근처의 대로가 유명했다.

발 아가씨는 누구에요? 온통 꽃으로 덮여있어서 잎이나 줄기가 보이지 않을 정도더군요. 그처럼 아름다운 모습은 생전 처음이에요. 어렸으면 공주님이라고 생각했을 테지만, 지금은 공주가 모두 아름답지는 않다는 것을 알고 있어요. 하지만 그 아가씨는 정말로 아름다웠고, 당신도 마음에 들어 하는 것 같았어요. 그리고 그 여자분도 당신이 마음에 든 것 같고요. 그런데 그 금발 아가씨 옆에 있는 어머니가 당신을 더 마음에 들어 하는 것 같았어요. 그것이 속상했어요. 어쩔 수 없는 때가 오면 저는 젊은 여자에게는 기꺼이 양보하겠어요. 하지만 나이 든 부인은 안 돼요! 어머니뻘 아닌가요? 안 돼요. 정말 안 돼요. 그분한테는 어울리는 분이 따로 있어요. 하나뿐인 나의 보토, 당신은 나한테 와서 나를 꼭 안심시키고 달래 주실 거죠. 내일 아니면 모레라도 오세요. 저녁에 오실 수 없으면 낮에도 좋아요. 단 1분 만이라도 좋아요. 나는 당신이 걱정돼요. 아니, 사실은 내가 걱정이에요. 제 말 아시죠?

당신의 레네

편지의 서명인 '당신의 레네'를 되풀이해서 그가 다시 한 번 중얼거렸는데 이상한 불안감이 그를 엄습했다. 사랑, 걱정, 두려움 같은 극히 모순된 감정이 마음속에서 오가는 까닭이었다. 그는 편지를 다시 한 번 읽었다. 두세 군데 틀린 곳이 있어서 그가 회색 연필로 줄을 그었는데 교사처럼 수정하기 위해서가 아니라 왠지 즐거운 마음에서였다. "레네는 정말 글을 잘 써. 필체도 좋고 철자법도 제법 괜찮아. 스틸(줄기)에 h자가 하나 더 들어가 있지만, 그러면 어때! 스틸이라면 원래 모두 무서워하던 교장의 이름하고 같은데, 다행히도 난 안 무서워했지. 그리고 엠펠렌(추천한다)에 h자 대신 f를 썼다고 그녀에게 화를 낼 것 없어. 도대체 엠펠렌이라는 철자를 제대로 쓸 수 있는 사람이 얼마나 될까! 젊은 백작 아가씨도 틀릴 수 있고, 나이 든 백작 부인이라면 아마 한 명도 제대로 쓰지 못할 거야. 그러니 아무 상관없어. 정말이지 이 편지는 레네하고 똑같아. 착하고 성실하고 믿음직스럽고, 오히려 틀린 곳 있는 게 더 매력적이야."

그가 의자 뒤로 기대어 손을 이마와 눈 위에 얹었다. "불쌍한 레네. 어떻게 될까 ……. 금년 부활절 월요일이 없었더라면 우리 둘에겐 더 나았을 텐데. 무엇하러 공휴일이 이틀씩이나 됐는지 모르겠어. 트렙토 스트랄라우, 그리고 뱃놀이는 왜 갔었는지 모르겠네! 그런데 이번에는 삼촌까지 ……. 어머니의 부탁이거나, 아니면 혼자 생각에 자발적으로 계획을 세우고 오신 것인지 모르지. 곧 알 수 있겠지. 외삼촌께서는 외교적 변장술에 서투르니 비밀을 지킨다는 맹세를 열 번 하고 왔어도 결국은 누설하고 말 거야. 나도 책략 기술에서는 삼촌 못지않게 시원치 않지만, 그래도 알아낼 수 있을 거야."

그가 책상 서랍 하나를 열었는데, 거기에는 붉은 리본으로 묶인 레네의 다른 편지들이 들어있었다. 그는 초인종을 눌러 옷차림을 도와달라고 하인을 불렀다. "요한, 됐어 ……. 그런데 덧창 내려놓는 거 잊지 마. 누가 찾아와서 물으면 12시까지는 부대, 1

시부터는 힐러, 저녁에는 렌즈에 있다고 말해 줘. 그리고 저녁 적당한 시간에 덧창을 올리도록 해. 방 안이 찜통처럼 되는 것은 참을 수 없어. 현관의 등은 켜 놓도록 해. 침실 것은 켜지 마. 올해는 모기가 너무 지독하니까. 알았는가?"

"분부대로 하겠습니다. 남작님."

이런 말을 하면서 리네커는 이미 낭하를 반쯤 지나 현관으로 갔다. 그러고 나서 앞의 뜰에서 한창 남동생의 유모차를 들여다보고 있는 13살 수위 딸의 땋은 머리를 뒤에서 잡아당겼다. 소녀는 화를 냈지만, 곧 그를 알아보고 상냥한 얼굴로 인사했다.

이제 그는 격자 철문을 지나 거리로 나갔다. 그리고 푸른 밤나무 잎 아래서 멍하니 브란덴부르크 문을 바라보다가 동물원 쪽으로 고개를 돌렸는데, 그곳에는 카메라 옵스큐라[33]의 화면에서처럼 사람과 마차가 소리 없이 왕래하고 있었다. "아름다워. 정말 이 세상에서 최고로 멋진 곳이야."

---

33   camera obscura, 어두운 방이란 뜻으로 카메라의 전신이다.

7

12시에 병영의 일이 끝나자 보토 폰 리네케는 운터 덴 린덴 가 (街)를 지나 브란덴부르크 문으로 걸어갔다, 힐러에서 외삼촌을 만날 때까지 시간을 쓸모 있게 보내려는 생각이었다. 화랑 두세 곳에 들르는 것이 그중 나을 것 같았다. 레프케 화랑의 진열창에는 오스발트 아헨바흐의 그림이 서너 개 걸려 있었는데, 그중 지저분하지만, 햇볕 잘 드는 팔레르모의 거리를 그린 그림은 활기와 색조의 연구라는 점에서 뛰어난 진품이었다. "세상에는 알 수 없는 것이 많아. 아헨바흐의 그림이 바로 그래. 얼마 전까지만 해도 나는 안드레아스의 그림을 낮게 평가했는데, 여기 있는 그림을 보면 오스발트는 그와 비슷하지도, 그를 능가하지도 못해. 안드레아스의 그림이 훨씬 화사하고 다채로워. 하지만 이런 생각은 혼자만 해야지, 괜히 남들 앞에서 말하다가는 내 〈바다의 폭풍〉 그림 가격만 떨어트릴 거야."

이런 생각을 하면서 한참 동안 레프케 화랑의 진열창 앞에 서 있다가 그는 다시 파리 광장을 가로질러 브란덴부르크 문으로 갔다. 왼쪽으로 구부러진 동물원 길을 지나 볼프의 청동 사자상[34] 앞에서 걸음을 멈추었다. 그는 시계를 꺼내서 "열두 시 반이로군, 아직도 시간이 있어."라고 말하고 방향을 다시 바꾸어 지금 왔던 린덴 거리로 되돌아갔다. 레더른 궁성[35] 앞을 지나는데 저쪽에서 근위 용기병 연대[36] 소위인 폰 베델이 오고 있었다.

"어딜 가나, 베델?"

"클럽에. 자네는?"

"힐러에."

"좀 이른데."

"그래, 그렇지만 할 수 없어. 삼촌과 함께 식사해야 해. 외삼촌은 멘쉬(인간)랑 운(韻)이 같은 벤취–렌취–스텐취 출신인데 노이마르크[37]에 사셔. 꼭 그렇게 운이 같아야 할 필요도 없는데 말이야. 외삼촌은 전에 자네 연대에 근무하셨어. 40년대 초니까, 옛날이야. 오스텐 남작이셔."

"비첸도르프 출신?"

"맞아, 그분이야.'

"그분이라면 나도 알아. 성함으로 말이지. 먼 친척이 될 거야. 우리 할머니가 오스텐 가문이시거든. 비스마르크하고 앙숙인 분

---

34 Wilhelm Wolff (1816–1887)가 만든 베를린 동물원의 청동 사자 조각상을 말한다.

35 Redernsches Palais: Karl Friedrich Schinkel이 1830~1833년에 걸쳐 건축한 궁성이다.

36 중무장한 기마 보병.

37 독일의 동북부, 오데르 강 동쪽 지역으로 2차 대전 이후 대부분 폴란드 영토가 되었다.

맞지?"

"그분이야. 자, 베델, 함께 가지 않을래? 클럽이 도망가는 것도 아니고, 피트도 제르게도 도망 안 가. 1시든 3시든 가면 있어. 삼촌께선 지금도 금술을 단 용기병의 푸른 제복을 보면 어쩔 줄 몰라 하셔. 게다가 노이마르크 사람은 베델이라는 이름만 들어도 좋아하지."

"좋아, 리네커. 하지만 자네가 전부 다 책임져야 해."

"염려 마."

이런 대화를 주고받는 사이 두 사람은 힐러에 도착했다. 노남작은 벌써 유리문 옆에 서서 내다보고 있었다. 1시 1분이기 때문이었다. 하지만 아무 말도 하지 않고, 보토가 "폰 베델 소위입니다."라고 친구를 소개하자 엄청나게 기뻐했다.

"조카께서 저를 ……."

"미안할 것 없네, 폰 베델군. 베델이란 이름을 가진 사람은 환영이야. 제복을 입었으면 이중 삼중으로 더 환영이지. 이리 오게. 이 의자와 탁자 사이를 지나 어서 뒤쪽으로 가서 집결하세. 이게 프로이센식은 아니지만, 여기서는 그러는 수밖에 없네."

이렇게 말하면서 적당한 좌석에 앉으려고 앞장서서 여러 방을 들여다본 외삼촌은 결국 가죽색깔로 도배한, 꽤 넓은 방을 택했다. 그 방은 삼등분한 커다란 창이 하나 있지만 좁고 어두운 안뜰을 향하고 있어서 햇볕이 잘 들지 않았다. 테이블 위에 네 사람의 식탁이 준비되어 있었기 때문에 한 사람분을 지우는 동안 무장교는 장검과 외날의 검을 각자 창문 구석에 세웠고, 노남작은 좀 떨어져서 따라온 웨이터에게 바닷가재와 백포도주 한 병을 주문했다. "보토, 뭐로 할까?"

"샤블리스로 하죠."

"좋아. 샤블리스로 하지. 그리고 냉수도 부탁하네. 하지만 수돗물은 안 돼. 유리병에 든, 김이 서린 찬 것이 좋아. 자, 제군들 어서 앉지. 베델은 이쪽에, 보토는 저쪽에. 이 더위, 너무 이른 한여름 무더위만 없다면 얼마나 좋을까. 공기가, 제군들, 맑은 공기가 없어. 자네들의 아름다운 베를린은 점점 더 아름다워 가지만 (실은 이것 말고는 칭찬할 것이 없어) 이 아름다운 베를린에는 모든 것이 다 있어도 맑은 공기가 없어." 이렇게 말하고 그는 창문을 활짝 열고, 넓은 가운데 창과 마주 보도록 자리를 잡았다.

바닷가재는 아직 안 나왔지만, 샤블리스는 곧 나왔다. 오스텐 남작은 서둘러 바구니 속의 빵 하나를 꺼내서 바삐, 그러면서도 노련한 솜씨로 비스듬히 잘랐다. 그런 다음 칼을 내려놓고 베델에게 손을 내밀었다. "폰 베델군, 우리는 엄청나게 가까운 사이야. 자네를 클럽에 두어 시간 늦게 가도록 붙잡은 보토의 생각은 정말 훌륭해. 베를린에 도착하자마자 첫 외출에서 베델 집안사람을 만나다니 이건 좋은 징조야."

더 이상은 기다릴 수 없다는 듯이 그가 술을 따르기 시작하고 클리코[38]를 차갑게 주문하더니 말을 이어갔다. "베델, 우리는 본래 친척이야. 베델이란 성을 가진 사람 중에 친척 아닌 사람은

---

38   샴페인.

없어. 좀 먼 친척이긴 하지만 ……. 누구의 몸에나 모두 노이마르크의 피가 흐르고 있어. 게다가 옛날에 내가 입던 용기병의 푸른 제복을 보니 가슴이 벅차오르네. 폰 베델, 오랜 애정은 녹슬지 않는 법이라네. 드디어 바닷가재가 나왔군 ……. 자, 큰 가위를 들게. 뭐니 뭐니 해도 가위가 제일이야. 내 이야기인즉슨 오랜 애정은 녹슬지 않고, 투지도 녹슬지 않는다는 거야. 정말로 고마운 일이지. 우리 때는 여전히 도베네크 장군이 살아계셨지. 대단한 분이셨어. 어린아이 같은 분이지만, 한번 일이 뜻대로 안 될 때 노려보는 그분의 눈초리를 감당해 낼 사람이 있다면 한번 만나보고 싶을 정도였어. 1813, 1814년[39]을 겪은 진짜 동 프로이센의 인물이셨어. 우리는 무서워하기도 했지만, 한편으로는 장군을 사랑했어. 어진 아버지 같았으니까. 그런데 베델군, 당시 우리 중대장이 누군지 알고 있나?"

그때 샴페인이 들어왔다.

"우리 중대장은 만투니펠[40]이었어. 우리는 모두 이분의 은혜를 입었다네. 군대를 만든 것도, 승리를 이끈 것도 이분이었으니까 ……."

폰 베델은 고개를 숙였지만, 보토는 "맞습니다, 그렇게 말할 수도 있죠."라고 말했다.

하지만 보토의 이 말이 현명하지도 똑똑하지도 못하다는 것

---

39 나폴레옹의 프로이센 침공.

40 Edwin Freiherr von Manteuffel (1809-1865) 프로이센의 군대를 창설한 육군 원수(元帥)

이 당장 나타났다. 왜냐하면, 그렇지 않아도 뇌출혈 환자인 노 남작은 대머리 전체가 붉어졌고, 관자놀이에 얼마 남지 않은 고수머리마저 한층 더 곱슬곱슬해진 것 같았다. "그게 무슨 말인가, 보토. '그렇게 말할 수도 있다'는 것은 '그렇게 말하지 않을 수도 있다'는 것과 같은 의미야. 무슨 뜻으로 그렇게 말하지는 나도 알아. 즉 예비 기갑병 장교 아무개라고 하는 자, 매사에 그렇지만 특히 혁신적 조치에서 추호도 양보를 모르는 인물, 노란 옷깃을 한 할버슈타트 연대의 아무개[41]라는 자가 쌩 프리마를 몸소 습격하고 제당 주변의 일대 포위작전을 폈다고 말하고 싶겠지만, 나는 그런 말은 듣고 싶지 않아. 그는 시보(試補)였을 뿐이야. 포츠담 정부에서 일하면서 노(老) 메딩[42]밑에서 일했는데, 메딩은 그를 좋게 말하지 않더군. 사실 그는 전보를 치는 것[43] 이외에는 배운 것이 없어. 그의 전보만은 나도 인정하네. 전보에 재주가 있어. 다시 말해 그는 글쟁이야. 하지만 프로이센을 위대하게 만든 것은 그런 글쟁이가 아니야. 로이텐 전투의 지휘관이 그런 병아리 글쟁이들이란 말인가? 브뤼허 장군, 요르크 장군이 그런가? 지금 자리에 앉아있는 것은 프로이센의 글쟁이야. 나는

---

41   Otto Eduard Leopold von Bismarck (1815년-1898) 독일을 통일하여 독일 제국을 건설한 프로이센의 외교관이자 정치인.

42   Oskar Meding (1828-1903) 프로이센의 외교관이자 저술가.

43   소위 엠스(Ems)전사사건으로, 프로이센과 프랑스 간의 전쟁 발단이 되었다. 프로이센의 국왕 빌헬름 1세가 휴양지인 엠스에서 가진 회담 내용을 비스마르크에게 전보로 부쳤는데, 비스마르크가 이를 일부러 왜곡하여 언론에 퍼뜨려 프랑스와 프로이센 양국의 적개심을 촉발한 사건이다.

그런 인간을 우상화하는 것을 참을 수 없네."

"그렇지만 삼촌 ……."

"'그렇지만'이라니? 나는 '그렇지만'이라는 이 말도 참을 수 없네. 잘 들어둬, 보토, 이런 문제는 나이를 먹어봐야 아는 거야. 이런 것은 내가 더 잘 알아. 지금 어떻게 돌아가고 있는지를 봐. 그는 자기가 딛고 올라간 사다리를 쓰러트렸어. 〈크로이츠 신문〉[44]까지 금하고 있네. 우리를 파멸로 몰아가고 있어. 우리를 멸시하고 무례한 말을 하고, 마음대로 우리를 절도, 횡령죄로 몰아서 요새에다 감금하고 있어. 아니, 요새가 다 뭔가, 요새는 좀 점잖은 사람들이 가는 곳이지. 우리 같은 늙은이는 빈민원 같은 곳으로 보내서 양털 뽑는 일을 시킬걸. 그건 그렇고 제군들, 공기가 필요해. 여기엔 맑은 공기가 없어. 견딜 수 없는 닭장이야."

그가 일어나 이미 열린 중간 창문에다 좌우의 창문까지 열어젖혔다. 불어오는 바람에 커튼과 식탁보가 날렸다. 다시 앉아 그가 샴페인 얼음통에서 얼음 하나를 집어 그것으로 이마를 문질렀다.

"아," 그가 말을 이어갔다. "여기 있는 이 얼음조각이 여기 식사 중에서 제일 훌륭해 ……. 어때, 폰 베델군 말해보게. 내 말 맞지? 보토, 가슴에 손을 얹고 말해 봐. 내 말이 맞지 않나? 마르크 출신 귀족이라면 귀족의 의분으로 목숨을 내걸고 당당하게 맞서 반역죄의 재판을 받는 것이 차라리 나아! 그분[45]을 두고 하는 말

---

44   당대의 보수적인 신문.

45   Harry von Arnim (1824 – 1881) : 파리 주재 외교관으로 비스마르크의 적수였다.

일세, 비스마르크 일가보다 더 나은 최고 가문 출신으로, 왕실과 호헨촐러른 왕가를 위해 수많은 사람이 전사한 가문이지. 근위병 1중대를 편성하고도 남을 만큼 많은 사람이 전사했어. 철모를 쓰고 보이첸부르크 출신인 그분이 중대를 지휘했지. 그래, 그랬어. 그런 명문 집안에다 그런 굴욕을 준거야. 이유? 이유는 횡령, 무분별, 기밀누설이라는 거야! 맙소사. 남아있는 것은 유아살해, 풍기문란 같은 것이고, 사실 그런 죄명을 씌운다고 해도 하나도 이상하지 않아! 자네들 왜 잠자코 있나? 어서 의견들을 말해보게. 나도 남들의 의견을 조용히 들을 만큼의 아량은 있네. 나는 그자와 달라. 베델군, 의견을 말해보게. 어서 의견을 말해 봐."

베델은 점점 더 어찌할 바를 몰라 하면서 화해와 위로의 말을 찾고 있었다. "네, 남작님, 남작님 말씀 대로입니다. 하지만 죄송합니다만, 사건의 판결이 났을 때 여러 방면의 의견을 들었는데 그중에서 기억에 남는 것은 약자는 강자의 길을 함부로 막아서는 안 된다, 일상생활이든 정치에서든 그것은 금지되어 있다, 권력은 정의보다 앞선다는 말이었습니다."

"아무 반대도, 항의도 없이 말인가?"

"아니죠, 남작님. 사정에 따라서 물론 항의도 해야 합니다. 솔직히 저도 그런 항의가 정당한 경우를 알고 있습니다. 나약함이해서는 안 되는 것을 순수함, 신념의 순수함, 신념의 진지함은 해도 됩니다. 신념의 진지함은 거역의 권리를 갖습니다, 아니 의무까지도 있습니다, 하지만 누가 이런 진지함을 가지고 있나요? 그것은…… 아뇨, 그만 말을 하겠습니다. 저는 남작님이나 오늘 화제에 오른 그 가문에 상처를 주고 싶지 않습니다. 하지만 제 말이 필요 없지요, 남작님께서도 그것을 감행한 그분이 신념의 진지함을 갖고 있지 않았다는 것을 아실 겁니다. 절대로 약하기만 해서는 안 됩니다. 하지만 오직 순수한 사람만이 무엇이든 할 수 있습니다."

"오직 순수한 사람만이 무엇이든 할 수 있다." 노남작이 되풀이해서 말했는데, 교활한 그의 얼굴을 보고는 이 논박의 진실에 감명을 받았는지, 아니면 이 주장을 논박하려는 것인지 알 수가 없었다. "오직 순수한 사람만이 무엇이든 할 수 있다, 좋은 문구야. 이걸 집으로 가져가야겠어. 우리 마을 목사가 들으면 기뻐할 걸. 그는 작년 가을 나하고 싸우면서 내 밭의 일부를 내놓으라고 했어. 자기 개인의 이익을 위한 것은 아니라고, 맙소사, 단지 원칙 때문이고 후임 목사에게 넘겨주고 싶어서라고 했지. 교활한 여우 같으니. 좋아, 순수함은 무슨 일이든 할 수 있어."

"교회의 밭 문제는 양보하셔야 해요." 보토가 말했다. "젤렌틴 가의 일로 저도 쇠네만 목사는 압니다."

"그래, 그는 가정교사였을 때도 수업시간은 줄이고 노는 시간을 늘리는 궁리만 했지. 굴렁쇠 놀이하는 걸 보면 마치 후작의 아들 같았어. 보기에는 좋았어. 이제 직무를 맡은 지 7년이 됐는데 젤렌틴 부인의 비위를 맞추려고 하는 걸 보면, 그를 다시 알아보기 힘들 정도야. 단 한 가지 그의 공로로 인정하지 않을 수 없는 것은 두 아가씨를 훌륭하게 길러낸 거야. 특히 자네의 케테로 말하자면 최고지."

보토는 다른 사람 앞에서 비밀을 털어놓지 말라고 말하려는 듯 당황한 표정으로 삼촌의 얼굴을 바라보았다. 그러나 삼촌은 말하기 어려운 문제의 실마리를 잘 잡은 것이 신이 나고 점점 더 좋아져서 말을 계속했다. "아니, 괜찮아, 보토, 비밀이라니 무슨 소리야. 베델은 동향인이고, 님들처럼 이 이야기는 다 알고 있을 텐데, 이런 문제를 감출 필요가 어디에 있나? 자넨 이미 약혼을 한 거나 마찬가지야. 첫째로 자네의 아가씨를 한번 봐. 그 아가씨 이상 가는 아가씨는 찾아볼 수 없어. 치아는 진주 같고, 언제나 웃고 있어서 치열이 전부 다 보일 정도지. 머리카락은 키스하고 싶은 아마빛 금발, 아, 내가 서른 살만 젊으면 ……."

보토가 당황한 것을 알아차리고 베델이 도와줄 생각으로 말했다. "젤렌틴 가의 여성들은 어머님이고 따님들이고 모두 우아하지요. 작년 여름 노르데나이[46]에서 함께 지냈는데 매력적인 분들이었습니다. 하지만 저는 둘째 따님 쪽이 더 좋은 것 같던데요."

"그렇다면 더 좋지. 그렇다면 서로 엇갈리지 않아서 좋고, 곧 두 쌍의 혼례를 올릴 수도 있어. 주례는 쉐네만에게 부탁하지. 만약에 다른 늙은이들과 마찬가지로 성미가 까다로운 클륵혼이 허락만 한다면 말이야. 만약 오늘부터 1년 안에 식을 올리게 되면 나는 마차를 내줄 뿐 아니라 교회의 밭도 군소리 없이 양보하겠

---

46   독일의 북서부, 북해의 해변.

어. 베델 군, 자네는 부유하니 서두를 필요가 없지만, 우리 보토는 어떤지 좀 보게나. 영양이 좋아 보이지만, 그건 그가 가진 모래벌판 덕은 아니야. 그 모래벌판도 얼마 안 되는 초지를 제외하면 나머지는 순전히 소나무 보호림밖에는 아무것도 아니라네. 무레넨[47] 호수 덕은 더욱 아니지. 무레넨 호수라면 이름이 멋져 거의 시적(詩的)이라고 할 수 있지만, 실은 그게 전부야. 그것으로 먹고살 수는 없어. 자네가 이런 이야기를 싫어하는 것은 잘 알지만, 일단 말을 꺼냈으니 다 말하겠네. 현재 상태가 어떤지 알고 있나? 자네 할아버지는 거친 땅의 나무를 잘라냈고, 자네 부친은 훌륭한 인물이었지만 그 사람처럼 롱브르[48]에다 서툰 솜씨로, 그런 거액을 거는 사람은 본 적이 없었네. 고인이 된 자네 아버지 말이야, 5백 모르겐[49] 늪지대 밭을 예제리츠의 농부들에게 나눠줘서 이제 좋은 땅은 얼마 남지 않은 데다가 3만 탈러[50]의 돈도 이미 다 사라진 셈이야. 자네 혼자라면 그나마 어떻게 해 나갈 수 있지만, 동생한테도 나눠줘야 해. 결국, 자네 어머니 다시 말해 내 동생이 전부를 떠맡고 있는데, 워낙 영리하고 똑똑한데다가 절약가이긴 해. 보토, 자네는 무엇 때문에 친위 기갑병에 근무하는 것이고, 돈 많은 사촌은 무엇 때문에 있는 것인가! 그쪽에서는 그저 자네가 와서 정식으로 청혼하고, 자네가 어렸을 때 쌍

---

47 곰치라는 뜻.
48 카르늬이의 일종.
49 땅 넓이의 단위로 두 필의 소가 오전 중에 갈 수 있는 넓이, 약 2에이커.
50 옛 은화.

방 부모가 합의한 것을 확실한 형식으로 매듭지어 줄 것을 기다리고 있어. 무엇 때문에 주저하나? 만일 내가 내일 돌아가는 길에 자네 어머니한테 들러서 '요제피네, 보토가 결정을 내렸어. 만사가 잘 됐어.'라고 전해줄 수 있다면 자네가 잘되기를 바라고 있는 이 늙은 삼촌한테는 더 이상의 기쁜 일이 없어. 베델, 자네도 설득 좀 시켜 줘. 이 친구 이제는 독신 생활을 청산해야 해. 그렇지 않으면 그나마 얼마 남지 않은 재산을 다 써버리게 되거나, 신분 낮은 시민 계층의 여자한테 걸려들게 돼. 내 말 맞지? 뻔해. 자, 결정을 지었네. 이젠 축배를 들기로 하지. 그렇지만 이렇게 마시다 남은 술로는 안 되지 ……." 그가 종을 눌렀다.

"하이드지크 한 병, 최고급으로 가져오게."

8

같은 시각 클럽에 젊은 장교 두 명이 앉아있었다. 한 명은 근위병인데, 키가 크고 늘씬하며 수염은 말끔하게 깎았고, 다른 쪽은 파제발케[51]출신으로 키가 좀 작고, 규정상 뺨만 제외하고 수염투성이였다. 식사를 마치고 나서 하얀 다마스트 식탁보를 반으로 접어놓고, 두 사람은 절반의 맨 테이블에서 피켓[52]게임을 하고 있었다.

"6장에 쿼트[53]하나"

"좋아."

"자네는?"

"에이스 카토르즈,[54] 킹 트리오, 퀸 트리오 ……. 자네 속임수 쓰면 안 돼." 게임을 끝낸 후 상대편이 섞도록 카드를 테이블에 펼친 후 순식간에 쓸어 모았다.

---

51 메클렌부르크 포어폼머른 주에 있는 마을.
52 피켓(picquet), 두 사람이 32매의 패를 가지고 하는 카드놀이.
53 같은 짝의 연 달은 넉 장의 카드.
54 피켓에서 에이스, 킹, 퀸, 잭 또는 10의 같은 짝의 카드 4매 한 벌로, 이 경우 14점 득점한다.

"엘라가 결혼한 거 알아?"

"유감이로군."

"유감이라니 무슨 얘기야?"

"이젠 굴렁쇠 사이로 뛰어다닐 수 없지."

"무슨 소리야. 결혼할수록 더 날씬해지는데."

"그건 예외야. 시커스단의 유명 스타는 3대나 4대에야 비로소 빛을 보는 거야. 날씬과 안 날씬, 말하자면 보름달과 초승달이 어느 정도 서로 교대를 하기 때문이지."

"틀렸네. 계산 잘못했네. 그들이 입양하는 것을 모르는군. 서커스단 사람들은 남몰래 기히텔[55]파를 신봉하고 있어서 계획에 따라서 재산과 명성, 인기를 대물림하거든. 같은 사람으로 보이지만 다른 사람이야. 항상 새 핏줄이지. 자, 어서 패를 떼. 그건 그렇고…… 다른 뉴스가 또 있어. 아프첼리우스가 참모부로 온대."

"어떤 아프첼리우스?"

"창기병 말이야."

"그럴 리가 없는데."

"몰트케[56]가 그를 좋게 봤대. 그 친구가 일을 아주 잘 처리했다는 소문이야."

"나는 대단치 않게 봤는데. 모두 다 서고(書庫)의 일, 필사 아

---

55 Johann Georg Gichtel(1638 – 1710)을 신봉하는 신비주의 종파로 천사처럼 순결을 지킨다는 신념으로 결혼하지 않았다.

56 Helmut von Moltke(1800~1891) 소위 '대 몰트케'로 불리는, 1871년에 비스마르크와 함께 독일 통일을 주도했던 군 참모총장이다.

닌가? 재주가 조금만 있어도 훔볼트[57]나 랑케[58]정도의 책은 쓸 수 있어."

"쿼트, 에이스 카토르즈."

"킹 퀸트[59]"

게임이 계속되는 동안 옆의 당구실에서는 당구공이 부딪치는 소리와 미니 볼링의 핀이 떨어지는 소리가 들렸다.

클럽 뒤쪽에 있는 두 개의 직사각형 방에는 전부 합쳐서 대략 여섯 명에서 여덟 명의 장교가 있었다. 방에서는 햇볕은 잘 드나 볼 것이 별로 없는 뜰만 보였다. 피켓을 하면서 엘라와 아프첼리우스 이야기를 막 끝낸 두 사람을 제외하면, 나머지는 모두 휘스트[60] 아니면 도미노 게임에 열중하느라 도무지 입을 열지 않았다. 게임이 한창이어서 이어진 방으로 새로운 인물들이 반원형 통로를 통해 다가오고 있는 것을 보고서야 두 사람은 고개를 들었다. 들어온 사람은 베델이었다.

"베델, 뉴스를 한 보따리 가져오지 않았으면 쫓아내 버릴 거야."

"미안해, 제르게. 확실하게 약속한 것은 아니잖아."

"하지만 거의 약속한 거야. 물론 얼마든지 양보할 생각은 있

57 Wilhelm von Humboldt(1767-1835) 정치가이자 언어학자, 교육 개혁가였다. 동생(Alexander von Humboldt, 1769-1859)은 지리학자, 박물학자, 탐험가이다

58 Leopold von Ranke (1795-1886) 엄밀한 사료 비판에 기초를 둔 근대 사학을 확립한 사학자.

59 같은 종류의 5매가 계속되는 패.

60 2명씩 2팀으로 나뉘어 하는 카드게임.

어. 150점을 진 피트를 어떻게 해결할 것인지는 자네한테 달렸네."

이렇게 말하면서 두 사람은 카드를 옆으로 밀었다. 베델이 다가오자 제르게라고 불린 청년이 회중시계를 꺼내면서 말했다. "3시 15분이야. 커피를 마시도록 하지. 어디선지 몰라도 틀림없이 이떤 위대한 철학사가 커피의 장점은 어떤 상황, 어떤 시간과도 잘 어울린다고 말한 적이 있지. 맞는 말이야. 성현의 말씀이지. 하지만 어디서 마실까? 해가 잘 드는 바깥으로 나가서 테라스에 앉는 게 좋겠어. 날씨 같은 건 무시할수록 속이 편해. 자, 펠레케, 석 잔 부탁하네. 미니 당구의 핀 넘어지는 소리가 이제야 들리지 않는군. 짜증이 나서 혼났어. 바깥도 물론 시끄럽지만 당구 소리하고는 다르지. 지하실 볼링대의 쿵쾅쿵쾅 소리를 들으면 거슬리는 소리 때문에 베수비오 화산이나 에트나 화산 근처에 있는 것 같아. 하지만 어때! 재미는 결국 상상력의 소산이고, 상상력이 풍부할수록 재미도 많은 법이지. 오직 비현실적인 것만이 가치를 가지고 있고, 실로 그것이야말로 유일하게 진짜야."

"제르게," 피켓 게임에서 피트라고 불렸던 상대가 말했다. "유명한 문구를 그렇게 많이 끌어오면 베델을 너무 못살게 구는 거야. 게임에서 내가 졌으니 좀 너그럽게 봐 줘. 자 여기 앉도록 하게. 뒤에는 잔디, 옆에는 담쟁이, 앞에는 텅 빈 벽이군. 폐하의 근위병을 위한 둘도 없는 휴식처야! 노 피클러[61]께서 이 클럽의 뜨락을 보면 뭐라고 할지. 펠레커 ⋯⋯ 저 테이블을 이리로 가져와, 이제 됐네. 그리고 마지막으로 자네 보관함에 있는 쿠바 잎담배 하나를 부탁하네. 그런데 베델, 용서받고 싶으면 자네 옷을 털어서 새로운 전쟁이라든가 뭐 다른 굉장한 뉴스라도 꺼내 놔야만 해. 자네는 푸트카머[62]가를 통해서 우리 신[63]과 가깝잖아. 어느 신을 두고 하는 말인지는 더 이상 말 않겠네. 신은 요즘 뭘 하시는가?"

"피트" 하고 베델이 말했다. "제발 비스마르크 얘기만은 하지 말게. 첫째, 자네는 내가 아무것도 모른다는 것을 잘 알고 있잖아. 17번째 촌수니까 공작의 측근이나 친척이라고 말할 수 없어. 그리고 둘째, 나는 군주 쪽이 아니라 화살을 거침없이 쏘아대는 쪽 출신이야. 적중한 것은 몇 개뿐이고 대개는 빗나갔지만, 표적은 바로 다름 아닌 각하야."

"그렇다면 그 대담한 사수는 누구야?"

"노남작 오스텐, 리네케의 외삼촌이셔. 매력 있는 노신사이긴 하지만, 좀 능청스러운 면이 있어."

"브란덴부르크 사람들은 다 그래."

"나도 그곳 출신이야."

---

61 Hermann von Pückler-Muskau(1785-1871) 프로이센의 장군으로 탁월한 조경 설계가였다.

62 비스마르크의 아내 Johanna von Bismarck(1824-1894)의 친정 가문.

63 비스마르크를 말한다.

"그렇다면 더욱 그래. 자네도 잘 알 거야. 어서 말해 봐. 그런데 그 노인장이 뭐라고 했지."

"여러 가지인데 정치 문제는 말할 만한 것이 없지만, 그것보다 훨씬 중요한 이야기가 있지. 리네커가 궁지에 몰려 있어."

"무슨 궁지?"

"결혼해야만 해."

"그걸 자네는 궁지라고 말하나? 농담하지 마, 베델. 리네커는 더 심한 궁지에 몰려 있네. 그 친구는 1년에 수입이 9천밖에 안 되는데 1만2천이나 지출을 하고 있어. 정말 심한 궁지지. 결혼보다 더 심한 궁지야. 리네커한테 결혼은 궁지가 아니라 구원이야. 나는 구원의 손길을 예상했어. 그런데 상대는 누구야?"

"사촌이야."

"그럴 거로 생각했어. 요즘 대개 구원자하고 사촌은 거의 같은 인물이거든. 어때? 틀림없이 이름이 파울라이지? 요즘 사촌은 모두 파울라라는 이름이니까."

"그 아가씨는 아니야."

"그렇다면?"

"케테야."

"케테? 아, 알겠다. 케테 젤렌틴이구나. 음, 나쁘지 않네. 멋진 한 쌍이야. 젤렌틴 노인장은 ……, 한쪽 눈에 안대를 한 분이지. 토지를 여섯 군데 소유하고 있고 소작지를 합하면 열세 곳이나 돼. 그것을 둘로 나누고, 열세 번째 것은 케테가 추가로 가지게 될 테니, 아무튼 축하할 일이야."

"자네 그 아가씨를 알아?"

"알다마다. 아마빛 금발에다 눈빛은 물망초 같아. 하지만 다감한 형은 아니야. 달보다는 오히려 태양이지. 이곳 췰로 부인 댁에 묵었고, 14살 때부터 벌써 구애자들이 따라다녔어."

"묵었다니?"

"항상, 매일은 아니고, 자네가 지금 만나고 온 그 오스텐 남작 댁으로 식사를 하러가는 일요일마다 그랬어. 케테, 케테 젤렌틴 ……. 당시는 할미새 같았고 우리도 그렇게 불렀는데 정말 멋진 말괄량이였지. 우리가 실감개라고 부르던 그녀의 틀어 올린 머리는 지금도 눈에 선해. 그 실감개를 리네커가 풀어내리는 거야. 좋아, 별 어려움은 없을 거야."

"어쩌면 남들이 생각하는 것보다 더 어려울 수 있어."라고 베델이 말했다. "물론 재정 위기에서 몹시 벗어나고 싶은 마음이겠지만, 그렇다고 주저 없이 친척인 금발 아가씨와 결혼한다는 것은 억측이 아닐까? 왜냐면 리네커는 오페라에서처럼[64]요즘은 다른 색, 정확히 말해 은색이 도는 금발 아가씨한테 열을 올리고 있거든. 최근에 발라프레한테 들은 말로는, 리네커가 세탁부의 딸을 귀부인으로 승격시켜야 할지 아닌지 진심으로 생각하고 있다는 거야. 아베넬 성(城)[65]이든 체텐 성이든 그에게는 마찬가지야. 성(城)은 성이니까. 그리고 자네도 알겠지만 리네커는 무슨 일이

---

64 프랑스 작곡가 François-Adrien Boïeldieu (1775 – 1834)의 오페라 〈귀부인 La Dame blanche〉.

65 위의 오페라에 등장하는 성.

있어도 자신이 택한 길을 가는 사람이고, 언제나 자연스러운 것을 좋아하지."

"그래." 피트가 웃었다. "그건 그래. 하지만 발라프레는 멋대로 잘라내서 재미있는 이야기를 꾸며내지. 베델, 자네는 냉철한 사람이니. 그런 꾸며낸 이야기를 믿지 않겠지."

"아냐, 꾸며낸 이야기가 아니야." 베델이 말했다. "하지만 이건 알고 있어. 리네커는 키가 6피트나 되지만 바로 그것 때문이랄까 마음이 약하고 남의 영향을 잘 받지. 보기 드물게 부드럽고 착한 성격이야."

"그건 그래. 하지만 상황이 어쩔 수 없게 되면, 여우가 최악의 경우에는 덫에서 나오듯이, 속박을 풀고 자유의 몸이 될 거야. 그건 슬픈 일이고 그 뒤엔 고달픈 삶이 계속 있단 말일세. 그래도 중요한 것은 속박을 풀고, 자유로워지는 거야. 케테 만세! 그리고 리네커도! 이런 속담도 있잖아. '신은 현명한 자의 편이다.'"

9

보토는 다음 날 방문하려 하는데, 보통 때보다 좀 일찍 갈 것 같다며 그날 저녁 레네에게 편지를 썼다. 약속을 지켜서 해가 지기 한 시간 전쯤 찾아갔다. 당연히 되르 부인도 와 있었다. 공기는 맑고, 너무 덥지 않은 날씨였다. 한동안 이야기를 나누다가 보토가 말했다. "능원으로 나가볼까?"

"그래요, 능원으로 나가요, 그런데 다른 곳은 어때요?"

"어디 말인가?"

레네가 웃었다. "걱정하지 마세요, 보토. 숨어 있는 사람은 아무도 없어요. 꽃술 장식을 한 백마 탄 아가씨도 나타나지 않아요."

"어디로 갈까, 레네?"

"들로 나가보죠. 푸른 들판으로요. 민들레와 나 외에 아무도 없는 곳이요. 되르 아주머니도 괜찮으시면 함께 가요."

"'괜찮다면'이라니!" 되르 부인이 말했다. "꼭 같이 가야지. 영광이지 뭐야. 그런데 외출 준비부터 우선 좀 해야 돼. 금방 돌아올게."

"그러실 필요 없어요, 아주머니. 우리가 모시러 갈게요."

정말로 15분쯤 지나 두 사람이 마당으로 나가니 되르 부인이 문 앞에서 기다리고 있었다. 팔에다 숄을 얹고 화사한 모자를 쓰고 있었다. 그녀의 남편은 구두쇠들이 대개 그렇듯이 이따금 우스울 정도로 비싼 물건을 아내에게 선물했다.

모양낸 부인을 보토가 좀 치켜세운 뒤 세 사람은 길을 내려가 눈에 잘 띄지 않는 작은 옆문을 지나 들로 나갔다. 별로 많이 내려가지 않아서 길은 넓은 초지로 구부러져 있었다. 길에는 능원 울타리가 이어져 있었고, 울타리 바깥쪽으로 쐐기풀이 높이 자랐다.

"여기가 좋아요." 레네가 말했다. "아주 아름답고 아주 조용한 길이에요. 아무도 오지 않는 곳이에요."

사실 그곳은 쓸쓸했다. 이 길 외에도 이 길과 나란히 초지를 지나서 빌머스도르프로 이어지는, 도시 변두리의 독특한 생활을 어느 정도 보여주는 길이 서넛 더 있지만, 이쪽 길이 훨씬 조용하고 사람들의 왕래도 더 적었다. 길의 한쪽에는 여러 종류의 헛간이 있었는데, 헛간 사이에 있는 운동기구 같은 것이 보토의 관심을 끌었다. 어디에 쓰는 것인지 보토가 알아보려 했는데, 사용하고 있는 것을 보니 이미 질문에 대한 대답이 나왔다. 그 기구 위에 이불이나 융단 같은 것을 널고 큰 등나무 줄기로 두드리기 시작하자 곧 먼지 구름이 길을 뒤덮었다.

보토가 그쪽을 가리키며, 햇빛에서 보면 먼지를 빨아드리는 기구 같아서 폐가 아주 좋은 사람이 아니면 모르는 사이에 결핵에 걸리기 십상인, 융단이 쓸모 있는지 없는지 되르 부인과 토론을 할 생각이었다. 하지만 그는 곧 중단해버렸다. 바로 그 순간 그가 들어선 길의 한쪽에서 작업 잔동사니처럼 보이는 조각가의 석고 장식품, 천사의 머리가 여기저기 흩어져 있는 것을 보았기 때문이었다.

"천사의 머리로군." 보토가 말했다. "보세요, 되르 부인. 여기 날개가 달린 것도 있습니다."

"그러네요." 되르 부인이 말했다. "뺨이 포동포동한 것도 있어요. 그렇지만 이런 것도 천사인가요? 이렇게 작고 날개가 달린 것은 큐피드 아닌가요?"

"큐피드나 천사나" 보토가 말했다. "다 같은 것이에요. 레네에게 물어보십시오. 그렇게 말할 겁니다. 안 그래, 레네?"

레네는 마음이 좀 상했지만 그가 손을 잡자 곧 풀어졌다.

잔동사니를 뒤로하고 오솔길이 왼쪽으로 꺾이더니 얼마 안 있어 꽤 넓은 들판 길로 이어졌다. 거기에는 한창 흑양나무가 만발해서 나뭇가지의 꽃송이들이 마치 풀어 놓은 솜처럼 초원 위로 흩날리고 있었다.

"이걸 봐, 레네" 되르 부인이 말했다. "요즘은 침대에다 이걸 넣어. 깃털하고 똑같아. 이걸 나무 솜이라고 하지."

"네, 알아요. 이런 것을 찾아내서 유용하게 쓴다는 것은 기쁜 일이에요. 그렇지만 이건 아주머니께는 안 맞죠?"

"그래, 레네. 나한테는 안 맞아. 나는 단단한 것, 밀총이나 용수철이 들어있는 침대가 더 좋아. 들썩이는 건 ……."

"물론 그래요." 레네가 좀 불안해서 말했다. "비가 올 것 같아요. 보세요, 개구리들이 울고 있어요."

"아, 개구리" 부인이 말했다. "밤에는 이따금 계속 울어대서 잠을 잘 수 없어. 왜 그렇게 울어대는지 몰라. 여기가 초지 같아 봬도 늪지라서 그런가 봐. 봐, 저 웅덩이들 좀 봐. 황새가 서서 이쪽을 보고 있네. 아니, 나를 보는 게 아니야. 나는 한참 쳐다봐도 관계없어.[66] 아무 상관없어."

"이제 그만 집으로 돌아가요." 당황해서 레네가 말했는데, 아무 말이라도 하려고 그렇게 말한 것이었다.

"아냐." 되르 부인이 말했다. "아니야, 레네. 무서워할 것 없이 노래를 불러주면 돼. 황새야, 착한 황새야, 나한테 가져다주렴 ……. 아니면 이 노래를 불러볼까, 황새야, 소중한 친구야 ……."

한동안 이렇게 시간이 흘렀는데, 부인은 마음에 드는 얘깃거리가 있으면 좀처럼 중단하지 않기 때문이었다.

그러나 드디어 그 화제마저 시들해졌다. 세 사람은 천천히 발걸음을 옮기면서 슈프레 강에서 하벨 강으로 이어지는 언덕 아래까지 왔다. 그곳에서 초지가 끝나고 곡식밭과 채소밭이 빌머스도르프의 첫 번째 마을까지 이어져 있었다.

"이젠 좀 올라가기만 하면 돼." 되르 부인이 말했다. "올라가서 좀 쉬었다가 민들레를 따서 화환을 만들자. 줄기를 엮어서 화환이나 팔찌를 만들면 재미있어."

---

66 아기를 가져오는 새로 알려져 있다.

"그래요." 레네가 말했다. 오늘 그녀는 어쩐지 시무룩한 기분에서 빠져나올 수가 없었다. "어서 가요, 아주머니. 여기 길이 있네요."

이런 말을 하면서 그들은 낮은 비탈길을 올라 비탈 위에 앉아서 작년 가을부터 그곳에 쌓아 놓은 송이풀과 쐐기풀 잡초더미 위에 가서 앉았다. 이 잡초더미는 멋진 휴식처이자 동시에 전망이 좋은 곳이어서 갯버들과 버들로 둘러싸인 개울 넘어 빌머스도르프의 북쪽에 늘어선 주택단지를 바라볼 수 있을 뿐 아니라 근처의 구주희 게임장에서 핀이 넘어지는 소리와 덜컹거리는 두 개의 판자 위로 공이 되돌아오는 소리가 아주 분명하게 들렸다. 이 소리가 유난히 즐거워서 레네가 보토의 손을 잡고 말했다.

"보토, 나는 이 소리에 유난히 귀가 밝아요. (왜냐하면, 어려서부터 저런 게임장 옆에서 살았거든요) 그래서 공을 탁하고 내려놓는 소리만 들어도 핀 몇 개를 쓰러트릴지 금방 알아요."

"그럼 내기해볼까?"

"무엇을 걸죠?"

"그건 다음에 정하도록 하지."

"좋아요, 하지만 맞히는 것은 세 번뿐이에요. 그리고 내가 가만있을 때는 세지 마세요."

"그러지."

세 사람은 그쪽으로 귀를 기울였다. 되르 부인은 매 순간 더 흥분되고 가슴이 누근거려서 마치 극상에 앉아 막이 오르기를 기다리는 것 같다고 했다. "레네, 너무 자신만만한 것 아니야? 그런 걸 어떻게 맞춘다는 거야?"

바로 그때 공을 탁하고 내려놓는 소리가 들리고 이어서 귀퉁이에 부딪히는 둔탁한 소리가 들리지 않았으면 부인이 쉬지 않고 같은 식으로 수다를 계속했을 것이다. 곧 잠잠해졌다. "하나도 못 맞췄어요."라고 레네가 말했다. 맞았다, 정말이었다.

"지금 것은 쉬워." 보토가 말했다. "너무 쉬워. 그런 거라면 나도 맞출 수 있어. 다음 것은 어떻게 되는지 볼까?"

이어 계속해서 두 번 공이 굴러가는 소리가 들렸는데 레네는 아무 말도 꼼작도 하지 않았다. 되르 부인도 눈을 점점 더 크게 떴다. 그러자 레네는 자리에서 벌떡 일어나 작고 단단한 공이 탄력 있고 딱딱한 특이한 소리와 함께 진동하면서 널판 위를 굴러가는 소리를 듣고 "9개 전부 맞췄어요."라고 외쳤다. 그와 동시에 저 너머에서 핀 넘어가는 소리가 들리고 확인할 필요도 없지만, 핀을 줍는 청년의 목소리가 레네의 말을 뒷받침했다.

"레네가 이겼어. 오늘 필리브헨[67]을 함께 먹고 한 방에 끝냅시다. 맞지요, 되르 부인?"

"맞아요." 그녀가 눈을 찡긋했다. "한 방에 끝내요." 그렇게 말하고, 그녀가 모자를 벗어 마치 장에 쓰고 가는 모자처럼 한 바퀴 돌렸다.

---

67 전해 내려오는 놀이의 일종으로, 씨가 두 개인 아몬드나 개암을 먹고, 다음 날 아침에 "안녕, 필리브헨"이라고 먼저 인사하는 사람이 이긴다. 원래 필리브헨 (Vielliebchen)은 애인이란 뜻이다. 게임에서 지면 벌로 대개 키스를 받는다.

그사이 해는 빌머스로르프 교회 뒤로 넘어가 버렸다. 리네가 인제 그만 일어나서 집으로 가자고 했다. "추워지니 가는 길에 숨바꼭질해요. 나는 당신한테 붙잡히지 않을 거예요."

"그거야 해 봐야 알지."

그래서 숨바꼭질이 시작되었다: 정말 레네는 쉽사리 붙잡히지 않았다. 하지만 웃음과 흥분에 지쳐 되르 부인의 건장한 몸 뒤로 도망쳤다.

"난 나무 뒤에 숨었어요." 그녀가 웃었다 "날 못 잡을 거예요." 레네가 되르 부인의 상의 자락을 꼭 잡고 마음씨 좋은 부인을 교묘하게 오른쪽 왼쪽으로 밀었기 때문에 한동안은 잡히지 않았다. 그러나 갑자기 보토가 그녀의 옆에 불쑥 나타나 그녀를 꼭 붙잡고 키스했다.

"위반이에요. 이런 약속은 없었어요." 그렇게 거부하면서도 그녀는 그의 팔에 매달려 근위병 목소리로 명령을 내렸다. 그녀는 "분열행진, 시작"이라고 외치면서 끝내고 싶지 않은 이 명령에 신이 나 있었다. 선량한 되르 부인도 이 놀이에 함께 어울렸다.

"믿을 수 없어." 되르 부인이 말했다. "그래, 믿을 수 없는 일이야. 언제나 똑같고, 달라지는 것은 없어. 지난 일이 생각나네. 믿을 수가 없어. 그 사람도 그랬지. 항상 그랬어."

"무슨 얘길 하시는 거야?" 보토가 나지막이 물었다.

"아, 예선 일을 ……. 서, 아시잖아요 …… 진에 밀씁드린 적 있잖아요."

"아, 그 이야기? 그분, 그분도 나쁜 사람은 아니었던 것 같아."

"그렇겠죠. 이 사람이나 저 사람이나 다 마찬가지니까요."

"그렇게 생각해?"

"아니에요." 그녀가 고개를 저었는데, 눈에는 무언가 부드럽고 감동적인 것이 스쳤다. 하지만 그런 기분에 젖어들고 싶지 않았기 때문에 그녀는 이렇게 말했다. "노래 불러요, 아주머니, 노래 불러요. 어떤 것이 좋을까요?"

"아침 햇살 ……."

"안 돼요, 그건 안 돼요 ……. '내일 차가운 무덤으로', 그건 너무 슬퍼요. 우리 '해가 가고, 해가 가도'를 불러요. 아니면 '그대여, 생각 하시나요'를 노래해요."

"그래, 좋아. 그거 좋은 노래지. 내가 좋아하는 애창곡이야."

이제 세 사람은 잘 훈련된 목소리로 되르 부인이 제일 좋아하는 노래를 불렀다. 능원 근처에 와서도 들판에까지 들리도록 '나는 생각해요 ……. 내 삶은 당신 덕이에요'를 불렀다. 노래는 창고와 헛간이 늘어선 저 너머 길에까지 메아리쳤다.

되르 부인은 너무도 행복했다. 하지만 레네와 보트는 숙연해졌다.

님프취 부인의 집 앞에 왔을 때는 날이 이미 어두웠다. 쾌활하고 명랑한 기분을 다시 회복한 보토는 잠시 안으로 들어갔다가 헤어질 작정이었다. 하지만 레네가 이것저것 약속을 상기시키고 되르 부인 역시 약속한 필리브헨 약속을 강조하며 눈짓을 하자 그는 마음을 접고 저녁 시간을 거기서 보내기로 했다.

"그렇게 해요." 되르 부인이 말했다. "나도 있을게요. 내가 있어도 괜찮고, 게다가 필리브헨 하는 데 방해가 되지 않는다면 말이에요. 괜찮을지 모르겠네요. 우선 모자하고 숄을 집에 가져다 두고 올게요."

"꼭 다시 오십시오." 보토가 손을 내밀면서 말했다. "이런 젊은 날은 두 번 다시 오지 않습니다."

"그럼요." 되르 부인이 웃었다. "이런 젊은 날은 두 번 다시 오지 않죠, 오늘은 무어라고 해도 오늘이고, 다른 날하고 달라요. 이런 젊은 날은 두 번 다시 오지 않는다, 라는 말은 지당한 말이에요. 그건 누구도 어쩔 수 없어요."

이런 식으로 또 한동안 대화가 오갔다. 날로 나이를 먹는 나는 반박할 여지가 없는 사실이 마음에 들어 그녀는 같은 말을 두세 번 반복했다. 그러고 나서야 집으로 돌아갔다. 레네는 되르 부인을 현관까지 바래다주었고, 보토는 님프취 부인 곁에 앉아서 어깨에서 흘러내린 숄을 다시 얹어 주며 레네를 두세 시간이나 산책에 데리고 나가서 죄송하다고 말했다. 그렇지만 정말 즐거운 시간이었습니다, 언덕 위 송이풀 더미에 앉아 쉬었는데 시간이 흘러가는 것을 까미득히 잊고 있었습니다, 라고 그가 말했다.

"그래요. 행복한 사람들은 시간이 흘러가는 것을 잊지요." 부인이 말했다. "젊은이들은 행복하고, 그래야 해요. 반드시 그래야만 해요. 그런데 남작님, 나이를 먹으면 시간이 흘러가는 것이 지루해서 시간이 빨리 흘러 이제는 그만 세상을 작별할 날이 왔으면 좋겠다는 생각을 하게 되네요."

"어머니, 무슨 그런 말씀을 하십니까. 나이가 들든 젊든 누구나 오래 살기를 바라기 마련입니다. 그렇지, 레네? 우리도 오래 살고 싶지?"

방금 현관에서 돌아온 레네는 그 말에 감동해 그의 목을 껴안으며 키스했다. 그녀의 이런 태도에는 평소에는 볼 수 없던 열정이 담겨 있었다.

"레네, 웬일이지? 하지만 그녀는 곧 정신을 차리고 '묻지 말라'는 듯이 얼른 손을 흔들어 보토의 관심을 사양했다. 그리고 보토가 님프취 부인과 이야기를 계속하는 동안 부엌으로 가서 찬장을 살펴보고 돌아왔는데 이미 즐거운 얼굴이 되어 손에는 파란 설탕 포장지를 묶은 종이묶음을 들고 왔다. 그것은 주부들이 매일의 지출을 적는 메모장처럼 보였다. 그것은 그런 기능 외에도 레네가 관심이 가거나 혹은 강한 흥미를 일으키는 것, 마음속에 떠오르는 의문을 적어두는 것이었다. 그녀가 메모장을 열고 마지막 페이지를 가리키자 보토의 눈길은 곧 굵게 밑줄을 그은 '알아야 할 것'이라는 제목과 마주치게 되었다.

"아니, 레네, 이건 무슨 광고지, 아니면 희극 제목 같아 보이는데."

"그런 거예요. 자, 어서 읽어 보세요." 그가 읽기 시작했다. "코르소의 두 여성은 누구일까? 그분은 나이 든 분일까, 아니면 젊은 분일까? 피트는 누구일까? 제르게는 누구일까? 그리고 가스통은?"

보토가 웃었다. "이걸 전부 다 대답해야 하나? 레네, 그러려면 내일 아침까지 여기 있어야겠어."

이런 대답에 되르 부인이 함께 자리하지 않은 것이 천만다행이었다. 있었다면 레네는 다시 부끄러워졌을 것이었다. 보통 때는 그렇게나 민첩한, 적어도 남작의 일이라면 재빠른 되르 부인이 이번엔 아직 돌아오지 않았다. 레네가 말했다.

"좋아요, 조금 양보할게요. 두 여자분 얘기는 나중에 해주세요, 그래도 괜찮아요. 그런데 이 이상한 이름은 어떻게 된 거죠? 얼마 전에 당신이 사탕 봉지를 가지고 왔을 때 물어봤지만, 그때 대답으로는 충분치 않았어요. 반밖에 안 됐어요. 무슨 비밀이라도 있나요?"

"아냐."

"그럼 말해주세요."

"물론이지, 레네. 이 이름은 전부 별명이야."

"알고 있어요. 전에 그렇게 말씀하셨어요."

"다시 말해서 편의상 그렇게 붙인 것인데 당사자와 관련이 없는 것도 있고, 사람에 따라서 달라."

"그럼 피트는 무슨 뜻이에요?"

"피트는 영국의 정치가야."

"당신 친구도 그런 분인가요?"

"천만의 말씀."

"그러면 제르게는요?"

"그건 러시아 이름으로, 성인이나 대공 중에는 그 이름이 많아."

"그런다고 꼭 성인이 되는 것은 아니죠, 안 그래요? 가스통은 어떤가요?"

"그건 프랑스 이름이지."

"그래요. 이제 생각이 나요. 아직 견신례도 받지 않은 어린 시절에 〈철가면의 사나이〉라는 연극을 본 적이 있어요. 그 가면의 남자 이름이 가스통이었는데 나는 슬프게 막 울었어요."

"하지만 오늘은 웃겠지. 내가 '가스통이 나다'라고 하면 말이야."

"아뇨. 웃지 않아요. 당신도 가면을 쓰고 있으니까요."

보토가 농담 반 진담 반으로 그 말을 반박하려는데 그때 마침 되르 부인이 들어와 대화가 중단되었다. 그녀는 오랫동안 기다리게 해서 미안하다고 말하고, 공교롭게도 주문이 들어와 장례용 화환을 급히 만들어야 했다고 말했다.

"큰 화환? 아니면 작은 건가요?" 님프춰 부인이 물었다. 그녀는 장례식에 관해 이야기하기를 좋아했다.

"중간치예요. 일반 사람이니까요. 담쟁이에 철쭉을 섞은 것이에요."라고 되르 부인이 말했다.

"맙소사" 님프춰 부인이 말했다. "요즘엔 누구나 담쟁이에 철쭉을 섞어 화환을 만들지만, 나는 그게 싫어요. 담쟁이가 자라서 묘지를 덮어 그 밑에 잠들어 있는 분이 안식을 취하게 하는 풍성한 녹색으로 사방을 채우는 것은 좋지만, 담쟁이 화환은 좋지 않아요. 내가 젊었을 때는 밀집꽃[68]을, 노란색 아니면 연노란색으로 썼어요. 특별한 경우에는 붉은색이나 흰색으로 했는데 화환을 여러 개, 또는 한 개 만들어 십자가에다 걸었죠. 그렇게 만들면 겨우내 두어도 봄까지 남아있어요. 더 오래 견디는 것도 있어요. 거기에 비하면 담쟁이에다 철쭉 화환은 아무것도 아니에요. 오래가지 못하기 때문이죠. 나로서는 화환이 오래갈수록 땅에 묻힌 사람을 그만큼 오래 기억해주는 것 같은 생각이 들거든요. 아주 젊지 않다면 홀어미도 마찬가지예요. 아무튼, 나는 밀집꽃이 좋아요. 노란색이든 붉은색이든, 흰색이든 상관없어요. 각자 원하는 대로 어떤 화환을 걸어도 되지만, 그건 치장일 뿐이에요. 밀집꽃이 진짜예요."

---

68 국화과의 밀집꽃 속(Helichrysum)에 속하는 식물로 잘 시들지 않아서 에버래스팅(everlasting), 또는 이모르텔(immortelle)이라고 부르기도 한다.

"어머니," 레네가 말했다. "또 묘지하고 화환 얘기군요."

"그래, 얘야. 사람이란 항상 평소에 생각하고 있는 것을 말하게 되는 거야. 결혼을 생각하는 사람은 결혼에 관해 이야기하고, 장례식을 생각하는 사람은 묘지에 관해 말하게 되지. 그리고 묘지와 화환 얘기를 시작한 것은 되르 부인이었어. 물론 잘 시작한 얘기지만. 내가 이런 얘기를 시삭하는 것은 나한테 화환을 가져다줄 사람이 있을까 걱정이 되기 때문이야."

"아유, 어머니도 참."

"레네, 너는 착해. 착한 아이야. 하지만 사람이 아무리 생각을 한다 해도, 신이 주관하시는 거야. 아침에는 홍안, 저녁에는 백골이지. 너도 언젠가는 나처럼 죽게 돼. 믿지 않으려고 해도 신께서 하시는 일이거든. 되르 부인도 언제 세상을 떠날지 알 수 없고, 내가 죽었을 때 어디 다른 데서 살고 있을지도 몰라. 아니면 내가 다른 곳으로 이사한 후 일 수도 있어. 레네야, 확실한 것은 없어. 아무것도 없어. 무덤 위의 화환까지도 그래."

"아녜요, 아닙니다, 님프취 어머님, 화환은 걱정하지 마십시오."라고 보토가 말했다.

"아이고, 남작님, 정말이세요?"

"제가 페테르부르크에 있든 파리에 있든 우리 님프취 노부인께서 돌아가셨다는 소식을 들으면 화환을 보내드리겠습니다. 만약 베를린이나 그 근방에 있다면 직접 화환을 가지고 오겠습니다."

노모는 기쁜 나머지 환한 얼굴로 말했다. "그럼 약속하신 겁니다, 남작님. 이젠 나도 무덤에 화환이 있게 되니 마음이 가벼워요. 묘지에 화환이 없는 것은 질색이에요. 마치 고아원 묘지나 포로의 묘지, 아니면 그보다도 더 나쁘게 보이거든요. 그건 그렇고 레네, 차를 끓이지 그러니? 물은 아까부터 끓고 있고 딸기하고 우유도 있어. 요구르트도 있지. 딱하게도 남작님은 시장하실 것 같구나. 얼굴만 보고 있으면 배가 고파지게 마련이지. 내가 알기로는 그래. 안 그런가요? 오래전의 일이지만 되르 부인, 누구나 한번 젊은 날이 있었지요. 하지만 그때나 지금이나 달라진 것은 없어요."

님프취 부인은 오늘 갑자기 말문이 열린 듯 한동안 계속 심각한 얘기를 했다. 그러는 사이에 레네는 저녁 식사를 가져왔고 보토는 마음씨 좋은 되르 부인을 연상 놀려댔다. 요란한 그 모자를 갖다 두고 온 건 잘한 일입니다, 그 모자는 크놀 공원이나 극장 같은 데 갈 때 쓰는 것이지 빌머스도르프의 송이풀 더미 위에 앉을 때 쓰기에는 적합한 건 아니에요, 그런데 그 모자 도대체 어디서 사신 건가요? 그런 모자는 공주님도 가지고 있지 못해요, 그래도 그렇게 잘 어울리는 모자는 본 적이 없습니다, 내가 어떻게 생각하고 있는지는 말하지 않겠습니다, 하지만 왕자님이라면 틀림없이 그 모자에 반했을 겁니다.

보토가 농담을 하고 있다는 것을 선량한 부인은 잘 알고 있었다. 그래도 그녀는 말했다. "남편은 불이 붙으면 열정적이고 멋지지요. 어쩌면 저럴까 하고 내가 어리둥절할 정도예요. 보통 때는 별 볼 일 없지만, 갑자기 사람이 변해서 평상시의 그 사람이 맞나 할 정도예요. 그럴 때면 이 사람은 사실 대단한 사람인데 나한테 감추고 있는 게 아닌가 하는 생각이 들 정도예요."

차를 마시면서 이런 잡담이 10시까지 계속되었다. 보토가 일어났을 때 레네와 되르 부인은 앞마당을 지나 밖의 능원의 문까지 배웅해주었다. 거기서 세 사람이 멈추었을 때 되르 부인은 지금껏 필리브헨을 잊고 있다는 것을 일깨워주었다. 보토는 그것을 무시하고 오늘 오후에는 정말 즐거웠다는 말만 다시 강조했다. "이제부터는 오늘처럼 자주 산책합시다. 레네, 내가 다시 올 때는 어디로 갈 것인지 잘 생각해 둬요. 어딘가 경치 좋고 조용한 곳을 찾아낼 수 있을 거야. 그냥 들판 말고 훨씬 먼 곳으로."

"그때는 되르 부인도 함께 모시고 가요." 레네가 말했다. "아주머니에게 부탁드려요. 그렇게 해요, 보토."

"그래야지, 레네. 되르 부인도 꼭 함께 가셔야 해요. 함께 안 가면 절대로 안 됩니다."

"아유, 남작님. 그건 받아 드릴 수 없어요. 그렇게 할 순 없어요."

"아닙니다, 되르 부인." 보토가 웃었다. "무엇이든 다 하실 수 있습니다. 부인 같은 분이라면 말입니다."

그러고 나서 그들은 헤어졌다.

11

빌머스도르프 산책 이후 몇 주일 동안 합의한, 적어도 계획한 소풍이 심심치 않게 화제가 되었고, 보토가 방문할 때마다 어디로 갈 것인지를 이야기하였다. 에르크너, 크라니히베르게, 슈비로, 바움가르텐부뤼크 등을 이야기하였지만, 어디나 찾아가는 사람들이 너무 많아서 보토는 결국 경치 좋고 한적한 곳으로 소문난 한켈 적하장[69]이라는 소풍지를 생각해냈고 레네 역시 이에 찬성했다. 레네는 교외로 나가 될 수 있는 대로 도시의 소란을 피해서 사랑하는 남자와 자연의 품속에서 단둘이 있게만 된다면 어디든 문제가 되지 않았다.

여행은 다음 금요일로 정했다, '확정했다.' 두 사람은 괴르리츠 역에서 출발하는 오후 기차를 타고 한켈 적하장으로 떠났다. 그곳에서 하룻밤을 쉬고 다음 날 조용히 하루를 보낼 작정이었다.

기차는 객차를 적게 연결한 데다가 승객이 별로 없어서 보토

---

69 베를린 남쪽 슈프레 강의 지류인 다메 강 하류의 목재 저장소로, 프리드리히 한켈이 건축했다. 소설 집필 당시 폰타네는 이 지역에 거주했고, 이곳은 이 소설을 통해 명소가 되었다.

와 레네는 단둘이 앉을 수 있었다. 옆의 객실에서는 말소리가 크게, 알아들을 수 있게 들렸는데 함께 한켈 적하장으로 가는 사람들이 아니라 더 멀리 가는 사람들이었다.

레네는 행복했다. 보토에게 손을 맡긴 채 아무 말 없이 숲과 들판의 경치를 보고 있었다. 얼마 후 그녀가 말했다. "되르 부인을 두고 왔으니 뭐라 하실지 모르겠어요."

"알지 못할 거야."

"어머니가 말씀하실 거예요."

"그럼 곤란한데. 하지만 이젠 어쩔 수 없어. 전에 들에 나갔을 때는 그래도 괜찮았어. 우리뿐이었으니까. 하지만 한켈 적하장은 아무리 한적한 곳이라고 해도 여관주인 부부가 있고, 때에 따라서는 베를린에서 온 웨이터도 있을 수 있어. 그런 웨이터는 말없이 혼자 웃거나 적어도 속으로 웃지. 나로서는 참을 수가 없어. 모처럼의 즐거움을 망치니까. 되르 부인은 당신 어머니가 곁에 있거나 남편인 되르 씨를 길들일 때는 좋지만, 모르는 사람들과 함께 있을 때는 힘들어. 남들과 함께 있으면 아주머니는 우스꽝스러운 인물이 되어 당황하게 만들거든."

5시경에 기차는 어느 숲 가에 섰다. 실제로 보토와 레네 외에는 내리는 사람이 없었다. 이제 두 사람은 기분 좋게 걸음을 가끔 멈추면서 작은 기차역에서 10분 정도 떨어진 슈프레 강의 기슭으로 천천히 걸어갔다. 옆으로 비스듬히 서 있는 팻말에는 레스토랑이라고 쓰여 있지만, 이 여관은 원래 어부의 집을 개축보다 증축해서 여관으로 바꾼 것이었다. 강의 조망만은 모든 결점을 보충해주고 남았다. 이 분야의 전문가들 사이에서 이 여관이 남달리 호평을 받는 것도 과장만은 아니었다. 레네도 곧 집에 있는 듯한 아늑함을 느끼고 베란다처럼 앞으로 나온 목조 홀에 자리를 잡았다. 그곳의 절반을 집과 강 사이에 있는 오래된 느릅나무 가지가 덮고 있었다.

"여기서 지내요."라고 그녀가 말했다. "저 거룻배 좀 보세요. 둘, 셋……. 저쪽 상류에서 한 떼가 몰려와요. 여길 오길 정말 잘했어요. 보세요, 저기 사람들이 왔다 갔다 하면서 노를 젓고 있어요. 정말 조용하네요. 아, 보토, 여기 정말 좋아요. 당신을 너무나 사랑해요."

보트는 레네가 행복해하는 것을 보고 기뻤다. 평소에 그녀에게서 볼 수 있는 약간 단호하고 거의 쌀쌀해 뵈는 면은 사라지고 평소와 다른 부드러운 감정으로 가득했는데 이런 변화는 그녀 자신마저 유쾌하게 만드는 것 같았다.

한참 후 이 '시설'을 부친과 조부에게서 물려받은 주인장이 나타나 두 사람에게 필요한 것이 없는지, 특히 '숙박을 하고 가실 것인지' 물었다. 그렇다고 대답하자 방을 정하라고 했다. 방은 여러 개 비어 있지만 다락방이 제일 좋은데, 그 방은 천장은 낮지만 크고 넓어서 슈프레 강 너머 뮈겔 산까지 보인다고 했다.

그의 제안을 받아들이자 주인은 필요한 준비를 하려고 나갔다. 보토와 레네는 또다시 단둘이서 행복을 만끽했다. 그들 쪽으로 드리운 느릅나무 가지에는 곁의 삭은 판목에나 둥지를 틀고 있는 참새 한 마리가 날아와 가지를 흔들었고 제비도 이리저리 날아다녔다. 얼마 안 있어 검은 오리 한 마리가 새끼들을 행렬로 이끌며 베란다 앞을 지나 강으로 난 나루턱을 향해 뽐내듯 당당하게 지나갔다.

레네는 열심히 그 광경을 바라보았다. "보토, 여기 좀 봐요. 물결이 말뚝 사이로 흘러가요." 하지만 그녀가 넋을 잃고 바라보는 것은 나루턱도, 말뚝 사이로 흘러가는 강물도 아니었다. 실은 나루턱에 매어 둔 두 척의 보트였다. 그것을 열심히 바라보면서 시시콜콜 물어보고 힌트를 주기도 했지만 보토가 감감무소식으로 그녀의 마음을 알아채지 못하자 그녀는 솔직하게 보트를 타고 싶다고 말하고 말았다.

"여자들은 알 수가 없어. 경솔하기가 막을 수 없다니까. 부활절 월요일 일을 생각해 봐. 그때 하마터면 ······."

"······익사할 뻔했었죠. 하지만 그건 사건의 절반일 뿐이에요. 또 한 가지는 그 덕분에 훌륭한 신사분과 가까이 지내게 된 일면도 있어요. 그분은 당신도 기억하실 거예요. 그분 이름은 보토라고 하죠. 당신은 부활절 때의 일을 불길하다고 생각하진 않겠죠. 대신 이번에는 좀 더 예의 있고 점잖게 행동할게요."

"좋아. 그런데 노를 저을 줄 알아, 레네?"

"물론이죠. 노를 저을 수 있고 돛도 만질 줄 알아요. 하마터면 익사할 뻔했다고 해서 저를 무시하고 제 솜씨를 깔보시는군요. 하지만 그때 사고는 그 애 잘못이었어요. 그리고 익사 사고는 누구에게나 일어날 수 있는 사고예요."

그녀는 베란다에서 내려와 좁은 길을 따라 나루턱에 대어 놓은 두 척의 보트로 갔다. 돛은 절반 내려져 있고, 이름을 새긴 깃발이 펄럭이고 있었다. "어느 보트를 탈까?" 보토가 물었다. "'송어'? 아니면 '희망'은 어때?"

"물론 '송어'예요. 우리는 '희망'하고는 상관이 없어요."

이것은 보토에게 레네가 빗대서 한 말이었다. 감정이 매우 예민하지만, 그녀 역시 베를린 태생인지라 말에 가시가 있는 것을 좋아했다. 그러나 보토는 마음을 찌르는 이 말을 못 들은 척하고 잠자코 레네가 배에 타는 것을 도왔다. 그리고 뒤를 이어 자신도 배에 뛰어올랐다. 막 쇠사슬을 풀려는데 주인이 해가 지면 추워진다면서 재킷하고 모포를 갖다 주었다. 고맙다고 인사를 하고 두 사람은 곧 강물 한가운데로 나아갔다. 작은 섬들과 강 쪽으로 나와 있는 육지 때문에 강의 폭은 3백 보 정도밖에 되지 않았다. 레네는 가끔 노를 저었는데 노를 몇 번 졌지 않아 곧 높은 풀이 무성한, 선박용 부두로 사용되는 목초지에 도착했다. 그들이 있는 곳에서 좀 떨어진 곳에서 사람들이 슈프레 강의 선박을 건조하고 물이 새는 낡은 배에 틈새를 때우며 타르를 칠하고 있었다.

"저기로 가 봐요." 보토를 끌면서 레네가 소리쳤다. 하지만 부두에 도착하기도 전에 목수의 망치 소리가 끝나고 작업이 끝났음을 알리는 종소리가 울리기 시작했다. 그래서 두 사람은 거기서 150보가량 앞에서 구부러져 초지를 가로질러 소나무 숲으로 이어지는 오솔길로 들어섰다. 소나무의 붉은 줄기는 이미 석양을 반사하며 아름답게 빛나고 있었고 나무 우듬지에는 푸른 안개가 내리고 있었다.

"정말 아름다운 화환을 만들어 주고 싶은데," 보토가 레네의 손을 잡으면서 말했다. "봐, 그냥 초지뿐이야. 풀뿐이고 꽃이 하나도 없네. 한 송이도 없어."

"있어요. 아주 많아요. 너무 욕심이 많아서 하나도 안 보이는 거예요."

"내가 그렇게 된 것은 다 당신 때문이야."

"어머, 변명하지 말아요. 내가 찾을 테니 보고 계세요." 허리를 굽혀 좌우로 살피면서 그녀가 말했다. "보세요. 여기도, 저기도, 또 여기, 저기 ……. 되르 아저씨의 능원보다 더 많아요. 한쪽 눈으로도 다 보이는데." 이렇게 말하고 그녀는 재빨리, 그리고 열심히 잡초와 풀줄기까지 뽑았기 때문에 금방 쓸모 있는 것과 쓸모없는 것이 양손에 가득했다.

그러는 사이 그들은 오래전부터 사람이 살고 있지 않은 어부의 오두막까지 오게 되었다. 집 앞에는 솔방울이 떨어져 있는 모래밭에 (집 뒤는 곧장 숲으로 이어져 있었다) 배가 한 척 뒤집혀 있었다.

"이거 우리한테 딱 좋은데."라고 보토가 말했다. "우리 여기 앉을까? 피곤하지? 딴 것을 이리 보여줘. 무슨 꽃을 땄는지 모를 테니, 내가 한번 식물학자 흉내를 내볼까? 이리 줘 봐. 이건 애기 미나리아재비, 이건 조팝나물인데 가짜물망초라고 부르는 사람도 있지. 가짜 말이야. 그리고 여기 톱니 모양의 잎은 학명이 타락사쿰, 우리가 말하는 민들레인데 프랑스인들은 이것으로 샐러드도 만들어. 하지만 샐러드하고 꽃다발은 다르지."

"이리 돌려줘요." 레네가 웃었다. "이런 것을 보는 눈이 없는 것은 거기에 사랑이 없는 까닭이에요. 보는 것하고 사랑은 불가분의 관계거든요. 아까는 이 초지에 풀이 없다더니, 이번에는 꽃이 있긴 하지만 진짜 꽃이 아니라고 하시네요. 하지만 이건 꽃이에요. 아주 훌륭한 꽃이죠. 내가 예쁘게 묶어 줄게요."

"어떤 꽃을 고를지 궁금하네."

"마음에 드는 것만 고를게요. 자 시작하죠. 물망초, 가짜물망초는 빼요. 가짜는 말고 진짜 물망초만 해요. 맞죠?"

"응"

"그리고 이것은 꼬리풀, 예쁘고 사랑스러운 풀이죠. 마음에 드나요? 물어볼 필요도 없지만. 그리고 이 밤색은 채꽃, 딱 당신에게 맞는 꽃이네요. 네, 얼마든지 웃어요. 그리고 이건 ……." 그녀가 몸을 굽혀 바로 앞의 모래밭에 피어 있는 한 다발의 노란 꽃송이를 가리켰다. "이게 바로 밀집화예요."라고 그녀가 말했다.

"밀집화?"라고 보토가 말했다. "이 꽃이 바로 님프취 부인이 그토록 좋아하는 꽃이군. 이 꽃도 넣어. 절대로 빠트리면 안 돼. 자, 이젠 꽃다발로 묶어야지."

"좋아요. 그런데 무엇으로 묶죠? 등심초를 찾을 때까지 기다려요."

"아냐, 그렇게 오래 기다릴 수 없어. 그리고 등심초 줄기는 안 좋아. 너무 두껍고 거칠어. 좀 더 가느다린 깃이 좋아. 레네, 딩신 머리카락은 부드럽고 긴데, 그걸로 꽃다발을 묶으면 안 될까?"

"안 돼요." 그녀가 단호하게 말했다.

"안 되다니, 왜 안 돼? 도대체 왜 안 되는 거지?"

"속담에 있잖아요. '머리카락은 엮는다.'라고. 그러니 이 머리카락으로 꽃다발을 묶으면 당신은 꼼짝도 못 하게 돼요."

"아, 그건 미신이야. 그것도 되르 부인이 한 말이겠지."

"아뇨, 어머니께서 하신 말이에요. 어머님이 내가 어렸을 때 말씀하신 것 중에는 미신처럼 들리는 것도 있지만 언제나 옳았어요."

"뭐라 해도 좋아. 나는 말다툼은 하지 않을래. 하지만 꽃다발을 묶는 것은 당신 머리카락이 아니면 안 되겠어. 또 고집을 부리면서 안 된다는 건 아니겠지."

그녀는 가만히 그를 쳐다보고 정수리에서 머리카락을 하나 뽑아 꽃다발을 묶었다. 그리고 말했다. "당신이 원한 것이에요. 자, 받으세요. 이제 당신은 엮였어요."

그는 웃으려고 했다. 하지만 그녀 말투의 진지함, 특히 마지막 말을 할 때의 그 진지함은 그에게 지을 수 없는 깊은 인상을 주었다.

"날이 차가워졌어." 그가 한참 뒤에 말했다. "여관주인이 재킷하고 담요를 준 건 잘한 일이야. 자, 이제 돌아가야지."

그래서 그들은 보트를 매어둔 곳으로 돌아와 서둘러서 강을 건넜다.

돌아오는 중에 그들은 노를 저으면서 다가가면 갈수록 여관이 그림처럼 아름답다는 것을 알았다. 그것은 낮은 목조 가옥 위에다 갈대 지붕을 마치 그로테스크한 높은 모자처럼 얹은 건물이었다. 전면에 있는 네 개의 작은 유리창에 방금 불이 밝혀졌다. 그 순간 누군가 베란다로 외등 두세 개를 들고 나왔고 오래된 느릅나무 가지 사이로 어둠 속에서 환상적인 격자 사이로 다양한 불빛이 강물 위를 반짝이며 비추었다.

아무도 말이 없었다. 각자 행복에 젖어서 이 행복이 과연 얼마나 오래갈지 생각에 빠져 있었다.

12

그들이 강기슭에 도착했을 때는 이미 어두웠다.

"이 테이블에 앉지." 다시 베란다 아래로 오자 보토가 말했다. "여기 있으면 바람을 피할 수 있어. 그로크[70]나 글뤼바인[71]을 주문할까? 당신 추워 보이는데."

그가 이런저런 것을 제안했지만, 그녀는 당신이 올 때까지는 다시 기분을 차릴 것이라면서 방으로 가고 싶다고 말했다. 조금 지쳤을 뿐 아무것도 필요하지 않아요, 조금만 쉬면 괜찮아져요.

이렇게 말하고 자리에서 일어나 그동안에 정리가 끝난 위층 방으로 올라갔다. 안내하는 안주인은 석연치 않은 추측을 하면서 혹시 무슨 일이 있느냐고 호기심에 가득해서 묻더니, 대답도 기다리지 않고 다음 순간 이렇게 말했다. 그래요, 젊은 여자들은 모두 그럴 때가 있어요. 나 자신도 그런 경험을 했어요. 첫아이가 태어나니 전에는 (지금은 아이가 넷이네요, 원래는 다섯이었는데 가운데 아이는 조산을 해서 잃었어요) 나도 마찬가지였어요.

---

70   럼에 물을 탄 것.

71   설탕 혹은 꿀과 향료를 넣어서 데운 적포도주.

갑자기 그런 기분이 되는데 거의 죽고 싶을 정도죠. 그렇지만 박하 차를, 클로스터 박하 차[72] 한 잔을 마시면 말짱해져서, 물속의 물고기처럼 활기차고 기분 좋고 사랑스러워져요. "그렇다니까요, 부인, 세상 떠난 작은 천사를 빼고도 전 어느새 넷이나 거느리게 됐어요."

레네는 난처한 기분을 간신히 억누르고 무슨 말이라도 해야 하겠기에 박하 차를, 전부터 이야기 들은 적 있는 클로스터 박하 차 한 잔을 달라고 했다.

위층에서 이런 대화가 오가는 동안 보토는 자리를 잡고 앉았는데, 바람이 안 들어오는 베란다 안쪽이 아니라 전면에 놓여 있는 탁자 앞이었다. 탁자라고는 하지만 네 개의 말뚝 위에 널빤지를 얹은 자연 그대로의 것으로, 탁 트인 전망이 좋았다. 여기서 식사를 할 예정으로 그는 생선요리를 주문했다. 전부터 이 여관에서 호평을 받은 '회향(茴香)[73]을 곁들인 잉어'가 나왔고 주인이 와서 남작님께선 무슨 포도주를 드시겠냐고 물었다. 어림잡은 칭호였는데 운수 좋게도 맞았다.

"내 생각에는," 보토가 말했다. "고급 잉어에는 브라우네베르거나 아니면 뤼데스하이머가 더 제격입니다. 그런데 주인장은 술 품질이 좋다는 증거로 내 손님이 되어 함께 마셔야만 합니다."

---

72   수도원 박하 차라는 뜻으로 수도원에서는 전부터 여러 가지 약초를 길렀다.
73   딜(dill), 허브의 일종으로, 시라, 소회향으로도 부른다.

주인은 미소와 함께 인사를 했고 얼마 안 있어 먼지투성이의 병을 들고 돌아왔다. 그리고 프리즈 스커트에 검은 두건을 쓴 웬드[74] 태생의 아름다운 하녀가 쟁반에 잔을 가지고 왔다.

"어디 봅시다." 보토가 말했다. "병을 보면 엄청나게 좋은 술 같군요. 너무 많은 먼지와 거미줄을 보면 언제나 의심스럽지만 그런데 이건 …… 아, 최고네. 70년산인데, 맞죠? 자 그럼 건배합시다. 음, 무엇을 축하하지? 한켈 적하장의 번영을 위해서 건배."

주인은 기분이 굉장히 좋아 보였다. 보토 역시 자신의 말이 그에게 좋은 인상을 주었다는 것을 알아차리자 싹싹하고 붙임성 있는 어조로 말을 이었다. "여긴 정말 멋진 곳입니다. 그런데 단한 가지 한켈 적하장에서 마음 안 드는 것이 있는데, 그건 바로 이곳 이름입니다."

"그렇습니다." 주인도 고개를 끄덕였다. "이 이름은 정말 한번 생각해 봐야 합니다. 우리에게도 큰 손해이거든요, 하지만 거기에는 그럴만한 사정이 있습니다. 한켈 적하장은 이름 그대로 적하장이라서 그런 이름이 붙은 겁니다."

"좋아요. 하지만 그것만으로는 부족하죠. 왜 적하장이라고 했을까요? 적하장이 뭐죠?"

"아마 이런 것일 겁니다. 짐을 내리고 싶은 장소라는 거죠. 이 근방의 모든 토지는 (이 말을 하면서 주인은 뒤쪽을 가리켰다)

---

74 소르비아 라고도 한다. 폴란드 접경지역인 이곳의 사람들이 브란덴부르크와 작센에 많이 들어와 있었다.

언제나 왕의 방대한 영지였고, 프리드리히 대왕[75]때도, 그 이전 군인 왕[76]때도 부스터하우젠 영지라고 했습니다. 숲과 황무지가 있는 서른 개 정도의 마을입니다. 그런데 아시다시피 이 서른 개의 마을은 생산하는 것, 필요로 하는 것이 있었습니다. 다른 말로 하자면 나가고 들어와야 했고 그러기 위해서는 처음부터 배가 와 닿는 곳하고 적하장이 필요했던 겁니다. 단지 어느 장소를 택하는가 하는 게 문제였는데, 이곳을 택하게 된 것입니다. 이쪽의 만(灣)이 배가 닿는 곳, 창고, 오가는 모든 물건의 적하장이 되었고 당시 여기에 살던 어부가, 그분이 바로 저의 조상이신데 성함이 한켈인지라 한켈 적하장이라고 불리게 된 것입니다."

"저런" 보토가 말했다. "그렇게 하나하나 자세히 설명하지 않으셔도 됩니다." 하지만 주인은 더욱 힘을 받아 다시 설명을 계속하려 했다. 하지만 말을 막 시작하려고 할 때 두 마리의 커다란 새가 어스름 속에서 강 표면 위로 날아가는 것이 희미하게 보였다.

"뭐죠? 기러기인가요?"

"아닙니다. 왜가리입니다. 숲 전체가 왜가리 둥지입니다. 전체가 사냥터죠. 멧돼지, 사슴도 많고 저 갈대와 골풀 속에는 오

75　프리드리히 2세(재위 기간 1740년–1786년)는 프로이센을 당시 유럽 최강의 군사대국으로 성장시켰을 뿐만 아니라 예술적 재능까지 겸비하고 있었기에 계몽전제 군주의 전형으로 여겨진다.

76　프리드리히 2세의 아버지인 프리드리히 빌헬름 1세를 지칭한다. 재위 기간 1713-40년. 재정과 군사제도를 개혁했지만, 독선적인 성격의 군국주의자로 평가받고 있다.

리, 도요새, 깍도요새가 정말 많습니다.

"멋집니다." 보토가 사냥꾼이라도 된 듯한 기분으로 말했다. "정말 부럽군요. 이름이 무슨 상관입니까! 오리, 도요새, 깍도요새라니. 이런 곳에서 살고 싶은 생각이 듭니다. 하지만 여긴 쓸쓸해 보이네요. 굉장히 쓸쓸해 보여요."

주인이 혼자 미소를 짓자 보토가 그걸 보고 말했다. "웃으시네요. 하지만 사실 아닙니까? 반 시간 전부터 다리 밑에서 출렁이는 물소리하고 조금 전에 머리 위를 나는 왜가리 소리 외에는 아무것도 들리는 것이 없지 않나요? 그러니 쓸쓸할 수밖에 없지요. 좋은 곳임은 틀림없지만 말입니다. 그리고 이따금 슈프레 강의 거대한 하역선이 두세 척 지나가긴 하지만, 모두가 서로 같거나 적어도 다 비슷해요. 사실 전부가 모두 유령선 같습니다. 정말이지 죽은 듯이 적막합니다."

"그렇습니다." 주인이 말했다. "하지만 그럴 때만 그렇습니다."

"그게 무슨 말인가요?"

"네." 주인이 되풀이했다. "그럴 때만 그렇습니다. 쓸쓸하다고 말씀하시는데, 남작님, 사실 온종일 쓸쓸합니다. 몇 주일 계속 그럴 때도 있습니다. 하지만 얼음이 녹고 이른 봄이 되면 벌써 손님들이 오고, 베를린 사람들이 몰려옵니다."

"언제쯤 오나요?"

"믿기 어려울 만큼 일찍 옵니다. 오쿨리[77]에 벌써 옵니다. 남

---

77   사순절의 세 번째 일요일.

작님, 겨우 매서운 겨울바람이 물러가고 동풍이 불어 3월의 햇볕이 내리쬐면 우리는 아직 방 안에 들어앉아 있는데 베를린 사람들은 벌써 밖으로 나와 여름 코트를 의자에 걸쳐놓고 바이스 맥주를 주문합니다. 왜냐하면 베를린 사람들에게는 햇빛만 비치면 좋은 날씨거든요. 불어오는 바람에 따라서는 폐렴이나 디프테리아에 걸릴 수 있는데도 굴렁쇠 놀이를 하고, 보치아[78] 게임을 하는 사람도 있습니다. 이곳을 떠날 때쯤이면 모두 뙤약볕에 부어올라 제 가슴이 아픕니다. 다음 날 피부가 벗겨지지 않는 사람이 한 사람도 없으니까요."

보토가 물었다. "맞아요, 베를린 사람들은 그렇죠! 그런데 슈프레 강의 주변은 노 젓는 사람들하고 돛단배 탄 사람들이 만나서 경주하는 곳 아닌가요?"

"그렇습니다. 하지만 대단한 것은 아닙니다. 많아야 40, 50명, 때에 따라 백 명이 될 때도 있습니다. 하지만 그것이 지나면 다시 조용해져서 수주일, 수개월 동안 수상 스포츠는 완전히 사라집니다. 네, 그래도 클럽 손님들은 대하기가 비교적 편하고 참을만해요. 그런데 6월이 되어 증기선이 오면 그때는 심각하죠. 그 상황이 여름 내내, 아니면 여름이 지나고도 한참 오래 계속됩니다."

"그렇겠네요." 보토가 말했다.

"그때가 되면 매일 전보가 옵니다. '내일 아침 9시 슈프레 강

---

78   공 굴리기 게임.

증기선 알젠호로 도착'. 당일 소풍 240명. 그 뒤에는 파티를 주선한 사람들의 이름이 줄지어 있습니다. 그것도 한 번뿐이라면 괜찮은데 오래 계속되면 고생이죠. 이런 단체 손님들은 어떻게 지내는지 아십니까? 어두워질 때까지 숲이나 풀밭에서 놀다가 저녁이 되면 11시까지 춤을 춥니다. '그거야 별것 아니지'라고 생각할 수도 있고, 사실 다음 날 쉰다면야 대난할 것도 없죠. 하지만 다음 날도, 그 다음 날도 마찬가지입니다. 매일 밤 11시에 240명을 태운 증기선을 보내고, 매일 아침 같은 인원을 태운 증기선을 맞아들이는 겁니다. 그사이에 전부 다 깨끗이 치워놔야 합니다. 하룻밤 걸려 환기를 하고 걸레질해서 손잡이가 반짝거릴 정도가 되면, 벌써 다음번 증기선이 도착합니다. 물론 좋은 점도 있어요. 밤에 금고 속의 돈을 헤아려보면 고생한 보람이 있다는 것을 알게 됩니다. '무에서는 유가 나오지 않는다'는 속담 그대로입니다. 여기서 마시는 마이볼[79]을 대려면 하이델베르크 술통[80] 같은 것을 준비해야 할 정도입니다. 수익을 많이 올릴 수 있는 것은 확실하니 모든 것이 고맙죠. 하지만 한편으로는 좋으면서도 다른 한편으로는 좋지 않으니, 둘도 없는 생명과 건강을 희생해야 합니다. 잠을 제대로 못 자는 인생이 대체 무엇입니까?"

"알겠습니다. 이제 이해가 됩니다."라고 보토가 말했다. "완전한 행복이란 없군요. 그 대신 겨울이 되면 잠꾸러기 오소리처

---

79   알코올에 과일을 넣은, 펀치볼과 흡사한 음료.
80   하이델베르크 성의 술통의 높이는 약 7m며 폭은 약 8.5m에 이른다.

럼 실컷 잘 수 있지 않나요?"

"그렇지요. 하지만 섣달그믐이나 주현절(主顯節)[81], 카니발 같은 것은 없으면 좋겠습니다. 달력에 나와 있는 것보다 그런 것이 자주 있거든요. 그럴 때 이곳의 소란을 한번 보여드리고 싶습니다. 썰매와 스케이트로 열군데 마을에서 증축을 한 이 큰 홀로 모여듭니다. 그때는 대도시 사람들의 얼굴은 거의 보이지 않아요. 베를린 사람들은 쉬는데, 그 대신 하인 장(長)이나 하녀들이 몰려옵니다. 그럴 때면 수달 가죽 모자나 두꺼운 은 단추 달린 맨체스터 재킷을 볼 수 있습니다. 거기에다 때맞춰 휴가 중인 여러 종류의 군인들, 슈베트 용기병, 퓌르스테발트의 창기병, 포츠담의 경기병까지 옵니다. 모두 질투가 많고 싸움을 좋아해서 춤을 추러온 것인지 싸움을 하러 온 것인지 구별이 안 됩니다. 아주 사소한일이 원인이 되어 마을과 마을끼리 맞붙어 전쟁합니다. 이렇게해서 밤중 내내 소란을 피우게 되면 팬케이크는 말끔하게 끝이납니다. 사람들은 아침 동이 트기 시작할 때에야 비로소 얼어붙은 강과 들판의 눈길을 지나 집으로 돌아갑니다."

"그렇다면 말입니다." 보토가 말했다. "쓸쓸하다느니 죽은 듯이 고요하다는 말은 맞는 말이 아니군요. 하지만 그런 것을 몰랐던 것이 다행이었습니다. 알고 있으면 무서워서 이곳으로 오려 하지 않았을 겁니다. 그래도 이렇게 경치 좋은 곳을 보지 않는

---

81 예수의 출현을 축하하는 기독교의 교회력 절기로, 날짜는 1월 2일부터 8일 사이의 주일이다. 로마 가톨릭교회에서는 '주님 공현 대축일', 개신교에서는 '주현절'(성공회는 '공현절')이라고 부른다.

다면 아마 평생 후회할 것 같습니다 ……. 그런데 아까 주인장이 '잠을 제대로 못 자는 인생이 대체 무엇이냐'고 하셨는데, 나도 동감입니다 ……. 아직 이르지만 좀 피곤하군요. 공기하고 물 때문에 그런 것 같네요. 이제 좀 가서 살펴봐야겠습니다. 부인께서 애 많이 쓰셨습니다. 자, 주인장님, 안녕히 주무십시오. 내가 쓸데없는 이야기를 많이 한 것 같습니다."

이렇게 말하고 그가 일어나서 고요해진 집 안으로 들어갔다.

레네는 끌어당긴 의자에 다리를 비스듬히 올려놓고 침대에 누워 여주인이 가져다준 차를 마셨다. 안정을 취하고 뜨거운 것을 마시자 몸도 나아지고 마음도 차분해졌다. 얼마 지나자 다시 베란다로 내려가서 보토와 여관주인의 대화에 어울릴 수 있을 정도로 나았다. 하지만 이야기하고 싶은 마음이 들지 않아 그녀는 아직 눈여겨보지 않은 실내를 둘러보기로 했다.

과연 방은 구경할만한 가치가 있었다. 대들보나 점토 벽은 옛날 그대로였고 희게 칠한 천정은 손가락이 닿을 만큼 낮았다. 아래층 방에는 아직도 작은 유리창이 남아있지만, 위층은 거의 바닥까지 닿도록 큰 유리문을 끼워서 주인 말처럼 주변의 숲과 강물의 멋진 전망을 마음껏 즐길 수 있었다. 경매에서 입수한 듯한 좋은 그림 몇 개가 군데군데 튀어나오고 부풀어 오른 오래된 벽에 걸려 있었다. 앞으로 나온 박공 창 뒤쪽, 다시 말해 원래 방의 경사진 지붕이 서로 만나는 곳에는 멋진 화장대가 놓여 있었다. 어디를 보나 이 집은 어부나 사공들의 숙박소다운 모습을 간직하고 있으면서도 동시에 부유한 범선이나 노 젓는 작은 배의 클럽회원들의 마음에 드는 여관으로 바뀌어 있음을 알 수 있었다.

레네는 바라보는 모든 것에 친근감을 느꼈다. 그녀는 우선 폭이 넓은 액자에 넣어서 침대 위 좌우에 걸어놓은 그림을 바라보았다. 그림의 대상이 강한 흥미를 일으키는 동판화였기 때문에 어떤 제목인지 궁금했다. 하나는 아래에 〈델라웨이 강을 넘는 워싱턴〉, 다른 하나는 〈트랄팔카의 최후〉라고 적혀 있었다. 하지만 그녀는 단지 철자만을 해독했을 뿐 그 이상은 이해할 수 없었다. 그 자체는 대수롭지 않은 일이지만, 자신과 보토 사이에는 간격이 너무 멀다는 생각이 그녀의 가슴을 아프게 했다. 물론 보토는 학식이나 교양 같은 것을 비웃었지만, 그녀는 영리한 여자이기 때문에 그런 비웃음이 어떤 것인지 잘 알고 있었다.

방의 문 바로 옆에 빨간 컵과 물병이 놓여 있는 로코코 양식의 탁자 위에는 3개 국어로 쓴 '젊은이는 아는 것이 없다'[82]라는 여러 가지 색깔의 석판화가 걸려 있었다. 이 그림은 되르의 집에서도 본 적이 있었다. 되르는 이런 종류의 그림을 좋아했다. 그런 그림을 여기서 또 보게 되니 레네는 불쾌한 생각에 몸이 움찔했다. 그녀의 예민한 관능은 그 그림에 내포된 음탕한 것으로 말미암아 자신의 감정이 더럽혀진 것 같은 모욕감이 느껴져, 그 느낌을 지워내고 박공 창으로 다가가 밤공기가 들어오도록 창문을

---

82   프랑스 속담 Si jeunesse savait, si vieillesse pouvait. (젊은이들은 아는 것(경험)
        없고, 늙은이들은 힘(능력)이 없다)

활짝 열었다. 아, 밤공기는 얼마나 상쾌한가. 그녀는 마룻바닥에서 두 뼘가량 올라간 창문턱에 앉아 왼쪽 팔을 문설주에 감고, 별로 멀리 떨어지지 않은 베란다에서 들려오는 말소리를 들으려고 했다. 그러나 아무것도 들리지 않고 사방은 깊은 적막에 잠겨 있었다. 다만 늙은 느릅나무를 스치는 바람에 잎사귀들만이 소리를 내고 있었다. 눈앞에 전개된 아름다운 광경에 매혹되어 어쩔 줄 모르는 사이 방금 받은 불쾌한 생각은 이제 모두 사라지고 말았다. 물은 고요히 흘러가고, 숲과 풀밭도 밤의 어둠 속에 가라앉았다. 이제 다시 모습을 나타낸 초승달이 물결 위에 빛을 던져 흔들리는 작은 파도를 볼 수 있었다.

"정말 아름다워." 깊게 숨을 쉬며 레네가 말했다. "난 정말 행복해." 그녀가 덧붙였다.

그녀는 이 광경으로부터 떨어지고 싶지 않았다. 하지만 일어나 의자를 거울 앞으로 끌어다 놓고 머리를 풀어 다시 땋기 시작했다. 그것이 채 끝나기도 전에 보토가 들어 왔다.

"레네, 아직도 안 자? 나는 키스해서 깨워야 하는 줄 알았는데."

"그러기엔 너무 일찍, 너무 늦게 오셨어요."

그녀가 일어나 그에게로 다가갔다. "내 소중한 보토, 당신은 정말 오래 계셨어요."

"그런데 열은 어때? 그리고 기분은?"

"다 나았어요. 반 시간 전부터는 완전히 기운을 되찾았어요. 그동안 당신을 기다리고 있었어요." 그녀는 아직 열어놓는 창가로 그를 데리고 갔다. "보세요, 가련한 마음은 이런 경치를 보고 있으면 그리움으로 가득해져요."

그러고 나서 그에게 안겨 눈을 감으며 행복 가득한 표정으로 그를 바라보았다.

13

두 사람은 아침 일찍 일어났다. 아래층에서 식사하려고 계단을 내려가는데 마침 해가 아침 안개를 헤치며 솟아올랐다. 바람이 살짝 불어왔는데 뱃사람들이 일하기 좋아하는 새벽바람이었다. 우리들의 두 젊은이가 밖으로 나왔을 때는 슈프레 강의 평저선(平底船) 소함대가 이쪽으로 오고 있었다.

레네는 아직 아침 차림 그대로였다. 그녀는 보토의 팔을 잡고 천천히 강기슭을 따라 갈대와 등심초가 높이 자라고 있는 곳까지 갔다. 그는 다정한 눈길로 그녀를 바라보았다. "레네, 당신은 지금껏 내가 보지 못한 얼굴을 하고 있어. 어떻게 말해야 할까? 뭐라고 할 수 없을 만큼 아주 행복한 얼굴이야."

사실 그랬다. 그녀는 행복했다. 너무 행복해서 이 세상이 온통 장밋빛으로 가득해 보였다. 소중한 사람, 가장 사랑하는 사람의 팔짱을 끼고 무엇과도 바꿀 수 없는 한 때를 즐기고 있었다. 이것으로 충분하지 않은가? 설사 이것이 마지막 한때라고 하더라도, 아무것도 후회할 것이 없었다. 이런 하루를 체험했다는 것, 그것만으로도 벌써 남보다 나은 무엇을 간직한 게 아닌가? 설령 단 한 번의 일이라고 해도.

이렇게 생각을 하니 지금껏 본의 아니게 그녀의 영혼을 짓누르고 있던 괴로움과 걱정은 순식간에 사라져버리고, 남은 것은 자부심과 기쁨 그리고 감사하는 마음뿐이었다. 그러나 그녀는 이것을 한마디도 입 밖에 내지 않았다. 미신을 믿고 있어서 그녀는 행복이라는 말을 입에 올리는 것을 삼갔다. 다만 그녀의 팔이 조금 떨리는 것으로 보아, 보토는 '당신은 행복한 것 같아, 레네'라는 자신의 말에 그녀가 깊이 감동했다는 것을 알 수 있었다.

주인이 나타나더니 어딘지 좀 당황한 표정으로 잘 주무셨느냐고 물었다.

"아주 좋았습니다." 보토가 말했다. "안주인께서 만들어 준 박하 차가 아주 좋았어요. 게다가 바로 창문을 뚫고 들어오는 초승달과 들릴락 말락 조용하게 울어대는 꾀꼬리 노래가 있으니 누군들 이 낙원에서 잘 자지 않을 수 있겠습니까. 지금은 단지 240명의 손님을 태운 증기선이 오늘 낮에 도착하는 일이 없기만을 바랄 뿐입니다. 그런 단체 손님들이 밀어닥치면 낙원에서 추방당하는 것과 마찬가지니까요. 웃고 있는 걸 보니 올지도 모르겠군요. 아니, 이런 말을 하면 벽에다 스스로 악마의 그림을 그리는 건가요? 그렇지만 아직은 오지 않았죠. 굴뚝도 연기도 보이지 않으니까요. 슈프레 강은 조용해 보이네요. 베를린 사람들이 모두 몰려온다고 해도 아침밥만은 조용히 먹을 수 있겠지요, 안 그런가요? 그런데 어디가 좋을까요?"

"두 분께서 정해주십시오."

"그럼 느릅나무 아래로 하지요. 홀 안도 좋긴 하지만, 거기는 바깥에 해가 내리쪼일 때만 좋지요. 해는 아직 보이지 않고 저쪽 숲에는 안개가 깔렸네요."

주인은 아침 식사를 준비하러 돌아갔다. 두 사람은 천천히 강 기슭까지 걸어갔다. 거기에는 이웃 마을의 빨간 지붕과 그 오른편 쾨니히스부스터하우젠 교회의 뾰족탑이 보였다. 기슭에는 버드나무가 쓰러져 있었다. 두 사람은 그 위에 앉아 어느 부부가 근처의 갈대를 잘라 묶어서 나룻배 안으로 던지는 것을 구경했다. 한동안 그 광경을 정신없이 바라보고 있다가 다시 여관으로 돌아오니 막 식사 준비가 끝나는 참이었다. 독일식보다 영국식으로 차려진 아침 식사는 커피와 차, 달걀과 고기, 은빛 바구니에 담은 흰 빵 토스트였다.

"이걸 봐, 레네. 여기에 아침 식사하러 자주 와야겠어. 어때, 훌륭하지? 게다가 저쪽 조선소에서는 벌써 열심히 박자에 맞춰서 선박에 틈을 메우고 있어. 저런 박자는 정말 아름다운 음악이야."

레네는 고개를 끄덕였지만, 관심이 없었다. 그녀의 관심은 오늘도 선창 쪽에 있었다. 어제처럼 매어 놓은 보트에 끌린 것이 아니었다. 식기와 구리그릇을 다리 한가운데에 놓고 앉아있는 아름다운 하녀에게 관심이 쏠렸다. 이 아가씨가 진심으로 일을 즐기고 있다는 것은 손동작 하나하나에까지 나타났다. 그녀는 주전자, 솥, 냄비를 문질러 반짝반짝 윤이 나게 닦아서 물속에서 찰싹찰싹 소리가 나게 헹구었다. 그러고 나서 그릇을 높이 쳐들어서 잠깐 햇빛에 비춰보고 옆의 바구니에 넣었다.

레네는 그 광경을 황홀하게 바라보았다. "보세요." 그녀가 아름다운 아가씨를 가리켰다. 아가씨는 아직 만족하지 못한 듯 계속 닦았다.

"저 아가씨가 저렇게 무릎을 꿇고 있는 것은 우연이 아니라고 생각해요. 나에게 보여주기 위해서 저러고 있는 거예요. 틀림없이 신이 나에게 보여주시는 징표예요."

"아니, 왜 그래, 레네? 갑자기 얼굴이 창백하게 변했어."

"아니, 아무것도 아니에요."

"아무것도 아니라니? 눈가에 이슬이 맺혀 있어. 웃으려 하지만 울려는 것 같아. 구리그릇을 반짝이게 닦고 있는 하녀를 처음 본 것은 아니지. 그녀가 무릎을 꿇고 세 사람분의 일을 하는 것이 부러운 건 아니겠지?"

그때 주인이 나타나서 대화가 끊기고 말았다. 레네도 곧 안정을 찾고 기분도 나아져서 옷을 갈아입으러 위층으로 올라갔다.

다시 돌아온 그녀는 주인이 말한 일정을 보토가 그대로 받아들였다는 것을 알게 되었다. 즉 돛단배로 베덴의 슈프레 강가에 있는 아름다운 니더뢰메까지 가고, 거기서 쾨니히스부스터하우젠까지는 걸으면서 그곳의 정원과 성을 구경하고 같은 길로 되돌아오는 코스였다. 그것은 반나절 코스였다. 오후는 내내 마음대로 할 수 있을 것이다.

레네가 좋다고 하고, 담요 몇 장을 가지고 정박하고 있는 보트로 들어가려는 찰나 마당에서 이야기 소리와 슬서운 웃음소리가 들려왔다. 손님이 온 것 같았다. 두 사람만의 조용한 시간은 방해받게 되었다.

"아, 요트 클럽하고 보트 클럽 사람들이군." 보토가 말했다. "저 사람들을 피할 수 있어서 천만다행이야. 레네, 어서 서둘러."

두 사람은 되도록 서둘러서 보트로 가려 했다. 하지만 선창에 다다르기도 전에 그들은 둘러싸여 포위당하고 말았다. 친구, 그 것도 아주 친한 피트, 제르게, 발라프레였다. 세 명 모두 여성을 동반하고 있었다.

"아, 이런 우연이 어디 있나!" 발라프레가 들뜬 기분으로 말했는데, 문지방에서 여관 부부가 이쪽을 보고 있는 것을 보자 흥분한 태도를 가라앉혔다. "이렇게 만나다니 정말 반가워. 가스통, 자네한테 우리 동반자들을 소개할 게. 이사보 여왕, 요한나 양, 그리고 마르곳 양이야.[83]"

오늘 어떤 암호를 사용해야 할지 알아차리자 보토는 곧 어조를 맞춰 가볍게 레네를 가리키면서 마드므와젤 아그네스 소렐[84]이라고 소개했다.

세 남자는 점잖게, 겉으로는 자못 공손하게 서로 인사를 나누었다. 그러나 무릎을 잠깐 구부렸을 뿐, 전혀 안면이 없어서 눈에 띄게 어색해하는 마드므와젤 아그네스 소렐에게 티보 다르크의

---

83 세 사람 모두 쉴러의 희곡 《오를레앙의 처녀》에 나오는 인물이다. 이사보 여왕은 샤를 7세의 어머니, 요한나는 잔 다르크, 마를 곳은 잔 다르크의 여동생.

84 같은 희곡에 등장하는, 샤를 7세의 애인.

두 딸[85]은 상냥하게 인사해야 할 임무를 15살 연상인 이사보 여왕에게 일임해버렸다.

이 모든 것은 방해공작이었다. 분명히 계획적인 방해공작이었다. 그러나 그럴수록 한층 더 이 심술궂은 놀이에 싫은 얼굴을 해서는 안 되었다. 보토는 멋지게 이 일을 해냈다. 꼬치꼬치 캐물은 끝에 그는 다음과 같은 사실을 알아냈다. 그들은 아침 일찍 소형 증기선으로 쉬메크비츠로 와서 거기서 초이텐까지는 돛단배로, 그리고 초이텐부터는 걸어서 왔는데 20분도 채 안 걸렸고, 오래된 나무, 초원 그리고 빨간 지붕이 멋졌다는 이야기였다.

새로 도착한 손님들, 특히 말솜씨가 유난히 돋보이는 이사보 여왕이 설명하는 동안 일행은 천천히 베란다로 가서 긴 탁자에 앉았다.

"정말 멋져." 제르게가 말했다. "넓고 자유롭고 탁 튀어있는 데도 고요해. 저 건너 풀밭은 달빛 산책하기 그만이겠어."

"그래." 발라프레가 말했다. "달빛 아래의 산책, 멋있지, 정말 멋져. 그렇지만 지금은 겨우 10시야. 달빛 아래서 산책하려면 아직 12시간이나 남아있어. 그때까지 어떻게든 시간을 보내야 해. 보트 파티 어때?"

"싫어요." 이사보 여왕이 말했다. "보트 파티 안 돼요. 그건 오늘 이미 실컷 했어요. 처음에는 증기선, 다음엔 보트를 탔는데 이번에 또 보트라니 진저리나요. 어쨌든 나는 반대예요. 절대 반

---

85   요한나와 마르곳.

대입니다. 아침부터 저녁까지 물놀이를 했는데, 다시 낚시를 하고 잉어를 손으로 잡으면서 시시하게 노는 건 안 돼요. 안 돼요. 물에서 노는 건 이제 정말 안 돼요. 제발 부탁이에요."

이 말을 들은 남자들은 여왕의 말을 반기면서 곧 여러 가지 다른 제안을 내놓았다. 하지만 모든 제안이 같은 운명에 처했다. 이사보는 전부 거절하고, 드디어 자신의 거동도 농담 반 진담 반으로 거부당하자 조용히 하라고 말했다. "신사 여러분, 진정해 주세요. 잠깐 말 좀 하게 해 주세요." 비꼬는 박수가 나왔다. 왜냐면 지금껏 말을 한 것은 그녀 자신이었기 때문이었다. 하지만 그녀는 아랑곳하지 않고 말을 이었다. "신사 여러분의 도움이 없으면 안 돼요. 소풍이 무엇이죠? 소풍이란 식사를 하고 놀이하는 것 아닌가요? 내 말 맞지요?"

"이사보의 말은 언제나 옳아." 발라프레가 웃으면서 그녀의 어깨를 두드리며 말했다. "우리 남자들은 놀이를 하지. 여기는 장소가 멋져서 여기서 하면 난 누구든지 이길 것 같아. 여자들은 그동안 산책을 하든지 낮잠을 자든지 하면 돼. 낮잠은 건강에 아주 좋아. 한 시간 반이면 충분해. 그리고 12시에 다시 집합하기로 하고, 식단은 여왕님의 재량에 맡깁시다. '네, 여왕님, 인생은 아름답습니다.', 이건 《동 카를로스》[86]에 나오는 대사야. 모든 것을 《오를레앙의 처녀》에서만 택할 수는 없으니까."

이것은 대성공이었다. 젊은 두 숙녀는 몇 마디밖에 이해하지

---

86   《오를레앙의 처녀》와 마찬가지로 쉴러의 희곡.

못했지만, 킥킥 웃었다. 그런데 이사보는 살짝 외설적이고 빈정대는 말을 들으면서도 나이가 있어 그런지 위엄을 지키면서 세 여자에게 몸을 돌려 말했다. "숙녀 여러분, 이제 우리는 해방되어 두 시간이나 자유 시간을 가지게 되었네요. 나쁘지 않죠?"

이 말에 그들은 일어나 집으로 갔다. 이사보는 부엌으로 들어가 상냥하면서도 거만한 말투로 인사를 건네면서 주인 계시느냐고 물었다. 주인은 거기 없었다. 마당에서 남편을 불러오겠다고 젊은 여자가 대답하자 이사보는 그것을 무시하고 직접 가보겠다고 말하고 세 여자를 거느리고 (마치 병아리를 몰고 다니는 암탉 같다고 발라프레가 말했다) 주인이 아스파라거스 온상에서 일하고 있는 마당으로 갔다. 바로 옆에는 구식 온실이 있는데, 전면이 낮고 비스듬하게 창문이 달려 있었다. 이사보가 담판하는 동안 레네와 티보 다르크의 두 딸은 약간 무너진 그곳 담에 앉아있었다.

"주인아저씨, 점심 때문에 의논하러 왔어요. 무엇이 있나요?"

"손님께서 주문하시는 건 뭐든지 됩니다."

"뭐든지요? 그건 너무 지나친데요. 그렇다면 장어로 하겠어요. 하지만 이만한 것은 안 되고, 적어도 이 정도는 돼야 해요."라고 말하면서 그녀는 자기 손가락의 반지를 가리켰다가 다음번에는 꽉 끼는 큰 팔지를 가리켰다.

"죄송합니다만," 주인이 말했다. "장어는 없습니다. 생선이 없어서 요리해 드릴 수가 없습니다. 그래도 어제는 회향을 곁들인 잉어를 내놨지만, 그것도 베를린에서 가져오게 한 것입니다. 생선을 사려면 쾰른시장[87]까지 가야 합니다."

"안됐네요. 그럴 줄 알았으면 하나 사서 오는 건데. 그러면 무엇이 있는데요?"

"노루 등심이 있습니다."

"그것 괜찮네요. 그렇지만 그 전에 채소가 좀 있어야지요. 아스파라거스는 제철이 지난 것 같고, 보니까 저기 콩이 있군요. 그것 말고 이 온실에 뭐가 좀 있겠지요, 오이나 상치 같은 것 말이에요. 그리고 디저트도 좀 해주세요. 생크림 좀 들어간 것으로요. 나는 개인적으로 그런 걸 별로 좋아하지 않지만, 남자들은 좋아하지 않는 척하면서 은근히 단 것을 좋아하거든요. 그럼 요리가 서너 가지 되는 것 같네요. 그리고 버터 빵하고 치즈도 부탁합니다."

"언제까지 하면 되나요?"

"글쎄요, 빨리요, 될 수 있는 대로 빨리해주세요. 우린 배가 고파요. 노루고기는 반 시간 정도면 되니까 열두 시로 정하죠. 그리고 죄송하지만, 펀치볼도 하나 있어야 하고, 라인 와인 한 병, 모젤 와인 세 병, 샴페인 세 병도 준비해주세요. 좋은 것으로요. 잘 하셔야해요. 내가 맛을 잘 알기 때문에 모엣인지 뭄인지[88]알아

---

87 1880년대 중엽까지 베를린에 있던 유명한 시장.
88 모엣/뭄, 샴페인의 상표.

봅니다. 제대로 해주실 거라 믿어요. 제가 보니 믿을만한 분 같네요. 그런데 이곳 마당에서 곧장 숲으로 갈 수 있나요? 생기는 것 없이 그냥 걷는 것은 싫거든요. 걷다 보면 버섯을 발견할 수도 있으니까요. 그러면 최고죠. 노루고기 요리에다 넣으면 좋죠. 버섯은 아무 음식에나 잘 어울리거든요.”

주인은 숲으로 가는 지름길을 가르쳐주었을 뿐 아니라 몸소 숲으로 나가는 문까지 안내를 해주었다. 몇 발자국 나가니 금방 숲이었다. 그사이에는 포석을 간 도로가 있었다. 그 길을 지나자 숲의 그늘 속으로 들어가게 되었다. 이사보는 더위는 질색이라면서 나무 한 그루 없는 초지를 지나가는 우회로를 걷지 않게 된 것을 기뻐했다. 우아하긴 하지만 기름얼룩이 묻은 양산을 접어서 허리띠에 달고 그녀가 레네와 팔짱을 끼었고, 다른 두 여자는 그 뒤를 따랐다. 이사보는 신이 나서 뒤를 돌아다보면서 발했다. “어디로 갈 것인지 목적지를 정해야지. 숲 속을 그냥 돌아다니는 것은 정말 끔찍해. 요한나는 어떻게 생각해?”

요한나는 몸집이 큰 아가씨였다. 얼굴이 창백하긴 하지만 아름다웠고 담백하면서도 세련된 차림을 하고 있었다. 그것이 제르게의 마음에 든 것이다. 장갑이 썩 잘 어울렸는데, 좀 전에 이사보가 주인장하고 이야기하는 동안 풀어진 장갑 단추를 치아로 다시 묶는 실수만 하지 않았다면 귀부인으로 볼 정도였다.

“어떻게 생각해, 요한나?” 여왕이 다시 물었다.

“글쎄요. 그렇다면 아까 지나온 마을까지 가보는 게 어떨까요? 초이덴이라는 것 같던데요. 아주 낭만적이고 우울해 보였어요. 오는 길이 경치가 좋았으니 돌아가는 길도 틀림없이 아름다울 거예요. 아니, 혹시 더 좋을 수도 있죠. 오른쪽에, 그러니까 이쪽에서 보면 왼쪽에 십자가만 있는 묘지가 있는데 대리석으로 된 아주 큰 십자가였어요."

"응, 괜찮긴 하지만 좀 시시하지 않아? 그리고 그 길은 아까 봤잖아. 그리고 묘지로 산책하러 가는 건 좀 ……."

"그래요. 난 기분이 별로인데, 오늘 같은 날은 특히 더 그래요. 하지만 언젠가 결국은 죽는다는 것을 기억하는 것도 좋은 일 아닌가요? 게다가 라일락꽃이 피어 있으면 ……."

"아냐, 요한나. 라일락은 이제 다 졌어. 기껏해야 나도싸리 정도지만, 그 꽃도 이젠 열매가 맺혔을 거야. 그런데 묘지를 좋아하면 오라니엔길[89]로 가면 되잖아! 하지만 너랑 얘기해봤자 소용없어. 초이텐이니 묘지니, 바보 같은 소리뿐이잖아. 우리 그냥 여기 있으면서 아무것도 구경하지 말자. 자, 동생,[90] 팔을 이리 내밀어."

그 말은 레네를 두고 한 말이었다. 레네는 그녀가 하라는 대로 했다. 여왕은 앞장서서 걸어가면서 자신 있는 투로 말했다. "시퓨, 요한나는 끝이 다니지 못하겠어. 평판도 좋지 않고 마치 거위 같아. 맙소사, 요즘은 말인데, 누구 할 것 없이 다 나와서 다닌다니까! 그야 저 애가 몸매는 좋아. 하지만 장갑을 자랑하고

89   베를린에 있는 거리 이름.
90   die Kleine, 꼬마, 어린 사람의 뜻이다.

다니는 것 외에는 자랑거리가 없어. 저런 모양으로 죽음이나 묘지 같은 얘기를 하니, 도무지 어울리지도 않아. 나중에 어떻게 되는지 두고 볼 거야. 저러고 있을 때는 그나마 괜찮지만, 펀치볼이 나와서 한 그릇 다 먹고 새것이 나오면 킬킬대고 떠드느라 예의라고는 찾아볼 수가 없어. 그런데 어떻게 해서 나오게 됐는지 알아? 항상 가난한 사람들 속에서, 저 변두리 테겔로 가는 큰길 근처에 살았는데 거긴 괜찮은 사람들은 없고 포병대만 지나가는 동네지. 그런데 포병대는 ……. 믿을지 모르겠지만, 군인도 최상급에서부터 최하급이 있어. 제르게가 저 애를 끌어내서 사람을 만들려고 하는데, 그게 그렇게 빨리 되질 않네. 아유, 맙소사, 그렇게 빨리 되는 일은 아니지. 좋은 것은 시간이 걸리기 마련이니까. 어머, 저기 아직도 딸기가 있네. 좋은 거네. 이봐요, 동생, 몇 개 따 봐요. (난 구부리는 건 딱 질색이야) 큰 게 있으면 따가지고 가야지. 그걸 그이 입에 넣어 주면 좋아할 거야. 이건 알아야 해, 그이는 어린애 같은 남자지만, 정말 최고 남자거든."

발라르페를 두고 하는 말이라는 것을 알고 있기에 레네는 몇 가지 물어볼 겸 남자들에게 왜 그런 이상한 이름을 붙였는지 물었다. 전에도 물어봤지만 신통한 대답을 듣지 못한 까닭이었다.

"응." 여왕이 말했다. "그건 그냥 그런 거고, 그런 것에 신경 쓸 필요 없어. 멋 부리는 거야. 첫째 아무도 거기에 신경 안 쓰고, 혹시 신경 쓰는 사람이 있다 해도, 별거 아니야. 아무렴 어때. 아무한테도 해 되는 거 없잖아. 아무도 부끄러워할 것 없고, 그건 누구나 다 마찬가지야."

레네는 앞만 쳐다보면서 아무 말도 하지 않았다.

"그래, 동생, 이젠 알 거야, 사실 전부 다 지루해. 한동안은 괜찮지. 그건 나도 인정하고, 부정하지 않아. 하지만 이런 상태가 오래 계속되면 부담스러워져. 15살, 견신례도 받기 전부터니까 말이야. 이런 수렁에서 빨리 벗어나고 싶어. 그렇게 되면 나는 술집을 하나 낼 생각이야. 그만한 돈도 있고 장소도 성해놨어. 그러고 나서 홀아비랑 결혼할 거야. 상대방도 이미 정해 놓았고, 그사람도 그렇게 알고 있어. 이래봬도 나는 참한 것, 단정한 것을 좋아하거든. 아이들은 잘 기를 작정이야. 전처 자식이든 내가 낳은 자식이든 괜찮아. 그런데 왜 그래?"

레네는 한마디도 하지 않았다.

"저런, 얼굴색이 왜 그래? 결국, 여기까지 (그러면서 심장을 가리켰다) 빼앗겼구나. 오직 사랑 때문인 거야? 저런, 동생, 그건 안 좋아. 그러면 끝장이야."

요한나는 마르곳과 함께 오고 있었다. 그들은 의도적으로 뒤에 처져서 화환을 엮으려는 듯 자작나무의 잔가지를 꺾고 있었다. "저 애 맘에 들어?" 마르곳이 물었다. "가스통의 여자 말이야."

"맘에 드냐고? 전혀 아냐. 저런 애까지 같이 어울리면서 유행을 따르려고 하다니! 장갑 낀 것 좀 봐. 모자도 별 볼 일이 없어. 저렇게 하고 다니지 못하게 해야 돼. 게다가 어리석은 게 틀림없어. 한마디 말도 못하잖아."

"아냐." 마르곳이 말했다. "어리석은 것은 아냐. 아직 잘 모르는 거야. 저 착한 뚱보하고 사이좋게 지내는 걸 보면 분명 똑똑한 거야."

"아, 착한 뚱보라고? 그런 말 하지 마. 자신이 뭐나 되는 줄 알지만, 별것 아냐. 나쁘게 말하고 싶지 않지만 아주 못 됐어. 정말이지 못돼 먹었어."

"그렇지 않아, 요한나. 못된 게 아니냐. 어려울 때 너도 신세를 졌잖아. 무슨 말인지 알지?"

"왜 날 도왔는지 알아? 그건 자기도 관련이 있기 때문이었어. 그래놓고 내내 뻐기고 잘난 체하고 있어. 뚱뚱한 사람치고 좋은 사람 없어."

"저런, 요한나, 무슨 소리 하는 거야. 반대야. 뚱뚱한 사람들은 다 착해."

"좋아, 상관없어. 그렇지만 저 애가 몸매가 없다는 건, 너도 인정하잖아. 저렇게 뒤뚱뒤뚱 걷는 걸 보면 살찐 오리 같아. 그리고 항상 목까지 단추를 채우고 있는 건 그러지 않고는 점잖은 사람들 앞에 나갈 수 없기 때문이야. 마르곳, 무엇보다도 몸이 날씬한 게 최고야. 우리는 터키사람은 아니니까 말이야. 저 애가 우리랑 같이 묘지에 가기 싫어하는 이유를 알아? 무서워서? 천만에, 그게 아니라 너무 뚱뚱해서 더운 것을 못 참기 때문이야. 오늘은 그다지 덥지도 않은데 말이야."

두 쌍이 함께 이끼 긴 도랑 가장자리에 앉을 때까지 이렇게 대화는 계속되었다.

이사보는 이따금 시계를 보았지만, 바늘은 거의 움직이지 않는 것 같았다.

11시 반이 되자 그녀가 말했다. "자, 숙녀분들, 시간이 다 됐어요. 이제 자연을 실컷 맛보았으니 이번에는 다른 것으로 옮겨도 괜찮을 것 같아요. 난 아침 7시부터 아무것도 먹지 못 했어요 ……. 구뤼나우의 햄 샌드위치 빼고요. 고맙게도 발라프레의 말처럼 포기하면 보상이 있고, 시장이 반찬이죠, 자 갑시다, 숙녀 여러분, 다른 어떤 것보다도 노루고기가 더 중요합니다. 그렇지, 요한나?"

요한나는 어깨를 으쓱하면서 자기가 노루고기나 펀치볼에 무게를 둔다고 생각하는 것을 단호하게 거절한다는 기세였다.

그러자 이사보가 웃었다. "이제 알게 될 거야. 요한나, 초이덴의 묘지가 더 나을 뻔했어. 하지만 주는 것은 받아야지."

이 말과 함께 그들은 일어나서 숲에서 나와 마당으로 향했다. 그리고 나서 노랑나비 서너 마리가 날고 있는 마당을 지나 식사를 하기 위해 집의 전면을 향해서 갔다.

음식점을 지나면서 주인이 객실에서 모젤 포도주병을 거꾸로 들고 있는 것을 보며 이사보가 말했다.

"에이," 그녀가 말했다. "저 모습을 보게 되다니. 운명이 좀 더 멋진 걸 보여주면 좀 좋아! 왜 하필이면 모젤 와인이야!"

14

이사보가 아무리 애를 써도 이 산책 이후로 진심에서 우러나는 즐거움은 찾아볼 수 없었다. 적어도 보토와 레네에게 있어 최악은 즐거운 기분이 친구들이나 그들과 함께 온 여자들과 헤어져서 단둘이 기차 칸을 차지하고 오른 귀로에도 회복되지 못한 것이었다. 그들은 의기소침한 상태로 한 시간 후에 쓸쓸하게 불을 밝힌 괴르리츠 역에 도착했다. 기차에서 내리자 두 사람 모두 지치고 맥이 빠져서 좋지 않으니 혼자서 시내를 지나 집에 돌아가게 해 달라고 레네는 애원하듯이 부탁했다. 그러나 보토는 기사의 의무를 다해야 한다고 우기면서 물러서지 않았기 때문에 할 수 없이 두 사람은 터덜거리는 낡은 마차를 타고 운하를 따라 길고 긴 길을 함께 가게 되었다. 보토는 이번 소풍이 정말 즐거웠다고 말하려고 계속 애를 썼지만 끔찍하고 억지스런 대화밖에 안 되자, 바래다주겠다고 했을 때 거의 애원조로 거절한 레네의 생각이 얼마나 옳았는지 절실하게 느꼈다. 정말이지 한켈 적하장 소풍은 크게 기대했고 초반부는 아름답고 행복했다. 그러나 마지막은 언짢음, 피로, 의기소침이 뒤섞여서 끝나고 말았다. 마지막 순간에 보토가 죄책감도 있고 해서, 진심으로 아주 다정하게, "안녕, 레네"라고 말하자 레네가 그에게로 몸을 돌려 손을 잡으며 열정적으로 기습 키스를 했다. "아, 보토. 오늘 원하는 대로 되지 않았지만 그건 누구 탓도 아니에요 ……. 남들 탓도 아니에요."

"그래, 레네."

"그래요, 누구 탓도 아니고, 그럴 수밖에 없었고, 그렇게 되는 수밖에 없었어요. 그래도 그렇다는 사실, 그게 너무 싫어요. 누구의 탓이라면 용서하고 나서 다시 괜찮아질 수 있어요. 하지만 아무 소용이 없어요, 사과할 것도 없어요."

"레네 ……."

"잠깐 제 말을 들어 주세요. 아, 하나뿐인 나의 보토. 당신은 나한테 숨기려 하지만, 이젠 끝이에요. 곧 그래요…… 나는 알아요."

"무슨 말이야."

"단지 제가 꿈을 꾼 것이라는 것을 인정해요." 레네가 말을 이었다. "하지만 왜 그것을 꿈꿨을까요? 온종일 생각했기 때문일 거예요. 내 꿈은 바로 내 마음속에 숨어 있던 것이에요. 하지만 보토, 그것 말고 말하고 싶은 것이 있어요. 내가 당신을 이렇게 대하는 몇 가지 이유는 어젯밤에 당신한테 한 말이 변함없다는 거예요. 이번 여름을 겪은 나의 삶은 나에게 기쁨으로, 앗아갈 수 없는 기쁨으로 남을 거예요. 설령 오늘부터 불행해진다 해도 ……."

"레네, 레네, 그렇게 말하지 마."

"내 말이 옳다는 것을 당신 자신도 느낄 거예요. 당신은 착해서 그것을 인정하고 받아들이려 하지 않아요. 하지만 나는 알아요. 어제 풀밭을 걸으며 이야기를 나누고 내가 당신에게 꽃다발을 꺾어 준 것이 우리의 마지막 행복, 우리의 마지막 아름다운 시간이었어요."

이 대화와 더불어 하루가 끝났다. 다음 날 아침 여름 햇살은 보토의 방을 밝게 비추고 있었다. 두 개의 창문이 활짝 열려 있고, 밖의 밤나무에는 참새들이 지저귀고 있었다. 보토는 해포석[91] 파이프를 입에 물고 흔들의자에 기댄 채 옆에 놓인 손수건으로 파리와 씨름하고 있었다. 파리는 한쪽 창문으로 날아가더니, 곧 다른 창문으로 들어와 끈질기고 짓궂게 보토의 주위를 날아다녔다.

"이걸 처치해야 해. 완전히 처치해야 해. 파리는 언제나 불행의 사자야. 심술궂은 놈이라서 불행을 몰고 와 사람을 못살게 굴지. 화를 불러오는 전령이자 예고자라니까!" 이렇게 말하면서 그는 다시 파리를 향해 내리쳤다. "또 도망쳤어. 어떻게 할 수가 없네. 단념해야지. 포기해야지. 단념이 최고야. 터키인들은 제일 현명한 사람들이야.[92]"

---

91 고토(苦土), 규산, 결정수 따위로 이루어진, 흙이나 점토 모양의 광물로 흰색에 기깝디.

92 터키인과 이슬람교도들이 자주 사용하는 키스멧(Kismet)이란 말은 숙명, 어쩔 수 없는 일이란 뜻이다.

밖의 격자 대문이 닫히는 소리에 혼잣말을 중얼거리며 그가 마당을 내다보니 우편배달부가 막 들어오고 있는 것이 보였다. 배달부는 가볍게 군대식 경례를 하고 "안녕하십니까? 남작님" 하면서 먼저 신문 하나를, 다음에는 봉투 하나를 별로 높지 않은 일층 창문으로 들여보냈다. 보토는 신문을 옆으로 내던지고 당장 편지를 들여다보았는데, 작은 글자가 빽빽한, 그런데도 선명한 필적은 틀림없이 어머니의 것임을 쉽게 알아볼 수 있었다. "이럴 줄 알았지. …… 읽지 않아도 알 수 있어. 불쌍한 레네."

그가 편지를 열어 읽기 시작했다.

체덴 성, 1875년 6월 29일

사랑하는 보토에게,

지난번 편지에서 알렸던 염려스러운 일이 이제 현실로 나타났단다. 아른스발데의 로트뮐러로부터 원금을 10월 1일까지 상환하라는 통보가 왔는데, 곤란하다면 '옛 우정을 생각해서' 새해까지는 기다려 주겠다는구나. 왜냐하면, 돌아가신 남작님을 생각해서란다. 물론 이 말은 우리를 생각해서 하는 말이겠지만, 그럴수록 나는 더 가슴이 아프다. 주제넘은 관용은 절대로 좋은 짓이 아닌데, 그런 사람 쪽에서 왔으니 더군다나 그렇다. 이 통고로 내가 받은 불쾌감과 근심이 어떤 것인지 너는 이해할 거다. 전에도 늘 그랬지만 어려운 일이 있을 때마다 도와준 쿠르트 안톤 삼촌이 이번에도 우릴 도와줄 거다. 날 사랑하고 또 누구보다도 널 사랑하기 때문이지만, 그래도 계속해서 호의를 기대한다는 것은 꺼

림칙하다는 생각이 든다. 우리 집안의 계속되는 경제적 불안을 우리 집안 전체, 특히 우리 두 사람의 잘못으로 돌리시니 하는 말이다. 나는 집안 살림에 성실하고 세심하게 주의를 기울이지만 외삼촌의 눈에는 경제적이지도, 검소하지도 못한 것으로 보이시는 모양인데, 그 생각이 맞을지도 모르겠다. 외삼촌의 눈에는 너도 현실적이지 못 하고 처세술이 약하다고 하는데, 그 생각도 맞는 것 같다. 보토, 현재 사정은 이렇다. 네 외삼촌은 강한 정의감과 합리성을 가진 사람으로, 귀족 사회에서는 드물 정도로 금전 문제에서 유난히 곧은 분이다. 마르크 브란덴부르크 지방은 원래 절약하며 살고, 도움이 필요로 할 때도 소심한 곳이다. 외삼촌은 너그러운 분이지만 변덕과 고집이 센데, 이런 것이 계속 교차를 하면서 요즘 별로 기분이 안 좋으신 상태란다. 최근 원금 상환 통고를 받고 내가 의논한 적이 있었는데 이렇게 말씀하시더라. '나로 말하자면 동생도 잘 알고 있듯이 언제라도 도와줄 용의가 있어, 그렇지만 동생이 조금만 더 현명하게 굴고 조금만 더 고집을 덜 부리면, 얼마든지 자력으로 어려움을 헤쳐 나갈 수 있는데 내가 도와야 한다는 것은 좋은 일이라고 할 수 없어, 더욱이 나의 관대한 성격에 부당하게 기대는 것은 달갑지가 않아'라고 말이다. 보토, 이 말이 무슨 뜻인지 너도 잘 알 거다. 그래서 네 외삼촌이 나한테 바라는 것을 오늘 너한테 권하는 바이다. 너의 말이나 편지로 판단해 보면 너는 감상에 빠지는 걸 아주 싫어하는 것 같더라. 하지만 나는 네가, 스스로 인정하거나 알고 있는 것보다도 더 깊게 거기에 빠질까 봐 걱정이다."

리네커는 손에서 편지를 내려놓고 반쯤 무의식적으로 해포석 파이프를 담배로 바꾸고 나서 방 안을 왔다 갔다 했다. 그러고 나서 편지를 다시 손에 들고 읽기 시작했다.

그렇다, 보토. 우리 집안의 미래가 네 손에 달려 있고, 계속 다른 사람에게 기댈지 아닐지도 너한테 달렸다. 다시 말하지만 네 손에 전부 달려 있단다. 첨가하고 싶은 것은 이제 시간이 얼마 없고, 끝없이 이럴 수는 없다는 것이야. 쿠르트 안톤 삼촌이 나한테 전한 바로는 최근에 로텐모르를 방문해 보니 폰 젤렌틴 부인이 한창 속을 끓이고 있는 문제에 관해서 단호할 뿐만 아니라 화까지 내면서 말을 하더란다. 우리 리네커 집안사람들이 점점 줄어드는 재산이 마치 신탁 주술서처럼 (어째서 이런 비유를 썼는지는 나도 알 수 없구나) 점점 가치를 더해 가는 것으로 생각하고 있는 것 아니냐고 하더란다. 케테도 이젠 스물두 살이 되어 사교계에 내놔도 손색없는 예법을 갖추었고, 숙모인 킬만스제게한테서 물려받는 상속이면 이자만으로도 우리 집안의 들과 호수를 합친 재산 못지않은 재산을 갖는다고 하더란다. 이런 젊은 아가씨를 아무렇지도 않게 속 편하게 오래 기다리게 하는 것은 부당하다는 것이지. 옛날에 부모들 쪽에서 계획하고 약속했지만 만일 네가 약속을 파기해버리고 과거의 약속을 단순히 아이들 장난으로 생각한다면, 그쪽에서는 아무런 이의가 없다는 거야. 언제든 해지하고 싶으면 약속을 얼마든지 해지해도 좋다는 얘기야. 하지만 아무런 구속력 없는 이 약속 파기의 자유를 사용할 생각이 없다면, 이제는 그것을 실천해야 할 때라는 얘기야. 그쪽에서는 딸이 사람들의 입에 오르내리기를 원치 않는다는 것이지.

말하는 어조를 보면 이제는 네가 결단을 내리고 실행해야 할 때가 되었단다. 내가 뭘 원하는지는 네가 잘 알고 있을 거야. 하지만 내가 원하는 것이 네 발목을 잡아서는 안 된다. 너도 알겠지만, 내가 원하는 바에 네가 구속될 필요는 없다. 네가 옳다고 생각하는 대로 행동해라! 하지만 좌우간 무슨 결단을 내리고 행동해야 할 것 같다. 이 이상 더 질질 끄느니보다는 차라리 약속을 파기하는 것이 더 명예롭다고 생각한다. 더 우물쭈물하다가는 신부를 잃을 뿐만 아니라 젤렌틴 집안의 모든 사람을 잃게 되고 나아가서는 지금껏 친절하게 기꺼이 힘이 되어 주던 외삼촌의 호의마저도 잃게 되는 슬픔을 겪고 만다. 네가 잘 되기만을 기원하는 나의 심정을 알아주기 바란다. 거듭 말하지만, 이 길은 너와 우리 모두의 행복으로 가는 길이다.

항상 너를 사랑하는 어머니
요제피네 폰 리네커

편지를 읽고 보토는 상당히 격양되었다. 편지에 쓰여 있듯 미룬다는 것은 불가능한 일이었다. 리네커 집안의 재산 상태는 신통치 않았고 사방이 막혀 있어서 그의 머리나 열의로는 도저히 그것을 뚫고 나갈 길을 찾을 수 없었다.

"나는 누구인가? 이른바 상류 출신의 평범한 사람일 뿐이다. 내가 할 수 있는 것은 무엇인가? 말을 훈련하거나 수탉을 토막 내거나 게임을 하는 것이 고작이다. 할 수 있는 것은 그것뿐이다. 그러니 곡예사, 웨이터, 아니면 도박사 중 하나를 택해야 할 판이다. 그밖에는 기껏해야 외인부대로 들어가 고참병이 되는 길이 있다. 그렇게 되면 레네는 나와 함께 연대의 딸이 되는 거지. 짧은 스커트를 입고 굽 높은 부츠를 신고 등에다 작은 물통을 멘 그녀의 모습[93]이 보인다."

이런 식으로 중얼거리고 있는데, 스스로에게 신랄한 말을 하는 것이 마음에 들었다. 드디어 그가 초인종을 잡아당기고 외출하겠다며 말을 준비시켰다. 얼마 안 있어 삼촌의 선물이자 동료들의 선망의 대상인 멋진 밤색 털의 암말이 밖에서 모습을 드러냈다. 안장에 올라앉아 심부름하는 아이에게 몇 마디 지시를 한 뒤 그는 말을 타고 모아비트 다리를 지나 융퍼른하이데로 가는 늪과 들판을 지나는 넓은 길에 접어들었다. 여기서 그는 말을 속보에서 느린 걸음으로 걷게 하고 막연한 생각에 잠겼던 자기 생각을 매 순간 더 엄밀하고 날카롭게 파고들었다. "이 세상이 나에게 기대하는 행동을 지금 가로막고 있는 것이 무엇인가? 레네와 결혼을 할 작정인가? 아니다. 내가 그녀에게 무슨 약속이라도 했단 말인가? 아니다. 그녀가 결혼을 기대하고 있나? 아니다. 이별을 연기하는 것이 우리의 이별을 쉽게 만드나? 아니다. 어느 것도 아니다. 전부 아니다. 그런데도 나는 왜 할 일을 하지 않고 꾸물거리지? 도대체 왜 꾸물거리지? 왜 꾸물대며

---

93   도니체티의 오페라 〈연대의 딸〉(1840)의 여주인공을 연상시키는 모습이다.

미루고 있지? 어리석은 질문이다. 그건 내가 그녀를 사랑하기 때문이다."

테겔 사격장에서 들려오는 대포 소리에 그의 혼잣말은 중단되었다. 갑작스러운 소리에 놀란 말을 진정시키고 나서 그는 다시 되풀이했다. "레네를 사랑하기 때문이다. 내가 이 사랑을 부끄러워할 이유가 있는가? 감정이 고귀하고 사랑한다는 사실이 존재한다면, 사랑할 권리도 존재한다. 세상은 이런 생각에 고개를 저으며 수수께끼라고 말하기도 한다. 하지만 이건 수수께끼가 아니고, 나는 그것을 풀 힘이 있다. 사람은 누구나 천성적으로 뭔가 특별한, 때에 따라서는 아주 사소한 것에 만족하고, 아무리 사소한 것이라 해도 그것은 그 사람의 삶, 최고의 삶이 될 수 있다. 나에게는 이 최고의 것이 소박함, 진실함, 자연스러움이다. 그런데 레네는 이 세 가지를 모두 갖추고 있다, 그래서 나는 레네를 좋아한다. 이 매력에서 내가 쉽게 빠져 나올 수 없다."

이때 말이 갑자기 멈춰 섰다. 토끼 한 마리가 놀라서 좁은 풀밭을 뛰어나와 바로 눈앞에서 융퍼른하이데로 도망치는 것이 보였다. 호기심이 가득하여 토끼를 눈으로 좇고 있는데, 토끼가 나무 사이로 숨어 버리자 그는 다시 생각에 잠겼다. "내가 원하는 것이 어리석은 일, 불가능한 일인가? 아니다. 나는 세상에 도전한다든가 세상의 편견에 대해 공공연히 선전 포고할 생각은 추호도 없다. 그런 돈키호테 같은 흉내는 질색이다. 내가 원하는 것은 조용한 행복이었다. 사회의 미풍양속을 해친나 하너라도 죠만간 사회로부터 묵인을 받는 그런 행복이었다. 그것이 나의 꿈이고, 희망이며 동시에 생각이었다. 그런데 이제는 이런 행복에서 추방되어 그 대신 다른 행복으로 들어가야 하는 처지가 되었는데, 이것은 나한테 행복일 리 없다. 나는 살롱을 좋아하지 않아, 모든 거짓, 꾸민 것, 겉치레, 세련된 것, 점잖은 척, 능란한 것— 모두가 외국어처럼 질색이고, 이런 것들에는 불쾌감만 느낄 뿐이다."

15분 전부터 고삐가 느슨해진 말은 여기서 슬그머니 샛길로 접어들어 밭을 지나 계속 잡초와 참나무 두세 그루가 둘러싸고 있는 들판으로 향했다. 그곳에는 고목의 그늘에 자그마한 돌 십자가가 서 있는데, 가까이 가보니 '루드비히 폰 힝켈다이[94] 1856년 3월 10일 사망'이라고 적혀 있었다. 이것을 보고 보토는 큰 충격을 받았다. 이 십자가가 이 근방에 있다는 것은 알고 있었지만, 한 번도 여기까지 온 일이 없었는데 가는 대로 내맡긴 말이 마침 그를 여기까지 태워 왔다는 것은 무슨 신호인 것 같았다.

힝켈다이! 당대에 세도가 당당했던 이 인물이 세상을 떠난 지 이미 20년이라는 세월이 흘러갔다. 그의 사망 소식이 전해졌을 때 부모의 집에서 들은 여러 소문이 보토의 마음속에 생생하게 떠올랐다. 그중에도 확실하게 기억하고 있는 것은 이런 이야기였다. 이 총감에게 특별한 신임을 받는 시민계층의 어느 시의

---

94 Ludwig von Hinkeldey(1805-1850) 프리드리히 빌헬름 4세 치하의 베를린 경찰의 총감이자 보수적인 정치인으로 경찰 조직뿐만 아니라 소방대, 관개 및 위생 시설 등의 개선에 앞장섰다. 귀족들의 도박 클럽을 폐쇄해서 격렬한 반대에 부딪혔고, 결국 결투로 세상을 떠났다.

원이 결투가, 특히 이번의 결투가 어리석은 일이고 범죄라며 경고하며 막으려 했다. 그러자 이 귀족 출신의 상관은 무뚝뚝하고 거만하게 "뇌르너, 자네는 이런 문제를 몰라."라고 말했는데, 그러고 나서 한 시간 후에 그는 나가서 목숨을 잃었다. 이유? 그것은 그의 귀족관, 계층에 대한 애정, 이 두 가지가 어떤 이성보다도 강해서 그가 지키고 보호해야 할 법보다도 더 강하기 때문이었다. "배울 점이 많아. 여기서 특히 내가 배울 점은 무엇인가? 이 십자가가 나에게 가르쳐 주는 것은 무엇인가? 결국, 인습이 우리의 행동을 결정한다는 것이다. 인습을 따르는 사람도 파멸할 수는 있지만, 그래도 그것을 거역하는 사람보다는 그나마 낫게 파멸한다는 것이다."

이렇게 생각하면서 그는 말머리를 돌려 들판을 가로질러 커다란 공장 쪽으로 갔다. 압연(壓延)공장인지 기계작업장인지 굴뚝에서 연기와 불기둥을 하늘로 쏟아내고 있었다. 정오여서 직공 몇몇이 밖의 그늘에서 점심을 먹고 있었다. 점심을 가져온 여자들은 곁에서 이야기하고 있었는데, 몇몇은 젖먹이를 팔에 안고 장난스럽게 농담을 하면서 서로 웃고 있었다. 자연스러운 것을 좋아한다고 공언했던 리네커는 눈앞에 전개된 광경에 황홀해서 어느 정도 부러워하기까지 하면서 행복한 사람들의 무리를 응시했다. "노동, 매일 먹는 빵 그리고 질서. 마르크 지방 사람들이 결혼할 때는 애정이나 사랑을 말하지 않아. 그들은 그냥 '난 질서를 잡아야 해'라고 말하지. 이것이 우리 고향 사람늘의 장섬인데, 결코 멋없는 것은 아니야. 왜냐면 질서는 중요하고, 전부라고 말할 수 있거든. 나한테 묻고 싶은데, 내 삶은 질서가 잡혀 있는 걸까? 아니야, 질서는 곧 결혼이야." 이렇게 한동안 혼잣말을 계속하는 그의 눈앞에는 레네의 모습이 다시 떠올랐다. 하지만 그녀의 눈에는 비난, 하소연 같은 것은 하나도 없고 오히려 반대로 정답게 동의해 주는 것처럼 보였다.

"그래, 사랑스러운 레네, 당신 역시 노동과 질서 쪽이지. 당신도 그것을 잘 알고, 나를 힘들게 만들지 않으려 하지. ……. 그래도 힘들어…… 당신하고 나한테."

말을 다시 달려 그는 잠시 슈프레 강가에서 더 머물렀다. 그러다가 정오의 고요 속에 잠겨 있는 첼텐 옆을 지나 기마 도로로 들어섰고, 브랑엘 분수를 지나 집으로 돌아왔다.

15

보토는 당장에라도 레네를 찾아가고 싶었지만, 그럴 기력이 없어서 편지라도 쓰기로 했다. 그러나 그것도 뜻대로 되지 않았다. "안 돼. 오늘은 안 되겠어." 그렇게 하루를 보내며 그는 다음 날 아침을 기다렸다. 다음 날 아침 그는 간단하게 편지를 썼다.

사랑하는 레네!

드디어 당신이 그제 나한테 말한 일이 일어났어. 이별, 영원한 이별 말이야. 어제 집에서 독촉하는 편지가 왔어. 어쩔 수 없는 일인데, 어쩔 수 없는 일이라면 빠를수록 좋다고 생각해 ……. 시간이 어서 지나가면 좋겠어. 더 이상 아무 말도 하지 않겠어. 어떤 심정인지도 말하지 않을게 ……. 짧았지만 아름다운 시간이었어. 결코, 잊을 수 없을 거야. 아홉 시경에 찾아갈 텐데, 더 일찍 가지는 않을게. 오래 있으면 더 안 좋으니까. 안녕, 헤어지기 전에 한 번만 더 만나.

당신의 B. v. R.

그가 왔다. 레네는 격자문 앞에 서서 전과 마찬가지로 그를 맞았다. 비난의 기색은 조금도 없고, 고통스러운 체념만이 얼굴에 가득했다. 그녀가 그의 팔을 잡고, 두 사람은 앞마당의 길을 걸어서 집으로 올라왔다.

"잘 오셨어요 ······. 와 줘서 기뻐요. 당신도 그렇죠?"

집 앞까지 왔을 때, 보토는 현관에서 전처럼 입구에 있는 큰 방으로 들어가려고 했다. 그러자 레네가 그를 끌면서 말했다. "안 돼요. 되르 아주머니가 계셔요."

"아직도 우리 때문에 화가 나셨나?"

"아뇨, 내가 잘 말씀드렸어요. 그렇지만 오늘은 아주머니하고 상관이 없잖아요? 가요. 저녁이 아름다우니 둘이서만 있고 싶어요."

그가 동의하자 두 사람은 현관을 내려가 마당을 지나 농원 쪽으로 갔다. 줄탄은 꼼작도 하지 않고 두 사람을 바라보았다. 그들은 넓은 중간 길을 지나 산딸기나무 사이의 벤치로 갔다.

두 사람은 그곳으로 가서 앉았다. 사방은 고요하고 들판에는 벌레 우는 소리가 들려왔다. 그들 위로 달이 빛났다.

보토에게 기대며 그녀가 침착하고 진심 어린 목소리로 말했다 "이렇게 당신 손을 잡아보는 것도 이제 마지막이군요."

"그래, 레네. 나를 용서해 주겠어?"

"왜 그런 말을 하세요. 당신을 용서할 게 아무것도 없어요."

"내가 당신의 마음을 아프게 만들었어."

"네, 마음이 아파요. 그건 사실이에요."

그녀는 다시 입을 다물고 희미하게 밤하늘을 스쳐 가는 별들을 바라보았다.

"무엇을 생각하고 있어, 레네?"

"하늘로 올라가면 얼마나 아름다울까 하고요."

"그런 말은 안 돼. 살고 싶지 않다는 생각은 안 돼. 그런 생각
에서 한 발만 내딛으면 ……."

그녀가 미소했다. "아니에요. 그건 아니에요. 나는 애인이 다
른 여자와 춤을 추었다고 우물가로 달려가 몸을 던지는 그런 여
자 아니에요. 당신이 그런 얘기를 했던 일 기억나요?"

"그럼. 그렇다면 그건 무슨 말이야? 당신은 아무 의미도 없이
그런 것을 말할 사람이 아닌데."

"그래요. 나는 진심으로 말한 거예요. 나는 정말이지 (하늘을
가리키면서) 저기로 가고 싶어요. 그렇게 되면 편안하겠죠, 하지
만 기다릴 수 있어요 ……. 자, 들로 나가요. 목도리를 갖고 오지
않아서 가만히 앉아있으면 추워요."

두 사람이 일어나서 전에 가본 적이 있는, 빌머스도르프의 첫
동네가 들어선 길을 걸었다. 반짝이는 하늘에 탑이 선명하게 솟
아 있고, 풀밭에는 엷은 안개의 베일이 깔려있었다.

"기억하고 있어?" 보토가 말했다. "되르 아주머니와 함께 우
리가 이 길을 걸었던 일을 ……."

그녀가 고개를 끄덕였다. "그래서 여기로 오자고 한 거예요.
그날은 춥지 않았어요. 별로 춥지 않은 날이었어요. 그때는 정말
로 아름다웠어요. 그때처럼 즐겁고 행복했던 적은 없었어요. 그
전에도, 그리고 앞으로도 말이에요. 그때 걸어가면서 '그대여,

아직도 기억하시나요.'를 부르던 것을 생각하면 지금도 마음이 들떠요. 추억이란 소중한 것이에요. 이것이 전부일는지 모르지만, 나에게는 추억이 있고, 그것은 언제까지나 내 곁에서 사라지지 않을 거예요. 정말이지 그걸 생각하면 마음이 가벼워지고 훨씬 나아져요."

그가 그녀를 껴안았다. "당신은 너무 착해."

레네는 침착한 어조로 말을 이었다. "이렇게 마음이 가벼우니 모두 말하고 싶은 게 있어요. 사실 늘 말했던 것이고, 얼마 전에 절반을 망쳐 버린 소풍 때도, 작별할 때도 말했지만, 나는 이렇게 될 것을 처음부터 알고 있었어요. 이번에 이렇게 될 수밖에 없는 때가 온 것뿐이에요. 아름다운 꿈을 꾸었으면 그것만으로도 신께 감사를 드려야 하고, 꿈이 사라져 현실이 다시 나타나기 시작했다고 불평할 건 없어요. 지금은 감당하기 어렵지만, 그럭저럭 지나다 보면 모든 것을 잊고 다시 밝은 얼굴이 될 거예요. 당신도 언젠가는 다시 행복해질 것이고 나도 아마 그럴 거예요."

"그렇게 생각해? 하지만 그렇지 않으면 어떡하지? 안 그러면 어떡하지?"

"그럼 행복 같은 건 없이 살죠."

"아, 레네, 당신은 마치 행복 같은 건 아무것도 아닌 것처럼 말하는군. 하지만 행복은 소중해, 그래서 나는 지금 괴로워. 당신에게 잘못했다는 생각이 들어 ……."

"난 당신을 원망하지 않아요. 당신은 나에게 잘못한 것이 아무것도 없고 나를 유혹한 것도, 무슨 약속을 한 것도 아니잖아요.

모두 자유로운 내 결단에서 나온 거예요. 당신을 진정으로 사랑
했어요, 그것은 내 운명이었어요. 만일 죄가 있다면 모두 내 죄
예요. 그리고 설사 죄가 있다 해도 몇 번이고 되풀이하여 말하지
만, 나는 그것을 진심으로 기뻐하고 있어요. 그것이 나의 행복이
었기 때문이죠. 내가 그 대가를 지급해야 한다면 기꺼이 지급하
겠어요. 당신은 괴롭히지도, 상처를 주지도, 모욕을 주지도 않았
어요. 기껏해야 사람들이 말하는 예의와 미풍양속을 거역했다는
것이죠. 그렇다고 내가 슬퍼해야 하나요? 모든 것이, 그것까지도
다시 잘 될 거예요. 자, 이젠 돌아가요. 저기 저렇게 안개가 올라
오고 있어요. 이제는 되르 아주머니도 가셨을 테고 집에는 착하
신 어머니만 혼자 계실 거예요. 어머니도 전부 알고 계시는데, 온
종일 같은 말만 되풀이하셨어요."

"무슨 말을?"

"그러는 게 좋겠다고요."

보토와 레네가 돌아와 보니 님프취 부인은 정말 혼자 있었다.
사방은 고요하고 어둑어둑하고 벽난로만이 방을 가로지르고 있
는 폭넓은 그림자 위에 불빛을 던지고 있었다. 도요새는 이미 새
장 속에서 잠들었고 이따금 끓는 물의 부글거리는 소리가 들려
올 뿐이었다.

"안녕하세요, 어머니?" 보토가 말했다.

노피는 인사에 답을 하고 나서 커다란 안락의자를 밀어올 생
각으로 발판에서 일어나려 했다. 그러나 보토는 그것을 사양하

면서 말했다. "아닙니다, 어머니. 전부터 앉던 자리에 앉도록 하겠습니다."

그가 의자를 불 옆으로 끌고 갔다.

한동안 말이 끊어졌으나 그가 다시 말을 꺼냈다. "제가 오늘은 작별을 말하고 여기서 오랫동안 받은 모든 친절과 사랑에 감사드리러 왔습니다. 어머니, 그동안 정말 감사했습니다. 이곳에서 정말 즐겁고 행복했습니다. 하지만 이제 저는 떠나야만 하고, 드릴 말씀은 이게 최선이라는 것입니다."

노파는 묵묵히 동의하는 듯 고개를 끄덕였다. "그렇지만 제가 세상에서 사라지는 것은 아니니 어머니를 잊지 못할 겁니다. 자, 악수해주세요. 됐습니다. 안녕히 주무세요."

이렇게 말하고 그는 황급히 일어나 문을 향해 갔다. 레네는 그의 팔을 잡고 걸었다. 두 사람은 아무 말도 하지 않고 격자문까지 갔다. 그러자 그녀가 말했다. "보토, 잠깐만요. 더 이상 기력이 없어요. 이틀 동안 정말 괴로웠어요. 안녕히 가세요, 소중한 분. 행복하세요, 당신은 행복하실 만해요. 당신이 나를 행복하게 해준 것만큼 당신도 행복하세요. 당신은 행복할 거예요. 더 이상은 말하지 않겠어요. 더 이상의 말은 가치가 없으니까요. 자, 어서."

그녀가 그에게 키스했다. 다시 또 한 번. 그런 다음에 그녀는 격자문을 닫았다.

보토는 길 저쪽까지 갔지만, 레네의 모습을 보자 되돌아오려 했다. 그러나 그녀는 강하게 손을 흔들며 만류했다. 그는 길을 내려갔고 레네는 격자문 기둥에 기댄 팔에다 머리를 대고 큰 눈으로 그를 바라보았다.

그의 발소리가 밤의 정적 속으로 사라질 때까지 그녀는 오랫동안 그곳에 서 있었다.

16

결혼식은 9월 중순 젤렌틴 일가의 영지인 로텐모르에서 거행되었다. 평소에 말재주가 없는 오스텐 외삼촌이 일생에서 가장 긴 축사를 하고 신랑 신부를 위해 건배를 했다. 다음날 크로이츠 신문에는 여타의 가정 안내문과 함께 다음과 같은 기사가 실렸다. "어제 근위 기갑병 연대의 기병 중위 보토 폰 리네커 남작과 케테 폰 젤렌틴 남작의 결혼식이 성대하게 거행되었음을 알립니다." 크로이츠 신문은 원래 되르의 집이나 거기 세 든 집에 배달될 만한 신문은 아니지만, 다음 날 아침에 벌써 신문에서 오려낸 결혼 광고가 막달레네 님프취양 앞으로 배달되었다. 레네는 한동안 넋을 잃었지만, 틀림없이 레네의 동료인, 질투심 많은 편지 발신인보다 더 빨리 정신을 차렸다. 편지를 그쪽에서 보냈으리라는 것은 '경애하는'이라는 이상한 호칭에서 알 수 있었다. 그런데 더 깊게 상처를 내려던 이 짓궂은 장난이 오히려 레네에게 이 소식이 가져올 고통을 오히려 덜어 주었다.

노이마르크의 친척들을 방문하라는 권고를 교묘하게 피하고 폰 리네커 부부는 결혼 당일 드레스덴으로 떠났다. 이번 선택에서 그들이 후회할 만한 이유는 하나도 없었다. 특히 보토는 드레스덴 여행뿐 아니라, 변덕이나 언짢은 기분 같은 것을 전혀 모르는 젊은 아내의 성격에게서 기쁨을 느끼지 않는 때가 없었다. 실제로 그녀는 온종일 웃었고, 성격 또한 빛나는 연한 금발의 외모와 흡사했다. 무엇을 보아도 그녀는 즐거워했고, 무엇을 보아도 밝은 면에 마음이 끌렸다. 그들이 머문 호텔에는 앞머리가 파도에 쓰러진 물마루와 비슷한 웨이터가 있었는데, 평소에는 날카로운 재치를 찾아볼 수 없는 케테였지만 웨이터와 그의 머리의 모양에 관해 이야기하거나 다른 것과 비교하면서 온종일 즐거워했다. 보토는 함께 기뻐하기도 하고 진심으로 웃기도 했지만, 갑자기 그의 웃음에 여러 생각과 불편함이 섞이기 시작했다. 왜냐하면, 무슨 일이 일어나든 어떤 것과 마주치든 그녀가 사소한 것, 우스운 것에만 마음이 끌린다는 것을 알았기 때문이었다. 약 2주 동안의 행복한 체류를 끝마치고 두 사람이 베를린을 향해 귀로에 올랐을 때, 기차가 출발한 지 얼마 안 되어 주고받은 짧은 대화 속에서 아내의 이런 성격은 더욱 뚜렷하게 드러났다. 차 칸에는 이들 두 사람 외에 아무도 없었다. 엘베 강 철교 위에서 다시한 번 뒤를 돌아보며 옛 도시 드레스덴과 성모 마리아 교회의 둥근 지붕에 아쉬운 인사를 보내면서 보토가 아내의 손을 잡고 말했다.

"그런데 케테, 드레스덴에선 어떤 것이 제일 인상에 남았어?"

"맞춰 보세요."

"그러지. 그건 어렵네, 당신에겐 당신만의 취미가 있으니까. 교회의 찬송가나 홀바인[95]의 마돈나는 아닐 것 같고 ……."

"그래요, 당신 말이 맞아요. 지엄한 분을 오랫동안 애태우게 하는 짓은 하지 않을게요. 나를 황홀하게 해준 것은 딱 세 가지예요. 첫째는 구 시장인 쉬펠 골목 모퉁이에 있는 제과점인데, 그 집의 파이하고 리큐어[96]는 정말 일품이었어요. 거기 앉아서 ……."

"아니지 케테, 앉을 수 없었지. 서 있기도 힘들었으니까. 하나라도 더 챙기느라 정신이 없었지."

"바로 그거예요. 여보, 바로 그거죠. 챙기는 거 말이에요 ……."

그러더니 돌아서서 그가 뜨거운 키스를 할 때까지 장난스럽게 토라진 척했다.

"보세요." 그녀가 웃었다. "드디어 당신도 인정했으니, 그 보답으로 두 번째 세 번째를 들어보세요. 두 번째는 〈헤라클레스 씨〉[97]를 구경한 야외 여름극장이었어요. 덜커덕거리는 낡은 휘스트[98]게임의 탁자 위에서 크나크[99]가 〈탄호이저 행진곡〉을 연주하느라 북을 두들겨 댔잖아요. 그렇게 우스운 것은 지금껏 한 번도

---

95   Hans Holbein (1497~1543) 궁정화가.

96   보통 식후에 아주 작은 잔으로 마시는 달고 과일 향이 나는 독한 술.

97   Monsieur Herkules: Georg Belly(1836~75)의 1막짜리 코미디.

98   둘, 혹은 넷이서 하는 카드놀이.

99   Wilhelm Knaak (1829~1894) 당대 유명한 희극 배우.

본 적이 없었어요. 당신도 그랬을 거예요. 정말이지 우스웠어요
……. 그리고 세 번째는 저어, 세 번째는 구뤼네스 게뵐베[100] 미술
관에 있던 〈숫염소를 탄 박카스 신〉과 페터 피셔[101]가 만든 〈몸을
긁는 개〉라는 조각이에요."

"그럴 거로 생각했지. 오스텐 삼촌이 들으시면 당신 편을 들
거야. 지금보다 더 당신을 좋아하시면서 나한테 귀가 따갑게 말
씀하실 거야. 그것 봐라, 보토, 케테는 정말 ……."

"삼촌께서 그러시면 안 되나요?"

"아냐, 그런 뜻은 아니야."

그 후 몇 분 동안 대화가 끊어졌는데, 그 사이에 보토는 아내
를 따뜻한 애정이 담긴 눈으로 바라보았지만, 마음속에는 어딘
지 모르게 불안한 여운이 남았다. 그러나 아내는 남편의 마음을
조금도 알지 못한 채 이렇게 말했다. "난 피곤해요. 보토, 그림이
너무 많았어요. 쫓기는 기분이었어요 ……. 그런데 (그때 기차가
멈췄다) 바깥이 왜 이렇게 시끌벅적하죠?"

"드레스덴의 유흥지 괴츠셴브로다일 거야."

"괴츠셴브로다? 우스운 이름이네요."

기차가 다시 증기를 내뿜자 그녀는 몸을 쭉 뻗고 눈을 감은
척했다. 그러나 자고 있지 않았다. 속눈썹 사이로 사랑하는 남편
을 바라보고 있었다.

---

100 Grünes Gewölbe 드레스덴의 유명한 미술관.

101 Peter Vischer (1455-1529) 뉘른베르크 태생의 유명한 조각가, 주조자.

그동안 케테의 어머니는 당시에 한쪽으로만 집이 들어선 란드그라펜 거리에다 살림집을 마련했다. 10월 초순에 신혼부부는 베를린으로 돌아왔고, 눈앞의 아늑한 집을 보고 기뻐했다. 전면에 있는 두 방에는 난로가 있어서 난방을 했지만, 방문과 창문은 열려 있었다. 가을 공기가 상쾌하므로 불을 넣은 것은 눈을 즐겁게 하려고 그리고 통풍을 위해서였다. 제일 멋진 것은 폭이 넓게 아래로 내려온, 네모 지붕이 달린 큰 발코니였다. 거기서는 바로 앞으로 들판이 보이고 자작나무숲과 동물원, 그 너머로는 그뤼네발트의 북쪽 끝까지 보였다.

이렇게 멋지고 앞이 탁 트인 전망을 보자 케테는 손뼉을 치면서 엄마를 껴안고 보토에게 키스를 하고 갑자기 포플러와 버드나무가 드문드문 서 있는 사이로 목조탑이 보이는 왼쪽을 가리키며 말했다. "보세요, 보토. 우습네요. 저 탑은 세 번 구부러져 보이네요. 그런데 그 옆에 동네가 있네요. 동네 이름이 뭔가요?"

"빌머스도로프일 거야." 보토가 더듬더듬 말했다.

"빌머스도로프, 좋아요. 그런데 '일 거야'는 무슨 말이죠? 이 근방의 동네 이름은 잘 알 텐데요. 엄마, 이 사람 얼굴 좀 보세요. 무슨 국가 기밀이라도 누설하고 있는 것 같은 표정이네요. 남자들은 정말 우스워요."

이 말을 하면서 그녀는 발코니를 나가 뒤에 있는 방으로 들어갔다. 새집에서 처음으로 가족 점심식사를 하기 위해서였다. 케테의 어머니와 신혼부부 그리고 유일하게 초대된 손님 제르게와 함께였다.

리네커의 집은 님프춰 부인의 집에서 천 발자국도 떨어지지 않은 곳에 있었다. 그러나 레네는 그것을 전혀 몰랐기 때문에 곧잘 란드그라펜 거리를 지나쳤는데, 이렇게 가까이에 사는 것을 알았더라면 그 거리를 지나가지 않았을 것이다.

그러나 그것이 그녀에게 언제까지나 비밀일 수는 없었다.

10월의 세 번째 주였는데 아직 여름 같은 날씨여서, 쌀쌀한 바람을 거의 느끼지 못할 만큼 햇볕이 따뜻했다.

"오늘은 시내에 가요, 어머니."라고 레네가 말했다. "골드슈타인 가게에서 편지가 왔어요. 발데크 왕녀의 속옷에다 수놓을 무늬 때문에 이야기할 것이 있대요. 시내에 가면 구(舊) 야콥 거리의 데무트 부인도 방문하려고 해요. 그렇게 하지 않으면 모든 사람들하고 멀어지고 말아요. 하지만 점심때에는 돌아와요. 어머니를 돌봐달라고 되르 아주머니에게 부탁했어요."

"괜찮다, 레네. 괜찮아. 혼자 있는 게 좋아. 되르 부인은 말이 많고, 항상 남편 이야기만 하잖니. 여기에 불이 있으니 도요새만으로 충분하다. 돌아올 때 한 봉지만 사다 주렴. 요즘 다시 목이 자꾸 따끔거리는데, 그럴 땐 사탕이 잘 듣거든 ……."

"알았어요, 어머니."

이렇게 말하고 레네는 작고 조용한 집을 나와 우선 쿠어퓌르스텐 거리를, 그다음에는 긴 포츠담 거리를 지나 골드슈타인 형제 가게가 있는 슈피텔마르크트까지 갔다. 일이 전부 생각대로 잘됐기 때문에 정오 가까이쯤, 이번에는 쿠어퓌르스텐 거리가 아니라 뤼초 거리를 지나 집으로 돌아오는 길이었다. 햇볕이 따뜻해서 상쾌했고, 게다가 막데부르크 광장에 7일장이 서는 날이어서 준비하느라 분주했기 때문에 재미가 있어서 그녀는 걸음을 멈추고 요란하게 떠들썩한 것을 구경했다. 거기에 정신을 빼앗기고 있었기 때문에 그녀는 소방 마차가 무서운 소리를 내면서 옆을 지나갈 때야 비로소 정신을 차렸다.

레네는 소방 마차의 땡땡 종소리가 멀리 사라질 때까지 귀를 기울이고 있다가 왼쪽에 보이는 12사도 교회[102]의 시계탑을 쳐다보았다. "정각 2시구나!" 그녀가 말했다. "빨리 돌아가야지. 예정 시각보다 내가 늦으면 어머니는 언제나 걱정하시니까." 그러면서 그녀는 뤼초 거리를 지나 뤼초 광장 쪽으로 향했다. 그러다가 갑자기 걸음을 멈추었는데, 어느 쪽으로 가야 할지 알 수가 없었다. 얼마 떨어지지 않은 곳에서 보토가 젊고 아름다운 여자와 팔짱을 끼고 곧장 이쪽으로 오는 것을 보았기 때문이었다. 젊은 여자는 열심히 꽤 재미있어 보이는 이야기를 하고 있고, 보토도 그녀의 얼굴을 내려다보면서 연상 웃고 있었다. 그런 상황이 아니라면 그쪽에서 벌써 레네를 알아보았을 것이다. 레네 쪽에서는 무슨 일이 있어도 보토를 피하고 싶었기 때문에 재빨리 오른쪽으로 방향을 비껴 옆에 있는 큰 진열창으로 나아갔다. 거기에는 지하실 입구를 덮기 위해서 홈이 파진 네모 철판이 깔려있었다. 진열창은 수지 양초와 오이 절임용병 같은 것을 쌓아 놓은 일반 잡화점의 진열창으로 특별한 것이 없었다. 하지만 레네는 그

---

102 Zwölf-Apostel-Kirche 쇠네베르크에 위치한 개신교 교회.

런 것은 한 번도 본 적도 없는 사람처럼 그 안을 들여다보고 있었다. 정말로 찰나의 일이었는데, 바로 그 순간 젊은 부부가 그녀 옆을 스치고 지나갔기 때문에 레네는 두 사람 사이에 오고 간 대화를 하나도 빼놓지 않고 들을 수 있었다.

"케테, 큰 소리로 말하지 마." 보토가 말했다. "사람들이 우릴 보고 있어."

"보면 어때요."

"우리가 싸운다고 생각할 거야 ……."

"웃으면서요? 웃으면서도 싸우나요?"

그러면서 그녀가 다시 웃었다.

레네는 자신이 딛고 선 얇은 철판이 떨리는 것을 느꼈다. 진열장 앞에는 큰 유리를 보호하기 위해 황동 막대가 세워져 있었는데, 그녀는 잠시라도 의지하고 도움을 받기 위해 막대를 잡아야 한다고 생각했지만 그대로 꼿꼿이 서 있었다. 두 사람이 꽤 멀리 가서 안전해지자 비로소 레네는 몸을 돌려 걷기 시작했다. 한동안은 휘청거리며 조심조심 건물 앞을 지나갔다. 하지만 얼마 안 있어 정신이 희미해져 오는 것 같아 그녀는 운하로 갈라지는 골목길이 나오자 그 길로 접어들어 격자문이 열려 있는 어느 집 앞마당으로 들어갔다. 거기서 간신히 베란다와 2층으로 올라가는 작은 계단까지 갔지만, 몇 계단 못 올라가서 거의 정신을 잃고 계단에 주저앉았다.

다시 제정신으로 돌아와서 눈을 떴을 때는 옆에 웬 소녀가 서 있었다. 손에다 작은 화단을 파던 삽을 쥔 채로 안타깝다는 듯이 그녀를 보고 있었는데, 베란다 난간에도 나이 든 보모가 호기심 있게 그녀를 지켜보고 있었다. 현재 집에는 아이와 심부름하는 여자 외에 아무도 없는 것 같아서 레네는 그들에게 고맙다는 인사를 하고 일어나서 대문 쪽으로 걸어갔다. 소녀는 안됐다는 듯이 그녀를 바라보았는데, 그 아이의 마음에도 삶의 괴로움에 대한 생각이 희미하게 자리 잡는 것 같았다.

그 사이 레네는 차도를 지나 운하까지 왔다. 거기서부터는 혼자 길을 걸었는데, 이제는 아무도 안 만날 것이 확실했다. 나룻배 쪽에서 이따금 개 짖는 소리가 들려왔고 정오였기 때문에 희미한 연기가 작은 선실 굴뚝에서 올라오고 있었다. 하지만 그녀는 아무것도 보지도, 듣지도 못했다. 적어도 주위의 일 같은 건 그녀의 의식 속에 없었다. 동물원 건너편에 운하를 따라 들어선 집들이 끊기고, 물이 솟아오르는 수문이 보이는 데까지 와서야 그녀는 걸음을 멈추고는 숨을 내쉬었다. "아, 울 수 있으면 얼마나 좋을까."라고 말하면서 그녀는 손으로 가슴과 심장을 눌렀다.

집으로 돌아와 보니 어머니는 전의 그 자리에 그대로 앉아있었다. 레네는 어머니와 마주 앉았는데 두 사람은 말 한마디도, 시선도 나누지 않았다. 한 곳만 응시하던 노모는 레네의 얼굴을 보고 벽난로의 불에서 시선을 들어 깜짝 놀랐다.

"레네, 얘야, 웬일이냐? 얼굴이 왜 그래?" 이렇게 말하며 평소 잘 움직이지 못하는 노모가 반쯤 죽은 것처럼 보이는 딸에게 물을 뿌리려고 갑자기 발판에서 일어났다. 잔에 물이 없자 그녀는 현관으로 가서 거기를 나가 되르 부인을 부르려고 절뚝거리면서 마당과 농원으로 나갔다. 되르 부인은 때마침 꽃무와 인동을 잘라 시장에 내보낼 다발을 만드는 중이었다. 노인장은 옆에서서 "끈을 너무 많이 쓰지마."라고 말하고 있었다 .

되르 부인은 노모가 외치는 소리가 멀리서 들려오자 얼굴색이 변해서 큰소리로 "갈게요, 님프취 부인, 곧 가요."라고 대답하면서 꽃과 손에 쥐고 있던 나무 속껍질을 내던지고 대체 무슨 일이야, 라고 중얼거리면서 곧장 자그마한 앞집으로 달려갔다.

"그래, 이럴 줄 내가 알았어 ……. 레네야."라고 말하고 그녀는 여전히 정신을 잃고 있는 레네를 흔들었다. 노모는 뒤에서 천천히 발을 끌면서 현관으로 들어왔다.

"우리, 어서 레네를 침실로 옮겨요." 되르 부인이 소리쳤다. 노모도 함께 손을 쓰려고 했다. 그러나 체격 좋은 되르 부인의 '우리'라는 말은 그런 의미가 아니었다. "이런 일은 나 혼자서도 충분해요, 님프취 부인." 그녀는 레네를 팔에 안고 옆방으로 가서 이불을 덮어 주었다.

"자, 님프취 부인, 뜨거운 냄비 뚜껑이 있어야 해요. 이건 내가 알아요, 피 때문에 그런 거예요. 우선 냄비 뚜껑, 그다음에는 벽돌을 발바닥에 대면 돼요. 바로 발등 아래에 말이에요. 거기가 급소거든요 ……. 그런데 대체 무슨 일이죠? 틀림없이 놀란 것 같아요."

"그건 모르겠어요, 아무 말도 하지 않으니까. 그렇지만 아마 길에서 마주치지 않았나 하는 생각이 들어요."

"맞아요, 그거예요. 그런 일은 …… 그건 그렇고 창문을 닫고 덧문을 내리세요 ……. 장뇌나 호프만 물약이 좋다는 사람도 있긴 하지만, 장뇌는 힘을 빠지게 하고, 원래 살충제죠. 아니에요, 님프쉬 부인. 저렇게 천성적으로 건강하고 젊은 사람은 그냥 놔두는 게 좋아요. 땀을 내도록 하는 것이 좋겠어요. 푹 땀을 내야 해요. 그런데 왜 저렇게 됐는지 아세요? 남자들 때문이죠. 그렇지만 우리는 남자가 필요하고, 남자 없이는 곤란하니…… 어머나, 벌써 얼굴빛이 좋아졌어요."

"의사를 부르지 않아도 괜찮을까요?"

"그럴 필요 없어요. 요즘은 의사들이 마차를 타고 돌아다니기 때문에 만나보려면 그 전에 세 번은 하늘나라를 갔다 와야 해요."

17

이 만남 이후 2년 반이라는 세월이 흘렀다. 그동안 우리가 아는 사람들과 친구들 사이에는 많은 것이 변했지만 란드그라펜 거리는 예외였다.

그곳은 언제나 명랑한 기분이었고, 신혼의 들뜬 기분이 아직도 남아있었다. 케테는 전과 마찬가지로 웃고 있었다. 다른 젊은 부인들 같으면 슬퍼할 만한 일, 즉 단지 두 부부만 산다는 사실에 케테는 조금도 부담스러워 하지 않았다. 너무나 즐겁게 살면서, 몸치장, 수다, 말 타고 나가기를 너무 진심으로 즐겼기 때문에, 가정에 변화가 생긴다면 기뻐하는 대신에 오히려 놀랐을 것이다. 가정에 대한 동경은 말할 것도 없고 가정에 대한 생각도 아직 마음에 싹트지 않아, 어머니가 편지로 그런 말을 했을 때 케테는 유별나게 답할 정도였다. "걱정하지 마세요, 엄마. 시동생도 이젠 약혼을 했으니, 반년 후에는 결혼식을 올릴 거예요. 리네커 집안의 대를 잇는 일은 미래의 동서에게 맡기면 돼요."

보토는 달리 생각했지만, 가정을 이루는 데 부족한 것이 있다고 그것 때문에 그의 행복에 금이 가는 것은 아니었다. 이따금 불만이 있었는데, 그것은 대개 드레스덴 신혼여행 때와 마찬가지로 케테와 겨우 상식적인 이야기만 나눌 수 있을 뿐 진지한 이야기는 할 수 없다는 점이었다. 그녀의 말은 재미있고 가끔 즐거운 얘깃거리도 많지만, 아무리 멋진 말을 해도 피상적이고 '장난기 섞인' 것이어서, 혹시 그녀가 중요한 것과 중요하지 않은 것을 구별하는 능력이 없나 하는 생각이 들 때도 있었다. 게다가 최악의 일은 그것을 장점으로 여기고 자랑스러워하면서 전혀 고칠 생각을 하지 않는 것이었다. "그렇지만 말이야, 케테"라고 보토가 말 속에다 불만의 기색을 암시하지만, 그녀의 낙천적인 기질이 그를 압도하기 때문에 보토는 그런 요구를 하는 자신이 오히려 편협하게 생각되었다.

소박하고 참되고 겉치레 말을 모르는 레네의 모습이 가끔 그의 마음속에 떠오르는 적도 있었지만, 곧 사라져 버렸고, 다만 우연히 뭔가 특별한 사건이 생생하게 모습을 드러낼 때면 아주 생생한 장면과 강한 감정이 솟아올라 가끔 당황하는 때도 있었다.

이런 종류의 우연한 일은 부부가 된 후 첫 번째 여름에 일어났다. 젊은 부부는 알텐 백작댁의 식사 초대에서 돌아와 발코니에서 차를 마시고 있었다. 케테는 의자의 등에 기대어 앉아, 목사관과 목사의 사례금에 관한 수자가 가득한 신문 기사를 남편이 읽어주는 것을 듣고 있었다. 수치가 필요 이상으로 많이 나오기 때문에 내용을 잘 알아듣지는 못했지만, 그녀는 상당히 주의 깊게 듣고 있었다. 원래 마르크 출신 가문의 딸들은 젊은 날의 절반을 '목사님 댁에서' 지내는 것이 관례이기 때문에 목사관과 관련된 일에 대해서는 언제나 흥미를 잃지 않고 있었다. 그 날도 마찬가지였다. 드디어 저녁 시간이 되었는데 그때, 저쪽 '동물원'에서 음악 소리가 들리더니 멋진 슈트라우스의 왈츠가 흘러나왔다.

"여보, 들어 봐요." 케테가 이렇게 말하고 일어서면서 들뜬 목소리로 덧붙였다. "오세요, 춤춰요." 그의 동의도 기다리지 않고 그녀는 남편을 의자에서 끌어 일으켜서 함께 춤을 추면서 넓은 발코니 방으로 가서 중앙에서 두세 번 돌았다. 그러고 나서 그에게 키스하고 매달리면서 말했다. "여보, 이렇게 멋진 기분으로 춤을 춘 건 이번이 처음이에요. 처음 무도회 때도 이렇진 않았어요. 그때는 칠로 씨 댁이었는데, 사실대로 말한다면 아직 견신례도 받기 전이었어요. 책임을 질 테니 염려 말라면서 오스텐 삼촌이 나를 데려갔는데, 어머니는 지금도 그것을 모르고 계세요. 그렇지만 그때도 오늘만큼 즐겁지는 않았어요. 하지만 금단의 열매가 제일 아름답죠, 안 그래요? 당신은 아무 말도 안 하고 멍하니 있는데, 여보, 봐요. 이번이 두 번째예요, 당신이 이러고 있는 것을 발견한 것 말이에요."

그는 애써 입을 열려고 했지만, 그녀는 그럴 틈을 주지 않았다. "내 여동생 이네를 당신이 좋아한 건 잘 알고 있어요. 그 애가 아직 철없는 아이라고 말하면 안 돼요. 그런 것이 제일 위험하니까요. 하지만 아무것도 보지 않은 것으로 해 두겠어요. 그 애의 일도, 당신 일도 용서해 줄게요. 그렇지만 오래된, 아주 오래된 일이라면 나는 질투를 해요. 아주 강한 질투를 해요. 새로운 사건보다도 더요."

"이상한데" 보토는 웃으려고 했다.

"그렇지만 실은 그렇게 이상할 것도 없어요." 케테가 말을 계속했다. "보세요, 새로운 일 같으면 내 눈으로 절반은 볼 수 있고, 그런데도 전혀 알아채지 못하고 감쪽같이 속는다면 속임의 대가이기 때문에 어쩔 도리가 없어요. 그렇지만 옛날 일이라면 전혀 눈길이 닿지 않는 일이어서 1003번 있었다 해도 전혀 모르잖아요."

"모르는 일이 ……"

"그렇지만 역시 속상하죠. 이제 그런 이야기는 그만둬요. 신문을 계속 읽어주세요. 난 계속 클룩훈 집안을 생각하고 있었어요. 착한 부인은 그런 일을 이해 못 하거든요. 맏아들은 이제 대학을 갈 거예요."

이런 이야기는 꽤 자주 있었기 때문에 보토의 마음속에는 옛날 일과 함께 레네의 모습이 떠올랐다. 그러나 레네를 만난 적은 한 번도 없었다. 가까운 이웃에 사는 것을 알고 있어서 그는 더욱 이상하게 생각했다.

이상한 일이긴 했지만, 만약에 님프취 모녀가 이제는 예전의 그곳에 살지 않는다는 것을 보토가 제때에 알았더라면 쉽게 이해가 갔을 것이다. 그건 사실이었다. 뤼초 거리에서 보토 부부를 만나고 난 날부터 레네는 노모에게 이젠 되르 씨 집에서 살 수 없다고 설득했다. 그런데 평소에 한 번도 반대한 적이 없는 어머니가 옆으로 고개를 젓고 한숨을 쉬며 계속 벽난로 이야기만 했기 때문에 레네는 이렇게 말했다. "어머니, 저를 잘 아시잖아요. 절대로 벽난로와 불을 어머니에게서 빼앗지 않을게요. 전부 다 지금 그대로 해 드리겠어요. 그 때문에 돈을 모아 두었고, 만약 모자라면 충분할 때까지 일할 거예요. 그렇지만 여기는 떠나야 해요. 매일 그곳을 지나가야 한다는 것은 견딜 수 없어요. 어머니, 그분의 행복을 질투하는 건 아니에요. 오히려 그이가 행복한 것을 기쁘게 생각해요. 그건 신도 증인이 되어 주실 수 있어요. 그이는 친절하고 착한 분으로, 나를 위해 최선을 다해 주었고, 뽐내지도 제멋대로 굴지도 않았어요. 솔직히 말하면 저는 상류사회 사람들은 참을 수가 없어요. 그렇지만 그분은 참다운 귀족이었고 마음씨도 올바른 분이었어요. 그래요, 저에게는 둘도 없이 귀중한 사람이에요. 부디 행복하길 빌어요. 그분에게 합당한 행복을 바라지만, 마주치는 건 정말 싫어요. 어머니, 이곳을 떠나야 해요. 열 발자국만 걸어도 마주치지 않을까 걱정이 돼요. 여기서는 항상 조마조마해요. 안 돼요, 정말이지 그건 안 돼요. 하지만 어머니의 벽난로만은 마련해 드릴게요. 그건 이 레네가 약속드려요."

이 이야기가 있고 난 뒤 노모는 더 이상 반대하지 않았다. 되르 부인도 이렇게 말했다. "당연히 이사하셔야 해요. 우리 집 구두쇠 양반도 그게 낫다고 생각해요. 집세가 싸기 때문에 세금과 수리비가 안 나온다고 불평하고 있거든요. 집이 비게 되면 그이도 좋아할 거예요. 집은 그냥 놔둘 거예요. 누가 이런 인형 상사 같은 곳에 들어오겠어요. 고양이가 창문으로 들여다보지, 가스도 수도도 없잖아요. 그리고 이사는 3개월 전에 통보하면 되는 거니까 부활절에 이사를 하면 되고, 남편도 뭐라 하지 않을 거예요. 정말 잘 됐어요. 어때, 레네, 내가 나쁜 사람이니? 이사가 좋다고 말하긴 했지만, 나도 곧 그 대가를 받게 될 거야. 레네와 님프취 부인 그리고 불, 찻주전자에서 언제나 끓어오르는 더운물이 없어지면 어떡해? 그이와 줄탄, 그리고 날이 갈수록 멍청해지는 멍청이 아들뿐이잖아요. 그 외에는 아무도 없어요. 날이 추워져서 눈이라도 오면 혼자 쓸쓸하게 앉아있는 얌전한 교인이 되겠지요."

이런 대화가 오가고 난 후 레네는 이사 할 생각이 확실해졌다. 부활절이 가까워지자 실제로 짐마차 한 대가 나타나서 이삿짐을 실었다. 되르는 마지막까지 놀랄 만큼 친절을 베풀었다. 요란한 작별 인사가 끝나자, 님프취 부인은 마차에 올라타 다람쥐, 도요새와 함께 루이젠우퍼[103]로 옮겨 갔다. 세 든 곳은 4층의 작고 아름다운 집으로, 레네는 새 가구를 몇 개 들여놓고 약속에 따라 방의 전면에 큰 난로 옆에다 벽난로를 설치했다. 처음에 집주인은 그런 것을 설치하면 화덕이 못쓰게 된다고 불평이 많았지만, 레네가 여러 이유를 대며 주장하자 성실한 목수인 집주인은 그런 것이 마음에 들어 감동해서 양보하고 말았다.

두 사람은 이제 되르 씨의 농원에서와 거의 같은 생활을 하고 있었다. 다른 것이 있다면 다만 이번에는 방이 4층에 있어서

103   루이젠슈타트 운하의 왼쪽 제방을 따라 생긴 새 주택지.

동물원 '코끼리 집'의 멋진 탑 대신에 미하엘 교회의 아름다운 둥근 지붕이 보이는 것이었다. 즐겁게 바라보는 경치는 황홀할 만큼 아름답고 탁 트여서 노모의 일상생활 습관에까지 영향을 끼쳐, 이전처럼 불 옆에서 발판에만 앉아있는 것이 아니라 햇살이 따스하게 내리쬘 때는 열린 창문 앞에 레네가 준비해 놓은 디딤대에도 가서 앉았다. 이런 것이 뜻하지 않게 효과를 발휘하여 님프쥐 부인의 건강은 눈에 띄게 좋아졌다. 집을 바꾼 후로는 전처럼 신경통에 시달리는 일이 적어졌다. 예전 집 위치는 낭만적이었지만 지하창고와 별다를 바 없었기 때문이다.

동물원에서 루이젠우퍼까지 상당히 먼 거리인데도 되르 부인은 '어떻게 지내는지 알고 싶어서'라면서 한 주일도 거르지 않고 찾아왔다. 그러면서 언제나 베를린 여자답게 남편 이야기만 했는데, 그녀의 말투를 들어보면 마치 자기의 결혼이 전혀 어울리지 않는 결혼, 설명이 안 되는 결혼이라고 생각하는 것 같았다. 그러나 사실은 마음이 편해서 만족하고 있을 뿐 아니라 오히려 되르가 그런 인물이라는 것을 기뻐한다는 것이 옳을 것이다. 덕분에 우선 돈이 점점 모인다는 이점이 있고, 두 번째 사항도 중요한데 변화나 재산 손실의 염려가 전혀 없이 계속 구두쇠 남편을 누르고 그의 얕은 생각을 헐뜯을 수 있는 이점도 있었다. 이야기의 중심은 언제나 되르에 관한 것으로, 레네도 골드슈타인 가게나 시내 다른 곳에 가 있지 않을 때는 언제나 함께 재미있게 웃고 지냈다. 어머니와 마찬가지로 그녀도 이사 이후로 눈에 띄게 건강해졌다. 가구 설치, 물건 사들이기, 방 장식 같은 것들은, 생각했던 대로 그녀의 생각을 다른 곳으로 돌리게 했다. 그것 못지 않게 중요한 것 그리고 건강과 회복에 도움을 준 것은, 이제 보토를 만날까 걱정할 필요가 없었다. 누가 루이젠우퍼까지 오겠는 가? 보토가 오지 않을 것만은 확실했다. 이런 여러 가지 일들이 겹쳐져서 그녀는 이제 힘이 나고 명랑해졌다. 지나간 마음의 고통을 생각나게 하는 단 한 가지가 남아있는데, 그것은 정수리에 난 흰 머리카락이었다. 어머니는 그것을 알아차리지 못하거나 대단치 않게 생각했지만, 평소에 유행에 뒤지지 않으려 하고 특히 풍성하게 땋은 머리를 뽐내던 되르 부인은 곧 레네의 흰 머리카락을 알아보았다. "아니 레네, 왼쪽이네. 물론 그래. 그쪽이니까[104] …… 왼쪽일 수밖에 없지."

이런 일은 이사 직후의 일이었다. 그 외에는 대체로 보토나 과거 이야기는 화제에 오르지 않았다. 화제가 그쪽으로 옮겨지려고 하면 레네가 곧 말을 중단하거나 자리를 떴기 때문이었다. 이런 일이 여러 번 있고, 되르 부인도 이제 눈치를 채서, 말하는 것도 듣는 것도 진심으로 꺼리는 문제는 이제 입 밖에 내지 않게 되었다. 이것은 1년 동안 계속되었다. 그러다가 해가 바뀔 무렵 과거를 들춰내지 않는 것이 좋다고 생각할 또 하나의 이유가 생겼다. 왜냐하면, 님프취 부인 집 바로 옆에 어떤 사람이 세를 들어 이사 왔는데, 처음부터 마음씨 좋은 이웃의 모습뿐만 아니라 좋은 이웃 이상이 될 기색을 보였기 때문이었다. 그는 매일 밤 찾

---

104 심장, 즉 마음을 의미한다.

아와 이야기해서, 이따금 되르가 의자에 앉아 파이프 담배를 피우던 때의 일이 생각났지만, 이번의 이웃은 많은 점에서 되르와 전혀 달랐다. 이 사람은 점잖고 교양이 있는 데다가 착실하고 예의 바를 뿐 아니라 훌륭한 이야기꾼이어서 레네가 있을 때는 시내의 여러 가지 일, 학교, 가스시설, 배수 장치,[105] 때로는 자신의 여행 이야기도 들려주었다. 우연히 노모가 혼자 있을 때도 결코 싫은 기색 없이 카드나 장기놀이를 했고 환자가 놀이에 지치면 눕는 것을 도와주기도 했다. 하지만 그는 원래 카드놀이를 아주 싫어하는 사람이었다. 왜냐하면, 그는 청교도로, 처음에는 메노파[106] 나중에는 어빙 종파[107]에서 중요한 역할을 했고, 최근에는 독립 종파를 세우고 있기 때문이었다.

금방 알 수 있듯이 이 일 모두가 되르 부인의 호기심을 크게 자극했다. 그래서 레네가 집안일을 하거나 시내에 물건을 사러 나갈 때를 틈타서 계속 캐묻거나 말을 돌려 알아보기도 했다. "그런데 님프취 부인, 그 사람 도대체 어떤 사람이에요? 찾아봤는데 아직 올라있지 않네요. 남편에겐 항상 작년 명부밖에 없거든요. 이름이 프랑케지요?"

"맞아요, 프랑케예요."

---

105 당시 베를린에서는 이런 도시화 작업이 한창 진행 중이었다.

106 세례의 참 의미가 유아세례에 있지 않다고 주장하며 진지한 신앙고백과 함께 세례를 서로에게 주었기 때문에 재세례파라고 불리게 되었다.

107 그리스도의 재림이 급박함을 강조하며 그에 대비해 초대 사노 교회 조직을 추구했다. 종교의식은 로마 가톨릭, 정교회, 성공회 의식을 복합한 것으로 20세기 초에 쇠퇴했다.

"프랑케라면 옴 거리에서 통 제작하는 명인이 있었는데 애꾸 눈이었어요. 한쪽 눈은 있지만 새하얘서 꼭 물고기 부레 같았어요. 왜 그렇게 되었는지 아세요? 통에다 고리를 묶고 있을 때 튕겨 나와서 그 끝이 눈에 들어갔기 때문이에요. 그 사람도 그 집 가문인가요?"

"아뇨, 되르 부인. 그 사람은 이 지방 사람이 아니에요. 브레멘 출신이에요."

"아, 그래요. 물론 당연하죠."

님프취 부인은 무엇이 당연한지 묻지 않고 고개를 끄덕이며 말을 이었다. "브레멘에서 미국까진 2주일밖에 안 걸린대요. 그 사람은 미국에도 가 봤대요. 함석공, 자물쇠공, 기계공 같은 일을 했는데 장사가 뜻대로 되지 않자 의사[108]가 되어 작은 약병을 들고 여기저기 돌아다녔는데 설교도 했다고 해요. 그런데 설교를 너무나 잘해서 어딘가에 자리를 잡았다는데 ……. 난 또 잊어버렸어요. 모두 신앙심 깊은 사람들만, 점잖은 사람들만 있는 곳이래요."

"어머나, 맙소사" 되르 부인은 말했다. "그렇다면 …… 맙소사, 뭐라더라. 부인이 여섯, 일곱, 그 이상 있는 사람들 이긴가요?[109] 그렇게 많은 부인이 왜 필요한지 알 수 없는 일이지만 말

108　과거에 의사는 응급처치를 할 줄 아는 수준으로, 의사가 현재의 위상을 갖기 시작한 것은 19세기 말부터이다. 중세 유럽에서는 주술사, 지역 장로, 조산부가 의료행위를 했다.

109　모르몬교를 말하는 듯하다.

이에요."

이것은 되르 부인에게 딱 맞는 테마였다. 그러나 님프춰 부인은 친구를 진정시키며 말했다. "아뇨, 되르 부인. 전혀 달라요. 나도 처음에는 그 비슷하게 생각했어요. 그런데 그 사람이 웃으면서 말하더군요. '전혀 아닙니다, 님프춰 부인. 전 총각입니다. 결혼한다면 아내는 한 사람으로 충분하다고 생각합니다.'라고 말했어요."

"어머나, 이제 안심이 되네요." 되르 부인이 말했다. "그다음은 어떻게 됐어요? 미국에 건너가서 말이에요?"

"그다음부터는 잘 풀려서 오래지 않아 잘 지내게 되었대요. 신앙심이 두터운 사람들이란 늘 서로 돕잖아요. 그리고 단골손님도 생겨서 예전 일을 시작했대요. 지금도 그 일을 하고 있어 쾨페니커 거리에서 작은 파이프를 생산하고, 버너, 마개처럼 가스에 필요한 것은 무엇이든지 만드는 큰 공장에서 일해요. 거기서 목수나 미장이 감독과 마찬가지로 밑에 백 명가량의 사람을 거느리고 있대요. 그 사람은 실크해트를 쓰고 검정 장갑을 낀 명망 있는 사람이에요. 월급도 많이 받아요."

"그런데 레네는요?"

"글쎄요, 레네도 그 사람은 좋게 생각해요. 나쁠 게 없잖아요? 그렇지만, 그 애는 입을 닫고 비밀을 지키는 애가 아니라서 그 사람이 와서 뭔가 말을 꺼내면 모든 것을, 옛날 일, 즉 처음에는 쿨바인과의 일 (이제 그 일은 없던 서나 마찬가시로 오래된 얘기지만 말이에요) 그리고 남작과의 일을 전부 말하지 않을까 걱정이 돼요. 하지만 프랑케는 훌륭하고 점잖은 사람이고, 정말로 신사예요."

"우리가 말려야 해요. 그 사람이 다 알 필요는 없어요. 아무 도움이 안 돼요. 그리고 우리도 전부 다 알고 있는 것은 아니잖아요."

"그럼요, 그렇고말고요. 그렇지만 레네는 ……."

18

1878년 6월이었다. 5월 내내 폰 리네커 부인과 폰 젤렌틴 부인은 보토 부부의 집에 묵고 있었다. 친정어머니와 시어머니는 케테가 매일 얼굴색이 창백하고 핏기가 없고 피곤해 보인다고 계속 설득한 끝에 드디어 전문의한테 진찰을 받게 했다. 꽤 비싼 부인과 의사의 진찰을 받은 후 의사의 권고에 따라 일단 4주간 슐랑엔바트[110]온천장으로 요양을 가는 것으로 결정이 났다. 그다음에 슈발바흐[111]로 가기로 했다. 케테는 웃으며 슐랑엔바트에 관해 알고 싶어 하지도 않았다. 이름부터가 기분이 나쁘다며[112]벌써 가슴 위에 독사가 앉아있는 느낌이라고 말했지만, 결국 그녀도 양보하지 않을 수 없었다. 요양 결과에 대한 기대보다 여행 준비의 즐거움이 훨씬 더 컸기 때문이었다. 케테는 매일 물건을 사러 시내로 나갔다. 그러면서 이제야 비로소 영국 부인들이 그렇게 좋아하는 '쇼핑'의 참맛을 알겠다고 말했다. 이 가게에서 저가게로 다니면서 아름다운 물건을 구경하고 점잖은 점원들의 대

---

110 schlangenbad, 독일 중부 헤센주 다름슈타트 근처에 있다.

111 Schwalbach 프랑크푸르트 서쪽의 도시.

112 슐랑엔은 뱀, 바트는 목욕, 온천장의 뜻이다.

접을 받는 것은 정말로 즐거운 일이고, 전혀 모르는 것이나 이름 조차 들어본 적이 없는 것을 구경하기 때문에 공부까지 된다고 했다. 걸어 다니거나 마차로 다니는 이런 쇼핑에는 대개 보토가 동반했고, 6월의 마지막 주가 될 때쯤 해서는 리네커 집의 절반 이 여행 용품의 작은 전람회장으로 바뀌었다. 진열품으로는 보 토가 자기 재산의 관(棺)이라고 부르는 것도 무리가 아닌 청동 장 식이 달린 커다란 트렁크, 송아지 가죽의 작은 트렁크 두 개, 그 외에 가방, 담요, 쿠션이 있고, 소파 위에는 여행복과 그 위에 입 을 가벼운 코트, 마치 빙하 탐험이라도 가는 것처럼 바닥이 두껍 고 끈을 매는 부츠가 놓여 있었다.

출발이 요한 축제일인 6월 24일로 결정되어, 케테는 그 전날 '친한 친구들'끼리 다시 한 번 한자리에 모이길 원해서 조금 이 른 시간에 오스텐 가의 사촌인 베델, 그리고 물론 피트와 제르게 도 초대했다. 케테가 특별히 좋아하는 '발라프레'도 끼어 있었는 데, 그는 할버슈타터 연대 소속으로 마르스 라트르 전투[113]의 총 공격에 참여하여 멋진 칼자국이 이마에서 볼까지 비스듬히 남아 있어서 이런 별명이[114] 붙었다.

케테는 베델과 발라프레 사이에 자리를 잡았는데, 슈랑엔바 트이든 세계 어느 온천장이든 요양 갈 필요가 없는 사람처럼 보

---

113 Mars la Tour, 1870년 8월 16일 프랑스와 프로이센 간의 전투.
114 Balafré, 프랑스어로 (얼굴에) 칼자국이 있는 (사람)의 뜻이다.

였다. 그녀는 혈색이 좋은 상태로 연상 웃으면서 수백 가지를 질문하고, 질문 받은 사람이 간단히 대답해도 아주 만족하였다. 그녀가 대화를 이끌어갔는데 그것을 싫어할 사람은 한 사람도 없었다. 왜냐하면, 그녀는 재미있는 농담꾼 중에서도 진짜 최고였다. 온천장에서 따분한 하루하루를 어떻게 메꾸어 나갈 작정이냐고 발라프레가 물었다. 슐랑엔바드는 요양소로 유명하지만, 따분한 곳으로 더 유명하니 아무리 환경이 좋다고 해도 4주는 좀 지나치다고 그가 말했다.

"아녜요, 발라프레." 케테가 말했다. "날 겁주려는 것 같은데, 보토가 나한테 준비해준 것을 알면 그렇지 않아요. 소설 여덟 권을 트렁크 맨 밑에다 넣어 주었고, 너무 공상에 빠져서 요양 효과가 나빠지지 않도록 양어법에 관한 책도 한 권 넣어 주었어요."

발라프레는 웃었다.

"그래요, 실컷 웃어요. 하지만 그건 사소한 절반이고, 진짜 절반은 바로 그 사람의 동기예요. (보토가 하는 일에 근거나 이유가 없는 것은 하나도 없거든요) 지금 말한 양어법 책을 읽어 공상을 억누른다는 말은 농담이지만, 애향심을 기르기 위해서라도 그 소책자를 좀 읽어야겠다는 생각은 나도 하고 있어요. 우리의 공동의 즐거운 고향, 노이마르크에는 오래전부터 인공 양어의 부화지와 산란지가 있기 때문에, 국민 경제상 중요한 이 새로운 양어장에 관해 아무것도 모른다면, 오더 강을 넘어 란츠베르크 군(郡)에 가든 베르노이헨에 있는 사촌 보르네 집에 가는 난 열굴을 내밀 수 없다고 하거든요."

보토가 말을 하려고 했지만, 그녀가 막고 말을 계속했다. "당신이 무얼 말하려는지 알아요. 여덟 권의 소설은 만일을 위해서라고 말하려는 거죠. 정말이지, 당신은 끔찍할 정도로 조심스러워요. 그렇지만 내가 보기에 '만일의 경우'는 생기지 않을 거예요. 어제 동생 이네한테서 편지가 왔는데, 안나 그레벤츠가 일주일 전부터 거기 있대요. 안나를 알고 있죠, 베델? 친정 성은 로르인데 아주 호감이 가는 금발로, 나와 함께 췰로 씨 댁에서 같이 기거했고, 동급생이에요. 지금도 기억나는데, 우리 둘이서 우리들의 우상 펠릭스 바흐만[115]에 심취해서 시를 썼다가 췰로 노부인에게 그런 어리석은 짓을 해서는 안 된다고 꾸지람을 들은 적이 있어요. 그리고 이네의 편지에 따르면 엘리 빈터펠트도 아마올 거라는 거예요. 그래서 말하는 건데, 이 두 명하고 나는 비교가 안 되지만 이처럼 젊고 멋진 친구가 둘이나 있고, 나까지 합치면 셋인데, 이처럼 좋은 친구들과 어울리면 얼마든지 잘 지낼 수 있을 거예요. 안 그래요, 발라프레?"

발라프레는 그로테스크한 표정으로 머리를 숙였는데, 이것은 사교계에서 누가 뒤떨어진다고 한 그녀의 말을 빼고는 다른 점은 모두 승인한다는 의미였다. 그러면서 그는 아까의 문제를 다시 꺼냈다. "좀 더 자세한 것을 듣고 싶네요, 여사님. 우리의 행, 불행을 결정하는 것은 개개의 상황, 다시 말해 분 단위가 아닙니까. 게다가 분으로 따지면 하루는 대단한 숫자죠."

---

115 . Felix Bachmann (1831-80) 유명한 테너 가수.

"내 생각에 그건 이렇게 될 거예요. 매일 아침 편지를 쓰는 거예요. 그리고 나서 두 친구와 함께 산책길 음악회를 하면서 산책하는 것인데, 될 수 있는 한 조용한 가로수 길을 택할 거예요. 그런 다음에는 앉아서 아마도 받게 될 편지를 하나씩 낭독하며 웃고, 애정 어린 편지가 오면 '알아요, 알았어요.'라고 말하는 거죠. 그다음에는 온천에 들어가고 그것이 끝나면 화장을 해요. 물론 정성을 들여서 세심하게 해야죠. 슐랑엔바트의 생활이라고 베를린에서보다 더 즐겁지 않을 리 없어요. 정반대죠. 그리고 식사하러 가는데, 오른쪽에는 노장군, 왼쪽에는 부자 사업가가 앉아요. 기업가를 나는 어려서부터 동경했어요. 이 동경심은 조금도 부끄러워할 필요가 없는 것이에요. 왜냐하면, 기업가란 새로운 철판을 발명한다든지, 해저 전선을 깐다든지, 터널을 판다든지, 아니면 등산 철도를 부설한다든지 하거든요. 게다가 내가 무시 못하는 것은 그분들이 돈이 많다는 것이에요. 식사 후에는 독서실에 가서 덧창을 내려 햇살과 그늘이 신문지 위에서 쉬지 않고 춤추는 속에서 커피를 마시지요. 그다음엔 산책해요. 운이 좋으면 프랑크푸르트나 마인츠에 있는 경기병(輕騎兵) 서너 명이 정신없이 우리 마차 옆을 따라오는지도 모르지요. 이런 걸 말씀드려 안 됐지만, 여러분은 붉은색이나 푸른색 군복을 입어봤자 경기병을 당하지 못해요. 육군에 관해 말하자면, 근위 기마병을 두 배로 늘이고 근위 경기병을 그대로 둔 것은 정말 잘못한 일이라고 생각해요. 게다가 경기병을 그렇게 먼 곳에 배치한 것은 정밀이지 일수 없는 일이에요. 그렇게 멋진 경기병이야말로 수도 베를린에다 두어야 해요."

아내의 거창한 웅변에 보토는 난처해지기 시작해서 그녀의 수다를 좀 막아보려고 했다. 하지만 다른 손님들은 보토처럼 비판적이 아니어서 '매력적인 작은 부인'에게 평상시보다 더 흥미를 느끼고 있었다. 그중에도 케테 예찬에서 일등인 발라프레는 이렇게 말했다. "리네커, 자네가 한마디만 더 당신 아내에게 불평하면 죽을 줄 알아. 부인, 도깨비 같은 남편이 불평하는데, 도대체 왜 그러는지 모르겠습니다. 이렇게 놀려서 미안하지만, 보아하니 중기병의 명예가 훼손되고, 갑옷 때문에 화가 난 것 아닌가? 리네커, 맹세코 말하지만, 자네 부인 같은 사람이 내 아내라면, 나는 무슨 말이든 다 명령으로 생각하고, 경기병이 되라고 하면 곧 경기병이 되겠어. 그리고 이것만은 생명과 명예를 전부 걸만큼 확실한 것이지만, 만약 폐하께서 지금 같은 웅변을 들으신다면 근위 경기병도 이제는 그 자리에서 편안하게 지낼 수 없을 거야. 내일이면 벌써 첼렌도르프의 행군 진영에서 휴식을 취할 것이고, 모레에는 이미 브란덴부르크 성문을 지나 시내로 들어올 거야. 그러면 나는 기회를 놓치지 않고 축배를 들어 한 번, 두 번, 세 번 이 젤렌틴 집안을 위해서 만세를 부를 거야. 어째서 부인한테 다른 여동생은 더 없습니까? 이네 양은 어째서 벌써 약혼을 했나요? 너무 서두른 것이, 나는 속상합니다."

케테는 이런 사소한 찬사에 행복해하면서, 이네는 어쩔 수가 없지만 가능한 한 자기가 최선을 다해보겠다고 단언했다. 물론 그녀는 발라프레가 완고한 독신주의자로 앞의 말도 빈말에 지나지 않는다는 것을 너무나 잘 알고 있었다. 그녀는 곧 발라프레를 상대로 하는 농담은 그만두고 다시 여행 이야기로 돌아가 어떻게 소식을 전할 생각인지를 아주 자세히 설명했다. 되풀이해서 말하지만, 매일 한 번 편지를 받게 될 텐데, 그것은 착한 남편의 의무라는 얘기였다. 그러면서 그녀 쪽에서는 처음에는 역에 도착할 때마다 살아있다는 표식을 전하겠노라고 말했다. 이 의견은 박수를 받았는데, 심지어 리네커까지 박수를 쳤다. 단지 쾰른까지는 길을 돌아서 가기 때문에 큰 역마다 엽서를 쓰되 그것을 전부, 숫자가 많든 적든, 한꺼번에 큰 봉투에 모으는 것이 좋겠다는 것으로 의견이 변경되었다. 그녀 말로는 그렇게 해야 우편 발송원이나 배달원이 읽어 볼까 봐 걱정할 필요 없이 다른 여행객들에 관해 실컷 이야기할 수 있다는 장점이 있다는 얘기였다.

저녁이 끝나고 모두 바깥 발코니에서 커피를 마셨다. 케테는 처음엔 완강히 거절했지만, 여행용 의상을 입어 보았다. 그녀는 렘브란트식 모자에 가벼운 외투를 입고 여행 가방을 어깨에 메고 나타났는데, 아주 잘 어울렸다. 발라프레는 더욱 황홀해 하면서 여행 중의 기사 역할을 하기 위해서 내일 아침에 자기가 열차 칸에 얌전하게 앉아있더라도 놀라지 말라고 말했다.

"우선 휴가부터 받아야 가능하지." 피트가 웃었다.

"아니면 탈영을 하거나." 제르게가 거들었다. "탈영 쪽이 충성을 보여주는 행동으로 한층 더 완벽하지."

이런 식으로 잡담이 더 계속되었다. 그러다가 얼마 안 있어 상냥한 젊은 부부에게 작별한 후 손님들은 함께 뤼츠 광장 다리까지 걸어갔다. 거기서 그들은 두 패로 나뉘어 발라프레와 베델, 그리고 오스텐은 계속 운하를 따라 건들거리며 걸어갔지만, 피트와 제르게는 다시 크롤 놀이를 하려고 동물원 쪽으로 갔다.

"재미있는 여자야, 케테 말이야." 제르게가 말했다. "그녀 옆의 리네커는 재미라고는 없는 데도 가끔씩 쓴 얼굴을 하면서 자기가 더 훌륭한 척하고 있지. 마치 아내에 대해서 방에 있는 사람들 모두한테 용서를 구해야 하는 것처럼 말이지. 하지만 실제로는 그녀가 그보다 더 똑똑해."

피트는 말이 없었다.

"그런데 무엇 때문에 슈발바흐나 슐랑엔바트 온천장에 간다는 건지." 제르게가 말을 이었다. "아무 도움이 안 돼. 설사 도움이 된다 해도 대개는 아주 이상한 도움이 되지."

피트가 옆에서 쳐다보았다. "제르게, 자네 점점 러시아 사람이 되어가는 것 같아. 점점 자네의 이름에 맞게 변해 가는 것 같단 말일세."

"아직 그렇게 되지는 않았어. 그런데 농담은 그만하고, 피트, 난 지금 진담인데, 리네커를 보면 나는 화가 나. 그처럼 매력 있는 아내가 어디가 못마땅하다는 건지, 자네 알고 있나?"

"응."

"뭔데?"

"'쉬 이지 라더 어 리틀 실리.' 이 영어를 번역하면 그녀는 좀 어리석다는 거야. 어쨌든 리네커한테는 버거워."

19

베를린에서 포츠담으로 가는 동안 점점 강해지는 눈부신 햇살을 막기 위해 케테는 차창의 노란 커튼을 내렸다. 하지만 같은 날 루이젠우파[116]의 집에는 커튼이 내려져 있지 않았다. 님프취 부인의 창문으로 아침 햇살이 밝게 들어와 방 안 전체가 햇빛으로 가득했다. 안쪽에만 그늘이 졌는데, 여기서 님프취 부인은 구식 침대 위에 붉은색과 흰색 체크무늬 쿠션을 높이 쌓아 놓고 거기에 몸을 기대고 있었다. 부인은 누웠다기보다는 앉아있었다. 가슴에는 물이 차고, 천식으로 심히 앓고 있어서였다. 열어놓은 창문 한쪽으로 계속 얼굴을 돌렸고, 그보다 더 빈번히 오늘은 불을 피우지 않은 벽난로 쪽으로 얼굴을 돌렸다.

레네는 어머니의 손을 쥐고 옆에 앉아있는데, 노모의 눈길이 계속 같은 쪽을 향하는 것을 보고서 말했다. "불을 피울까요, 어머니? 누워 있으셔서 이불 속이 따뜻할 것 같고 게다가 날도 따듯해서 ……."

---

116 Luisenufer, 베를린의 중심부로 슈프레 강가에 위치한다. 최근에는 Friedrichshain-Kreuzberg로 재정비되었다.

노모는 아무 말도 하지 않았지만, 그렇게 해주었으면 하는 눈치여서 레네는 벽난로로 가서 몸을 숙이고 불을 지폈다.

다시 레네가 침대 가까이 돌아오자, 노모는 만족스럽게 미소를 지으면서 말했다. "그래, 레네야, 오늘은 날이 따뜻해. 그래도 나는 언제나 불을 보고 싶구나. 불을 못 보면 모든 것이 다 끝장이 나서, 생명도 불꽃도 꺼진 기분이란다. 그리고 여기가 걱정돼서 ……."

그러면서 그녀는 가슴과 심장을 가리켰다.

"아, 어머니, 어머니는 항상 세상을 뜨는 생각을 하시는군요. 이제는 좀 나아지셨잖아요."

"그래, 얘야, 가끔 나아지기도 하지만, 언젠가 한 번은 그럴 날이 올 것이고, 일흔이 되면 언제 올지 알 수 없단다. 저쪽 유리창도 열어 줄래? 그러면 통풍도 잘 되고, 불도 잘 탈거야. 봐라, 맞지 않니. 저렇게 불길이 잘 일지 않니 ……."

"그건 햇살이 그쪽을 직통으로 비추고 있기 때문이에요 ……."

"그리고 되르 아주머니가 가져준 녹색 물약 좀 다오. 조금은 도움이 되더라."

레네는 시키는 대로 했다. 약을 마시고 나니 환자는 정말로 좀 나아지고 가슴도 시원해진 것 같다고 했다. 님프취 부인은 침대에 몸을 의지해 일어나며, 레네가 등에 쿠션을 대주자 "프랑케 씨 다녀가셨니?"라고 물었다.

"네, 아침 일찍이요. 언제나 공장에 가시기 전에 꼭 어머니 안

부를 물어보세요."

"정말 친절한 분이구나."

"네, 그래요."

"비밀회[117] 수칙은……"

"그건 그렇게 문제 될 것은 아니라고 생각해요. 도리어 그분의 선한 원칙들이 거기에서 오는 것으로 생각해요. 그렇게 생각지 않으세요?"

노모는 웃었다. "아니야, 레네. 그건 신한테서 온 것이란다. 어떤 사람은 선한 원칙대로 살지만, 그렇지 못한 사람도 있지. 나는 공부나 교육 같은 것을 별로 믿지 않아 …… 그런데 그 사람이 무슨 말을 하지 않았니?"

"네, 했어요. 어젯밤에 ……."

"그래 뭐라고 대답했니?"

"저의 일뿐 아니라 어머니 일도 돌봐 주시는 성실하고 믿음직스러운 분으로 생각하기 때문에 그분을 받아들일 생각이라고 대답했어요."

노모는 동의하며 고개를 끄덕였다.

"제가 그렇게 말하자 ……" 레네가 계속 말했다. "그분이 제 손을 잡고 기쁘게 말했어요, '자, 레네, 이제 결정된 겁니다.' 그러나 나는 고개를 저으며, 그렇게 빨리 결정해서는 안 된다고, 아

---

117 Konventikel, 비밀집회란 뜻으로, 경건주의와 결합하여 16세기 이후 새로운 종교 운동으로 등장했다. 청빈과 금욕, 절제된 생활을 모토로 하는 개신교의 일종으로 정통 교파가 아니어서 이런 이름으로 불렸다.

직 고백할 것이 있다고 말했어요. 무슨 일이냐고 묻기에, 나는 전에 두 번 관계가 있었다고 말했어요. 처음 사람은 …… 그건 어머니도 알고 계시지요 …… 처음 사람도 좋아했었지만, 두 번째 사람이야말로 내가 진정으로 사랑했고 아직도 잊을 수가 없다고 했어요. 그렇지만 그 사람은 이미 행복한 결혼 생활을 하고 있고, 그 후로는 단 한 번만 보았을 뿐 다시는 만나고 싶지 않다고 말했어요. 우리에게 너무나 친절하시니 모든 것을 다 말해야 한다고, 나는 누구한테나, 적어도 당신한테 아무것도 숨기고 싶지 않다고 말했어요."

"아니, 저런" 하고 노모가 한숨을 내쉬었다.

"그러자 그분은 곧 일어나 자기 집으로 돌아갔어요. 화를 내지 않았다는 것은 분명히 알 수 있었지만, 보통 때처럼 현관까지 바래다 드리려고 했더니 괜찮다면서 거절하더군요."

님프춰 부인은 걱정스럽고 불안해하는 태도가 역력했는데, 그것이 지금 들은 말 때문인지 호흡 곤란 때문인지는 정확하게 알 수 없었다. 그러나 후자의 경우 때문일 가능성이 짙었다. 왜냐하면, 갑자기 그녀가 "레네야, 좀 낮은 것 같구나. 찬송가책을 밑에다 받쳐다오."라고 말했기 때문이다.

레네는 아무 대꾸도 하지 않고 가서 찬송가책을 가져왔다. 책을 가지고 돌아오자, 노모가 말했다. "아니야, 그게 아니야. 그건 새것이야. 옛날 것을 갖다 다오. 뚜껑이 있는 두꺼운 것 말이야." 레네가 두꺼운 찬송가책을 다시 갖고 오자, 노모가 계속 말을 이었다. "나도 이것을 돌아가신 어머니한테 가져다 드린 일이 있단다. 그때 나는 아직 어린아이였지. 어머니는 쉰 살이 채 안되셨을 때인데, 역시 가슴이 좋지 않아서 숨을 제대로 쉬지 못하시고 큰 눈으로 근심스럽게 나를 쳐다보곤 하셨단다. 그런데 견신례 때 사용한 이 포르스트 찬송가 책[118]을 등에 받쳐 드렸더니 어머니는 아주 조용히 편안하게 잠드셨어. 나도 그러고 싶구나, 레네야, 그런데 죽음은 그렇지 않아 ……. 죽는 것은 말이다 ……. 그래, 이제 편해졌다."

레네는 소리 없이 흐느꼈다. 어머니의 마지막 순간이 가까웠다고 생각해서, 되르 부인에게 사람을 보내 병세가 악화되었으니, 와주실 수 있는지 전갈을 전했다. 그러자 곧 온다는 대답이 왔고, 되르 부인이 6시간 만에 요란한 소리와 함께 법석을 떨면서 나타났다. 환자의 침대 옆에서조차 조용할 줄을 모르는 여자였기 때문이었다. 그녀가 방 안을 쿵쾅쿵쾅 걸어가서 벽난로 위와 옆이 흔들리고 덜컹댈 정도였다. 그러면서 그녀는 남편이 집에 있어야 할 때는 시내에 가 있고, 사라졌으면 하는 날은 언제나 집에 있다고 불평을 했다. 그러더니 환자의 손을 잡고 레네에게 물약을 제대로 드시게 했느냐고 물었다.

"네."

"얼마나?"

"다섯 방울 …… 두 시간마다 다섯 방울이요."

그건 너무 적다고 되르 부인이 말하고 나서, 의학상식을 있는

---

118 Johann Porst (1668~1728)가 펴낸 유명한 찬송가.

대로 쏟아놓으며 이렇게 장담했다. 즉 이 약은 2주일 동안 수분을 햇볕에서 날려 보내면서 만든 것으로, 제대로 복용하면 수분 같은 건 펌프로 퍼낸 것같이 빠진다는 것이었다. 저기 동물원의 젤케 노인도 술통처럼 부어서 3개월간이나 침대에 눕지 못하고 늘 의자에 똑바로 앉아 창문이란 창문은 다 열어놓고 지냈지만, 이 약을 나흘 먹고 마치 눌러 짠 돼지 방광처럼 되었다고 했다. 레네야, 넌 보지 못했지만, 전부 다 빠져 버려서 완전히 꿀렁꿀렁해졌어, 라고 말했다.

이렇게 말하고 이 건장한 부인은 강심제로 효과가 있는 이 물약을 골무로 재서 두 배 분량을 님프취 부인에게 먹였다.

레네는 이 열정적인 병간호를 보고 전보다 두 배나 더 걱정되어 목도리를 두르고 의사를 모시러 가려고 했다. 보통 때는 의사를 싫어하는 되르 부인도 이번만은 아무런 반대도 하지 않았다.

"갔다 와라." 그녀가 말했다. "오래 사실 것 같지가 않다. 여기를 봐, (그러면서 콧방울을 가리켰다) 죽음의 그림자가 보이는구나."

레네는 나갔다. 그러나 아직 미차엔 교회 광장까지도 채 가지 못했을 때, 지금까지 절반 졸고 있던 노모가 반듯하게 일어나 딸을 불렀다. "레네야 ……"

"레네는 없어요."

"거긴 누구예요?"

"저예요, 님프취 부인. 저, 되르 부인이에요."

"아, 되르 부인. 잘 됐어요. 이리 가까이 와요. 이 발판 있는 데로."

되르 부인은 지금껏 남에게서 명령을 받아온 적이 한 번도 없었기 때문에 주저했지만, 원래 선량한 사람이기 때문에 명령을 거역하지 않았다. 그녀는 요구대로 발판에 가서 앉았다.

그런데 그 순간 노부인이 입을 열었다. "노란색 관에다 푸른색 장식을 해주세요. 많이 할 필요는 없어요 ······."

"알았어요, 님프췬 부인."

"그리고 새 야코비 묘지에 묻어 주세요. 롤크루크 여인숙 넘어, 부리츠[119] 쪽 가깝게요."

"네, 님프췬 부인."

"내가 모을 수 있는 대로 절약해서 돈을 모아 두었어요. 맨 위 서랍에 있어요. 거기에 내의, 상의, 또 N이라고 쓰인 흰 양말이 있는데, 돈은 그 사이에 끼워두었어요."

"알았어요, 님프췬 부인. 원하시는 대로 다 해 드리겠어요. 또 원하는 것이 있으세요?"

그러나 노모는 이제 되르 부인의 말을 알아듣지 못하는 것 같았다. 그녀는 조용히 두 손을 모아 독실하고 다정스런 표정으로 천정을 바라보면서 기도를 올렸다. "하늘에 계신 사랑하는 하느님, 우리 아이를 잘 보호해 주세요. 우리 아이가 이 늙은 나한테 잘해 준 모든 것을 그 애한테 베풀어 주세요."

---

119 베를린의 동쪽 지역.

"아, 그래요. 레네에게요." 되르 부인이 혼잣말로 덧붙였다. "님프쵀 부인, 하느님께서 잘 돌봐 주실 거예요. 그렇게 착한 마음과 부지런한 손길을 가진 레네 같은 사람은 절대로 저버리지 않으세요."

노모는 고개를 끄덕였다. 레네의 정다운 모습이 생생하게 눈앞에 떠올랐다.

이렇게 몇 분이 흘러갔다. 레네가 돌아와 현관에서 문을 두드렸을 때, 되르 부인은 아직도 발판에 앉아 옛 친구의 손을 잡고 있다가 밖에서 문을 두드리는 소리를 듣고 손을 놓고 일어서서 문을 열었다.

레네는 숨을 헐떡였다. "곧 오실 거예요 …… 곧 오세요."

그러나 되르 부인은 "저런, 도대체 의사들은 ……."이라고 말하면서 세상을 떠난 노모를 가리켰다.

20

케테의 첫 번째 편지는 쾰른에서 발송되어 약속대로 다음 날 아침 베를린에 도착했다. 보토가 준 봉투에 주소를 적은 편지였는데, 그는 손에 약간 두툼한 봉투를 들고 기분이 좋아서 미소를 지었다. 봉투 속에는 흐린 연필로 양면에다 쓴 엽서 석 장이 들어있었는데 리네커는 잘 보이지 않는 글씨를 좀 더 잘 읽으려고 편지를 들고 발코니로 나갔다.

"자, 봅시다, 케테."

그는 읽어 내려갔다.

아침 8시, 브란덴부르크 암 하벨에서.

사랑하는 보토, 기차는 여기서 3분 정차하는데, 이 시간도 헛되이 보내고 싶지 않아요. 기차가 운행 중이든, 상황이 좋든 나쁘든 필요하면 앞으로 언제든 편지 쓸게요. 같이 여행하는 분은 빈 출신 은행가 부인, 마담 잘링어인데, 친정 성은 잘링이에요. 친정과 지금의 성이 비슷해서 이상하다고 했더니 '그래요, 마치 비교급[120]과

---

120 Saling에서 결혼 후 Salinger로 성이 바뀐 것.

결혼한 것 같죠'라고 대답하더군요. 이런 식으로 이야기하는 분인데, 10살 된 딸과 함께 (딸은 금발, 어머니는 갈색 머리) 슐랑엔바트로 간대요. 그것도 쾰른을 거쳐서요. 나처럼 그곳에 방문할 곳이 있대요. 딸은 착한데 제대로 교육을 받지 못해서 그런지 객실을 이리저리 오르내리다가 결국 내 양산을 망가뜨려서 어머니가 무척 당황해했어요. 지금은 기차가 역에 서 있는데, 이렇게 글 쓰는 사이에 출발하네요. 역에는 군인들이 많고, 그중에는 밝은 노란색 견장을 단 브란덴부르크 흉갑기병[121]들도 있는데 니콜라우스 연대 같아요. 멋있어 보였어요. 35연대의 군인인 경보병도 있었는데 키가 보통 이상으로 작아 보였어요. 경보병은 항상 망원경으로 보는 것이 제일 좋다고 오스텐 외삼촌이 말씀하셨지요. 인제 그만 쓸게요. 아이는 (유감스럽게도) 지금도 이 창문에서 저 창문으로 이리저리 뛰어다니면서 편지 쓰는 것을 방해하고 있어요. 연상 과자랑 체리랑 피스타쵸가 들어간 케이크를 먹으면서 말이에요. 포츠담과 베르더 사이에서부터 먹기 시작했어요. 어머니가 너무 순해요. 나라면 더 엄격할 거예요.

K 보는 읽고 있는 엽서를 밀어놓고 두 번째 엽서는 될 수 있는 대로 급히 읽었다. 거기에는 이렇게 씌어 있었다.

12시 30분, 하노버.

---

121 퀴러시어 흉갑기병은 상반신 전체와 무릎까지 내려오는 갑옷을 입고 무릎 아래 부츠를 신고, 권총과 검으로 무장했다.

골츠 씨가 막데부르크 역에 나왔어요. 내가 지나간다고 당신이 편지로 알려 주었다고 했어요. 당신은 정말 착하고 친절해요. 당신은 최고예요, 정말 자상한 분이에요. 이번에 골츠 씨는 하르츠를 측량하려는데, 7월 1일부터 시작한대요. 여기 하노버의 정차 시간은 15분이어서 그 시간을 이용해서 바로 옆의 역 광장을 구경했어요. 하노버에서는 우리의 지배[122]를 받기 시작하면서 지어진 호텔과 맥주 상회를 보았는데, 그중 하나는 완전히 고딕식이었어요. 같은 객실 승객의 말에 따르면 하노버 사람들은 이것을 '프로이센 맥주 교회'라고 부른대요. 그건 순전히 벨펜파[123]의 적개심에서 나온 것이죠. 정말 안 좋은 일이에요. 하지만 이곳 역시 시간이 흐르면 치유가 될 거예요. 그건 신이 주관 하시는 일이지요. 어린아이는 아직도 쉬지 않고 먹고만 있는데, 걱정스럽네요. 무슨 일이 일어날까 걱정돼요. 그런데 어머니는 정말 매력적인 분으로 뭐든지 다 얘기해 줬어요. 뷔르츠부르크의 스칸초니[124]박사한테 간 적이 있다면서, 그분을 대단히 숭배하더군요. 너무 뭐든지 다 털어놓기 때문에 무안할 지경이에요. 한 가지만 더 말하면, 여행용 화장품 도구가 참 멋져요. 이런 점에서는 빈 사람들이 우리를 훨씬 능가해요. 우리보다 더 오랜 문화를 갖고 있다는 걸 알 수 있어요."

---

122   프로이센은 1866년에 하노버를 합병했다.

123   당시 하노버를 지배하던 벨펜 가를 지지하는 사람들로 교황파라고도 힌다.

124   Friedrich Wilhelm Scanzoni(1821~61) 뷔르츠부르크 의과대학의 부인과 교수.

"대단한데" 보토는 웃었다. "케테가 문화사 언급을 하다니 대단해. 하지만 제일 좋은 건 언제나 세 번째야. 한번 읽어 봐야지."

그러면서 그가 세 번째 엽서를 집었다.

오전 8시, 사령관 관저, 쾰른.

엽서를 여기서 부쳐서 내일 정오에 잘링어 부인과 만날 약속을 한 슐랑엔바트 온천장까지 들고 다니지 않을 생각이에요. 난 잘 지내요. 슈로펜슈타인 집안사람들은 모두 상냥해요. 특히 남편이 그래요. 그리고 잊어버리기 전에 말하는데, 잘링어 부인한테는 오펜하임[125]마차가 역까지 마중을 나왔더군요. 우리들의 여행은 처음에는 즐거웠지만, 함[126]역 이후부터는 좀 힘들고 안 좋아졌어요. 아이가 무척 아팠는데, 유감이지만 그건 어머니 탓이에요. 기차가 역을 출발하자, 어머니는 곧 '또 뭐 먹고 싶니?'라고 물어보았고 '드롭스'라는 대답이 나왔는데, 그때부터 악화하기 시작했거든요 ……. 여보, 어린아이든 어른이든 간에 우리는 욕망을 항상 엄격하게, 빈틈없이 조절해야 하나 봐요. 그때부터 그런 생각이 쉬지 않고 내 머리에서 사라지지 않고 있어요. 그런데 이렇게 호감이 가는 부인과 함께 여행하게 된 것도 아마 내 일생에서 우연은 아닌 것 같아요. 쿨룩훈한테서 그 비슷한 말을 들은 적이 있어요. 그 말이 맞아요. 내일 더 쓸게요. ㅡ 당신의 케테.

---

125   19세기에 유명했던 유대인 은행.

126   노르트라인-베스트팔렌 주에 있는 도시로 19세기에 철도의 개통으로 크게 발전했다.

보토는 석 장의 엽서를 도로 봉투 속에 넣으면서 말했다. "정말 케테답군. 말재주가 있어. 사실 이런 식으로 써 보내야 읽는 쪽이 즐겁지. 그런데 어딘가 좀 부족한 데가 있어. 마치 모임의 잡담 같은 메아리가 있어. 하지만 무슨 의무라도 생기면 케테도 고쳐지겠지. 아마 그렇게 될 거야. 좌우간 희망은 잃지 말아야지."

그 다음 날은 슐랑엔바트로부터 짧은 편지가 왔다. 그러나 이 편지는 석 장의 엽서에 비해 훨씬 빈약했다. 그리고 그 후부터 편지는 일주일에 두 번 정도로 줄어들었고, 안나 그레벤츠, 예정대로 나중에 합세한 엘리 빈터펠트, 그리고 대부분은 잘링어 부인과 그녀의 예쁜 딸 사라 이야기였다. 게다가 언제나 똑같은 사건의 반복이었는데, 세 번째 주 마지막 편지에는 조금 다른 이야기가 나왔다.

이제는 어머니보다 딸 쪽이 더 매력적으로 보여요. 어머니는 화장에만 열중하고 있는데, 신사들이 있는 것도 아니어서 쓸데없는 수고를 한다는 생각이 들어요. 요즘에는 얼굴에 색조 화장을 하는데, 눈썹을 칠하고 입술도 하는 것 같아요. 버찌처럼 빨간 것을 보면 그래요. 그렇지만 딸은 그야말로 자연 그대로인 데다가 나만 보면 달려와 손에 키스해요. 그리고 드롭스 일 때문에 수백 번 사과하면서 "그렇지만 엄마 잘못이에요."라고 말하는데, 이 점에는 나도 전적으로 찬성이에요. 그렇지만 자라의 천성이 군것질 좋아하는 거로 보이는데 (그건 거의 원죄 같은 거라고 나는 생각하는데, 당신은 어떻게 생각하나요?) 왜냐하면 그 애는 단 것에서 벗어나지 못하고 계속 쿠키를 먹는데, 비스킷 같은 베를린식이 아니라 설탕 범벅인 칼스바트식 쿠키를 사 먹어요. 이제 편지에 이런 얘긴 더 이상 안 할게요. 곧 당신을 만나게 될 테니까요. 나는 안나 그레베니츠 부인과 함께 여행하고 싶어요. 서로 더 잘 통하니까요. 만나서 이런 얘기랑 또 다른 얘기도 실컷 해요. 당신을 다시 만나 함께 발코니에 나가 앉기를 고대하고 있어요. 역시 베를린이 제일 아름다워요. 햇빛이 샤르로텐부르크와 그뤼네발트 저 너머로 사라져 갈 때 꿈꾸듯, 피곤한 몸으로 바라보면 정말 아름답지요. 그렇지요? 그런데 어제 잘링어 부인이 나한테 뭐라고 했는지 알아요? 내가 전보다 더 금발이 되었대요. 그건 보면 알 수 있을 거예요. ─ 변함없는 당신의 케테.

리네커는 머리를 끄덕이며 미소를 지었다. "재미있는 사랑스러운 여자야. 요양 이야기는 하나도 없어. 보나 마나 마차만 타면서 온천에는 열 번 정도만 들어갔을 거야." 이렇게 혼잣말을 하고 있는데, 막 하인이 들어오자 그는 서너 가지 용무를 지시하고, 동물원과 브란덴부르크 성문을 지나 린덴 거리를 내려가서 정오까지 근무해야 하는 병영으로 향했다.

12시가 조금 지나서야 집으로 다시 돌아와 가벼운 식사를 하고 좀 쉬려고 하는데 하인이 "어떤 사람이 …… 어떤 분이 (하인은 호칭을 갈팡질팡했다) 남작님을 뵙고자 합니다."라고 알렸다.

"누군가?"

"기데온 프랑케 ……라는 분입니다."

"프랑케? 이상한데. 들어본 적이 없는데, 아무튼 모셔 오게."

하인이 나가자, 보토는 되풀이했다. "프랑케 …… 기데온 프랑케 …… 들어본 적이 없어서 누군지 모르겠는데."

얼마 안 있어서 들어온 손님은 입구 쪽에서 정중히 인사를 했다. 위까지 단추를 채운 짙은 갈색 상의를 입고 상당히 번쩍이는 구두를 신고 있었다. 머리카락은 광이 날 정도로 까맣고 양쪽 관자놀이 근처는 숱이 많았다. 까만 장갑과 나무랄 데 없이 높고 빳빳한 흰 옷깃이 눈에 띄었다.

보토는 특유의 점잖은 태도로 손님을 맞으면서 말했다. "프랑케 씨이신가요?"

손님은 고개를 끄덕였다.

"어떤 용무인가요? 앉으시죠 …… 여기 …… 아니, 이쪽이 좋겠네요. 소파는 늘 불편하거든요."

프랑케는 동의하는 듯 미소를 띠면서 리네커가 가리킨 등나무 의자에 가서 앉았다.

"어떤 용무이신지요?"

리네커는 되풀이했다.

"좀 여쭤 볼 것이 있어서 찾아왔습니다, 남작님."

"그렇다면 기꺼이 대답해 드리지만, 대답할 수 있는 것이라야만 합니다."

"네, 폰 리네커 씨, 그 일에 대해 당신만큼 대답을 더 잘해 줄 수 있는 분은 없습니다 …… 저는 레네 님프취 일로 찾아왔습니다."

보토는 몸을 움츠렸다.

"그리고 말씀드리고 싶은 것은" 프랑케는 말을 이었다. "결코, 번거로운 문제를 가지고 찾아온 건 아닙니다. 남작님, 제가 말씀드리는 것, 죄송하지만 묻고 싶은 것은 남작님이나 남작님의 가정에 괴로움을 끼치는 그런 일은 절대로 아닙니다. 부인께서 여행 중이라든 것도 알고 있습니다. 이것도 제 딴에는 신중을 기해 혼자 계실 때를, 이렇게 말해도 괜찮다면 독신 생활을 하고 있을 때를 기다렸던 것입니다."

보토는 지금 말하고 있는 사람이 소시민 차림이지만, 고상한 생각을 소유한 흠잡을 데 없는 사람이라는 것을 세련된 귀로 쉽게 알아챘다. 어리둥절하던 그는 곧 어느 정도의 침착한 태도를 되찾을 수 있었기에 탁자 너머로 이렇게 물었다. "레네의 친척이신가요? 아니, 이거 죄송합니다, 프랑케 씨. 오래된 제 친구를 이렇게 옛 이름으로 부르는 것이 친밀해서요."

프랑케는 몸을 굽히며 대답했다. "아닙니다, 남작님. 친척은 아닙니다. 그런 자격은 없습니다. 하지만 저의 자격도 그리 나쁘지 않습니다. 저는 오래전부터 레네와 알고 지냈고, 결혼할 작정입니다. 그건 그쪽도 승낙한 일이지만, 과거 이야기를 하면서 커다란 애정을 가지고 당신에 관해서도 말했어요. 그래서 나는 당장 이 일에서 남작님에게 레네와의 일에 대해서 숨김없이 털어놓고 물어보는 것만큼 좋은 방법이 없다고 생각했습니다. 이런 생각을 말했더니, 레네도 기쁘게 찬성해 주었어요. 하지만 곧 레네는 덧붙여 말하길 자기에 관해서 틀림없이 너무 좋게만 말씀하실 것이니, 차라리 물어보지 않는 편이 나을 것이라고 말하더군요."

보토는 앞을 바라보면서 감정을 억제하기 위해 무척 애를 썼다. 가까스로 마음을 가라앉히고 그가 말했다. "프랑케 씨, 당신은 훌륭한 분이고, 레네의 행복을 바라고 있다는 것을 말씀이나 모습으로 잘 알 수 있기에 제 대답을 요구할 권리를 충분히 가지고 있다고 생각합니다. 그리고 내가 말을 해야 한다는 사실은 생각할 필요조차 없는 일이지만, 어떤 식으로 말을 해야 할지 좀 생각해 봐야겠습니다. 처음부터 순서대로 헤어질 때까지의 경위를 말하는 것이 역시 제일 좋겠군요."

프랑케는 그러는 것이 좋겠다는 표시로 다시 한 번 몸을 굽혔다.

"그러니까" 하고 리네커가 말을 시작했다. "이제는 벌써 3년, 아니 3년하고 두세 달 전의 일입니다. 트렙토의 사랑의 섬 주위에서 배를 젓고 있을 때 두 젊은 아가씨가 탄 배가 뒤집히려고 할 때 도와준 일이 있었는데, 그 두 아가씨 중의 하나가 레네였습니다. 그런데 감사하다는 말을 들으면서 곧 좀 색다른 아가씨라는 것을 알게 되었지요. 말투도 그렇고 나중에 보아도 그랬는데, 그걸 여기서 꼭 말씀드리고 싶습니다. 굉장히 쾌활하고 거의 발랄해 보기기까시 하시만 천성적으로 생각이 깊고 진지하고 소박한 사람이지요."

보토는 기계적으로 탁자 위에 놓여 있는 쟁반을 밀어내고 식탁보를 펴면서 말을 이었다. "집까지 바래다주어도 괜찮은지 물었더니, 즉석에서 좋다는 대답을 했을 때는 조금 의아했었죠. 그때는 그녀를 잘 몰랐기 때문이죠. 그러나 곧 그 이유를 알 수 있었어요. 그녀는 어릴 때부터 남의 일에 별로 구애받지 않고, 남이 어떻게 생각하든 별로 두려워하지 않고 자기 결심대로 행동하는 것에 익숙하기 때문이었어요."

프랑케는 고개를 끄덕였다.

"그래서 우리는 집까지 먼 길을 바래다주었는데, 그때 저는 내가 본 모든 것, 노모와 노모의 벽난로, 그리고 집을 둘러싼 능원과 이 세상을 등진 것 같은 고요함에 매혹당하고 말았습니다. 15분 만에 일어섰고 밖의 마당 문에서 작별할 때 '또 찾아와도 괜찮습니까?'라고 물었더니, 간단하게 '네' 하고 대답했습니다. 부끄러운 척하지 않았지만, 그렇다고 여자답지 않은 것도 아니었습니다. 오히려 그녀의 성격이나 목소리에는 무언가 감동적인 것이 있었어요."

여러 가지 일이 머리에 떠오르자 리네커는 흥분해서 일어나 방 안이 너무 더워진 것처럼 발코니 문을 양쪽으로 열어젖혔다. 그리고 나서 왔다 갔다 하면서 더 빨리 말을 계속했다. "더 덧붙여 말할 것도 없어요. 그 부활절 때의 일로 여름 한 철을 아주 행복하게 보냈습니다. 그 이야기도 해 드릴까요? 아뇨. 그런데 그후 인생에서 심각하고 힘든 복잡한 일이 생겼습니다. 그래서 두 사람은 헤어지게 되었습니다."

보토는 그사이에 자기 자리로 가서 다시 앉았다. 프랑케는 계속 열심히 모자를 만지작거리다가 조용한 목소리로 혼잣말했다. "네, 레네도 그렇게 말했습니다."

"그렇게 말하지 않을 리 없지요. 프랑케 씨, 레네는, 아직도 이렇게 말할 수 있어 기쁘지만, 레네는 거짓말을 못 해요. 남을 속이느니 차라리 혀를 깨물 거예요. 그녀는 두 가지 자부심이 있거든요. 자기 손으로 일해서 산다는 것이 그 하나이고, 한 가지는 무슨 일에든 솔직하고 속임수를 쓰거나 부풀리지도 축소하지도 않는다는 것이에요. '그럴 필요도 없고, 그러는 것이 싫어요.'라고 그녀는 여러 번 말했어요. 아마 그녀에게는 의지가 필요한 것보다 더 많은 것 같아서, 그녀를 욕하는 사람이라면 아마 고집이 세다고 비난할 수도 있을 겁니다. 하지만 그녀가 고집을 부리는 것은 자기가 책임질 수 있다고 믿고 실제로도 책임을 질 수 있어서, 그런 고집은 제가 볼 때는 독선이라기보다 그냥 개성인 것 같습니다. 머리를 끄덕이는 걸 보니 그렇다면 우리는 생각이 같습니다. 정말 기쁩니다. 그러면 마지막으로 한 가지만 더 말하겠습니다, 프랑케 씨. 지난 일은 지나간 일입니다. 거기서 벗어나기 힘들다고 말한다면, 저는 그 심정도 존중합니다. 하지만 그렇다면 이 세상에서 드물게 착한 아내를 마다하는 것입니다. 왜냐면 그녀는 마음이 착해서 자신의 의무와 권리 그리고 질서에 대해 확고한 감정이 있는 사람이니까요."

"저도 레네에 대해서는 언제나 그렇게 생각하고 있고, 남작님이 말씀하시는 대로 이 세상에서 보기 드문 착한 아내가 될 수 있을 거라고 믿습니다. 물론 인간은 계명을, 계명 모두를 지켜야만 하지만, 계명에 따라 차이가 있지요. 하나를 못 지키는 사람도 무언가에 도움이 될 수 있죠. 하지만 교리문답에 나란히 적혀 있는 어떤 다른 계명의 경우는 그것을 지키지 못하는 사람은 아무데도 도움이 되지 않는 인간이 되어 처음부터 버림을 받고 은총도 받지 못합니다."

보토는 놀라서 그를 바라보았는데, 이 엄숙한 설교가 무엇을 뜻하는지 잘 알 수가 없었다. 그러나 기데온 프랑케는 웅변을 일단 시작하자, 완전히 자신의 토양에서 자라난 사상이 상대방에게 어떤 인상을 주는지 전혀 개의치 않고 점점 더 설교자다운 어조로 말을 계속했다. "육욕에 못 이겨 제6계명[127]을 어긴 자도 선행을 쌓고 회개하면 용서받을 수 있지만, 제7계명[128]을 깨뜨리는 사람은 육욕에 굴복했을 뿐만 아니라 영혼의 비굴함에 빠진 것으로, 거짓, 속임, 비방, 헛된 증거를 세우는 자는 바닥에서부터 썩었고 어둠 속에서 태어난 자로, 구원을 받을 수 없으며, 마치 쐐기풀이 뿌리박고 있어서 아무리 좋은 씨를 뿌려도 잡초만 싹을 피우는 밭과 같습니다. 이런 신념으로 저는 살다 죽을 것이고 내내 그렇게 겪어왔습니다. 남작님, 문제는 품위이고, 진실성의 문제, 진정성입니다. 결혼에서도 마찬가지입니다. 정직은 오래가야 하고 언약과 신뢰가 있어야 합니다. 지나간 일

---

127   간음하지 말라.
128   거짓으로 증언하지 말라.

은 신의 소관입니다. 제가 다르게 생각하는 것은, 저도 남작님 의견을 존중하고 있습니다만, 저는 좀 다르게, 시작이 애정이나 사랑이 아니라는 것입니다. 저는 오랫동안 미국에 있었는데, 그 곳도 이곳과 마찬가지로 번쩍인다고 다 황금은 아니지만, 그래 도 거기서는 과거와 다르게 보고 적어도 똑같은 안경을 쓰고 보 지는 않습니다. 그렇습니다, 남작님, 신에게로 가는 구원의 길 은 여러 개가 있고, 행복으로 가는 길도 여러 개가 있습니다. 저 는 이 두 가지를 마음속에서 확신합니다. 이 길도 좋고, 저 길도 좋습니다. 하지만 가장 좋은 길은 반드시 개방된 길, 곧은 길, 햇 빛이 비치는 길이어야 하며, 결코 진흙이나 늪지대, 도깨비불이 없는 길이어야 하지요. 진실의 문제이고, 신뢰의 문제이며, 성실 의 문제입니다."

이렇게 말하면서 프랑케는 일어섰다. 보토는 입구까지 정중 하게 마중을 나가 그에게 손을 내밀었다.

"그런데, 프랑케 씨. 작별하기 전에 한 가지 부탁이 있는데요. 만일 아직도 되르 부인과 만나는 일이 있다면 안부 좀 전해주세 요. 그리고 무엇보다도 님프취 노모에게도 전해주세요. 지금도 관절염 때문에 고생하시나요? 전에는 늘 고통을 하소연하셨지 요."

"이젠 다 끝났습니다."

"그게 무슨 말씀이죠?"

"3주 전에 장례식을 치렀습니다, 남작님. 바로 3주 선 오늘이 었죠."

"장례식을요?" 하고 보토는 되풀이했다. "그러면 묘지는 어딥니까?"

"교외의 롤크루크 여인숙 너머에 있는 새 야코비 묘지입니다 …… 착한 노부인이셨죠. 레네에게 많이 의지하셨습니다. 네, 남작님 님프췬 어머니는 돌아가셨어요. 그렇지만 되르 부인은 여전히 살아계십니다. (이렇게 말하면서 그는 웃있다) 그분은 오래 사실 거예요. 부인이 한 번 찾아오면—거리가 꽤 멉니다—제가 안부를 전해 드리죠. 되르 부인의 기뻐하는 모습이 눈에 선해요. 그분을 잘 아시겠지만, 남작님, 네, 되르 부인 말입니다 ……."

기데온 프랑케는 다시 한 번 모자를 벗었다. 그러곤 문이 닫혔다.

21

다시 혼자가 되자 리네커는 이번 만남에서 특히 마지막 말에 마음이 멍해졌다. 그동안 능원의 작은 집과 거기에 사는 사람들을 생각하면, 마음속에 떠오르는 것은 항상 과거의 모습이었다. 그러던 것이 이제는 모든 것이 달라진 완전히 새로운 세계를 상상해야 했다. 그 작은 집에 누군가가 살고 있다고 해도 낯선 사람이고, 이제 벽난로에는 적어도 온종일 불이 타오르는 일은 없고, 그불을 지키고 있던 님프춰 부인은 세상을 떠나 멀리 야코비 묘지에 묻혀 있는 것이다. 이런 생각이 그의 마음에 밀려왔다. 그러다가 그는 갑자기 화환을 노모의 무덤에 바치겠노라고 농담 반 진담 반으로 약속한 그 날의 일이 눈앞에 떠올랐다. 마음이 뒤흔들리는 현 상태에서 이 약속을 기억한 것은 기쁜 일이어서 그는 당장 그 약속을 실행에 옮기려 했다. '해가 뜨거운 정오에 롤크루크로 가는 길은 그야말로 중앙아프리카 여행 같을 거야. 하지만 착한 부인에게 꼭 화환을 바쳐야겠어.'

그는 당장 군도(軍刀)와 모자를 집어 들고 출발했다.

모퉁이에는 합승마차 정류소가 있었다. 삭은 성서장으로 '석(3) 대 정류장'이라는 팻말이 붙어 있지만, 한 대 이상 서 있는 경우는 드물었다. 이날도 예외는 아니어서 오전이라는 것을 고려해 보더라도 (마차들이 땅속으로 빨려 들어간 것처럼 이 시간에 어딜 가도 그림자도 볼 수 없는 것이 보통이어서) 이 정거장에서 의무로 지정된 마차가 보이지 않는 것은 별로 이상한 일이 아니었다. 보토가 한동안 걸어 반 데어 하이트[129] 다리 근처까지 왔을 때, 저쪽에서 빨간 폴리시 좌석 천이 깔린 연녹색 마차를 회색 말이 덜거덕거리면서 끌고 오는 것이 보였다. 회색 말이 힘들게 오는 중이어서 리네커는 말이 가야 할 '먼 길'을 생각하고 슬픈 미소를 짓지 않을 수 없었다. 하지만 주위를 아무리 살펴봐도 더 나은 마차가 보이지 않자, 그가 마부에게 다가가 말했다. "롤크루크, 야코비 묘지로."

"알겠습니다, 남작님."

"그런데 도중에 한번 섰으면 좋겠소. 화환을 사야 하니까."

"알겠습니다, 남작님."

마부가 너무 금방 자기의 칭호까지 말하는 것을 보고 좀 이상해서 그가 물었다. "나를 알고 있소?"

"네, 남작님. 정거장 바로 옆, 란드그파펜 가의 리네커 남작님이시죠? 이미 여러 번 모셔다드렸습니다."

대화하는 동안 보토는 마차에 올라타 가능한 한 편안하게 좌석에 앉으려 했는데, 안이 난로처럼 더웠기 때문에 곧 단념해 버리고 말았다.

---

129 Van der Heydt Brücke, 동물원 근처에 있었는데 2차 대전 중에 파괴되었다.

마르크 출신의 모든 귀족과 마찬가지로 매력적이고 따스한 마음씨를 가지고 있는 리네커는 '학식 있는 사람들'보다는 보통 사람들과 얘기하는 것을 좋아했다. 그래서 마차가 운하를 따라 늘어선 어린나무의 그늘을 지나가자 말을 꺼냈다. "정말 텁군. 자네의 백마도 롤크루그[130]라는 말을 들었을 때, 별로 반갑지 않았을 거야."

"아닙니다, 롤크루그는 괜찮습니다. 하이데[131]를 지나기 때문이지요. 그곳의 가문비 소나무 냄새를 맡는 것을 좋아합니다. 시골에서 온 말이니까요 …… 아니면 음악 때문인지도 모르죠. 적어도 이놈은 언제나 귀를 쫑긋 세우고 있답니다."

"그런가?" 하고 보토는 말했다. "그렇지만 춤을 좋아할 것 같지는 않은데 …… 그런데 화환은 어디서 사지? 화환 없이 묘지에 갈 수는 없네."

"그럴 여유는 충분합니다, 남작님. 묘지 근방에서도 꽃을 살 수 있습니다. 할레 성문을 지나 피오니어 가를 지나가니까요."

"그렇군. 이제 생각이 나는군 ……."

"그리고 묘지 옆에 가면 꽃집은 많습니다."

보토는 미소를 지었다. "자넨 슐레지엔 출신이지?"

"네." 하고 마부는 말했다. "대체로 그렇습니다, 하지만 오래 전부터 이곳에서 살고 있어서 반은 진짜 베를린 사람입니다."

---

130 롤크루크라는 여인숙이 있었기 때문에 이런 이름을 갖게 된, 팅내 유명한 유흥지였던 롤크루크는 베를린의 남부에 위치한다.

131 원래 뜻은 황야지만 여기선 지명.

"그래, 지내기는 괜찮은가?"

"괜찮은 게 다 뭡니까? 전부 다 비싸고, 고급 물건밖에 없습니다. 귀리도 비싸요. 그래도 별일만 없으면 그런대로 괜찮은데, 꼭 무슨 일이 생깁니다. 오늘은 바퀴가 망가지고, 내일은 말이 쓰러집니다. 집에 밤색 말이 하나 더 있습니다만, 그건 원래 퓌르스텐발트 창기병 말이었죠. 괜찮은 말이긴 한데 기운이 다해서 이젠 버티질 못합니다. 갑자기 쓸모없는 말이 되어 버렸죠……. 게다가 경찰이 시끄럽게 굽니다. 여기가 나쁘다 저기가 어떻다면서 말이 많아서 항상 깨끗하게 칠하고 다녀야 합니다. 그리고 빨간 플러시 천도 공짜는 아니죠."

대화가 오가는 사이에 마차는 운하를 따라 할레 성문까지 왔다. 바로 그때 크로이츠베르크 쪽으로부터 보병 1대대가 악대를 선두로 다가오고 있어서 보토는 만나는 것을 피하려고 마차를 빨리 몰아 달라고 했다. 그래서 서둘러 벨르 알리앙스 다리를 지나 처음 눈에 띄는 '화원'이라고 쓰인 간판을 보고 그 앞에 마차를 세우도록 했다. 가게 앞에는 서너 단의 층계가 있고 커다란 진열창에는 갖가지 화환이 진열되어 있었다.

리네커가 내려서 계단을 올라갔다. 입구의 문을 여니, 요란한 종소리가 났다. "예쁜 화환 하나 보여주시겠습니까?"

"묘지용인가요?"

"네."

이 가게가 주로 묘지용 화환을 파는 곳이라는 점을 고려하여 여직원이 검은 옷을 입고 있는 것이겠지만 그 태도가 우습게도 운명의 여신(가위까지 들고 있으니)과 비슷한 데가 있었다. 직원은 얼마 안 있어 흰 장미를 엮은 상록수 화환을 가지고 왔다. 그러면서 흰 장미밖에 없어 죄송하다고 했다. 흰 동백은 값이 고가라고 했다. 보토는 그것으로 만족하고 다른 것은 보지도 않은 채 그 생생한 화환에다 밀집꽃 화환도 하나 더 만들어 줄 수 있느냐고 물었다.

여직원은 그런 옛날식의 주문에 좀 의아해했지만, 있다고 말하고 곧 대여섯 개의 노랑, 빨강, 하얀색의 밀집꽃 화환이 들어있는 상자를 가져왔다.

"어떤 색이 좋을까요?"

점원이 웃으며 말했다. "밀집꽃은 완전히 구식이에요. 겨울이면 모르지만 이런 꽃은 ……."

"이것으로 결정하겠습니다. 그냥 이것으로 정하겠습니다." 그러면서 보토는 가장 가까이에 있는 노란 화환을 골라, 흰 장미 위에다 밀집화를 놓고 다시 마차에 올랐다. 두 개의 화환이 부피가 크고 빨간 플러시 천의 좌석에 놓이자 유난히 눈에 띄기 때문에 마부에게 맡기는 것이 어떨까 하는 생각이 들었다. 그러나 그는 그런 변덕을 꾸짖으며 말했다. "님프취 부인에게 바칠 화환인데 화환을 부끄러워한다는 건 말이 안 된다. 부끄러워할 일이면 약속을 하지 말았어야지."

그래서 화환을 그 자리에 놓고 곧 어느 길로 접어들자 그는 화환 같은 건 잊어버리고 다양한 색깔의, 이곳저곳 그로테스크한 모습에 완전히 마음을 뺏겼다. 오른쪽으로 약 5백 보 정도의 거리에 나무울타리가 계속되는데, 그 너머로 막사, 천막, 불을 밝힌 입구가 보이고, 어디에나 갖가지 문구가 쓰여 있었다. 대부분은 최근 아니면 며칠 전에 쓴 것이었는데, 그중 제일 크고 요란한 두세 개 글씨는 오래전에 쓴 것이어서 비에 씻긴 채 작년부터 서 있는 것으로 보였다. 이 놀이터 중앙과 거기서 좀 떨어진 곳에 여러 장인(匠人)들의 작업장이 있었는데, 대부분이 조각공 아니면 석공인 그들은 이곳에 있는 많은 묘지를 고려해서 십자가, 원주, 오벨리스크를 전시해 놓고 있었다. 전부다 이곳을 지나는 사람들의 이목을 끌기 위한 것이었는데, 리네커 역시 예외는 아니어서 마차 속에서 굉장한 호기심을 가지고 끝없이 늘어선, 서로 경쟁하며 늘어서 있는 광고문을 읽고 해당 조각물을 바라보았다. '천재 화가 로젤라, 생전의 모습 재현', '가장 저렴한 묘비', '아메리카 속성사진', '러시아식 표적 맞히기 게임, 6번에 10페니히', '와플이 곁들인 스웨덴식 펀치', '피가로 최고의 세일, 세계 최고의 헤어 살롱', '저렴한 비석', '스위스 사격장'

잘 쏴라, 빨리 쏴라, 쏴서
빌헬름 텔처럼 적중시켜라.

이런 식이었다. 그리고 그 아래에는 석궁을 쥔 빌헬름 텔과 아들과 사과의 그림이 있었다.

이제야 긴 나무울타리 끝까지 왔다. 이 종착점에서 길은 하젠하이데의 황야 쪽으로 확 꺾어졌는데, 그곳 사격장에서는 정오의 고요를 깨뜨리며 탕탕 총 쏘는 소리가 들려왔다. 그 외에는 거리 모습이 별로 다를 바가 없었다. 거리에는 운동복을 입고 메달을 목에 건 금발의 여인이 불꽃이 사방으로 튀는 가운데 밧줄 위에서 균형을 잡고 있었고, 그 주변과 옆에는 자그마한 플래카드가 열기구 타기, 댄스파티 같은 것을 광고하고 있었다. 그중 하나는 '시칠리아의 밤, 2시, 빈 봉봉 왈츠[132]'였다.

수년 동안 이곳을 지나가 본 적이 없으므로 보토는 일일이 신기한 듯 읽고 있었다. 그곳의 그늘에서 잠시 신선한 공기를 들이마신 후에 마차는 '하이데'를 벗어나 릭스도르프 마을로 이어지는 꽤 번잡한 교외의 대로로 꺾어 들어갔다. 마차가 두 줄, 석 줄로 달리다가 갑자기 완전히 멈추더니 길이 막혔다. "왜 멈췄지요?" 그런데 마부가 대답할 틈도 없이 보토의 귀에 욕을 퍼붓는 소리가 앞의 전면에서 들리고 마차가 충돌해서 난장판이 된 것이 보였다. 서민적인 것을 좋아하기 때문에 그는 몸을 내밀고 신기하다는 듯 사방의 광경을 내다보면서 이 사건에 대해 불쾌감보다는 오히려 재미를 느꼈는데, 유감스럽게도 앞에 멈춰 선 마차의 화물과 글씨가 그를 우울한 기분에 빠지게 하였다. '유리 구매 및 판매, 막스 치펠, 릭스도르프'라는 큰 글씨가 벽처럼 넓은 마차의 후면에 쓰여 있고, 유리 조각이 산처럼 마차 속에 쌓여 있었다. '운과 유리 ……'. 그는 불편한 심정으로 내다보았는데, 마치 손가락 전부가 유리에 찔린 기분이었다.

---

132   요한 슈트라우스 2세의 왈츠, 빈 봉봉(Wiener Bonbons Op. 307).

드디어 마차 대열이 움직이기 시작했고, 말 역시 늦어진 시간을 만회하려고 전력을 다했기 때문에 얼마 안 있어 마차는 완만하게 뻗어 있는 비탈길을 따라 지붕이 높고 박공창이 앞으로 나온 거리 모퉁이의 집에 도착했다. 이 집 아래층 창문은 아주 낮아서 거의 땅에 닿을 정도였다. 박공창에서 쇠막대기가 튀어나와 있고 거기에는 금빛 열쇠가 매달려 있었다.

"뭐지요?"

"롤크루크입니다."

"그래, 그러면 이제 다 왔군. 이제 언덕만 넘으면 되지. 말한테는 미안하지만 어쩔 수 없네."

마부가 말에 채찍질했고 얼마 안 있어 마차는 완만한 언덕을 올라갔다. 한쪽에는 묘지들이 빽빽하게 들어차 이제는 거의 폐쇄된 야코비 교회 묘지가 있고, 교회 담 너머로는 고층 임대 주택이 서 있었다.

마지막 집 앞에는 부부처럼 보이는 유랑 연예인들이 호른과 하프를 들고 서 있었다. 여자 쪽은 노래를 부르고 있는데, 바람이 심해서 목소리가 모두 언덕 위로 올라가서 보토는 그 불쌍한 부부 옆을 지나 열 걸음 이상 지나서야 비로소 가사와 곡조가 확실하게 귀에 들어왔다. 노래는 전에 되르 부인과 레네와 함께 빌머스트로프로 산책갔을 때, 아주 쾌활하고 행복하게 불렀던 바로 그 노래였다. 그는 일어나서 마치 뒤에서 누가 부르기라도 하는 것처럼 두 사람을 돌아다보았다. 하지만 그들은 반대 방향을 향하고 있어서 보이지 않았다. 그 대신 주택의 박공창에서 유리를 닦고 있는 아리따운 하녀가 젊은 장교가 뒤돌아본 것이 자기라고 생각했던지 창문턱에서 기쁘다는 듯이 가죽 총채를 흔들면서 들뜬 목소리로 노래에 맞추어 따라 불렀다.

　내 생명은 당신 덕인데,
　그대 군인이여, 당신 생각도 그런가요?

　보토는 손을 이마에 얹고 마차 뒤로 몸을 기댔다. 한없이 감미롭고 한없이 슬픈 생각이 가슴을 사로잡았다. 물론 슬픈 쪽이 더 우세했지만, 잠시 뒤 도시를 뒤로하고 저 멀리 지평선에 정오의 푸른 안개 속에서 모습을 드러낸 뮈겔 산을 보자 그것은 사라졌다.
　드디어 그들은 새 야코비 묘지 앞까지 왔다.
　"기다릴까요?"
　"그래 주게. 여기 말고, 저 아래 롤쿠르그 여인숙 옆에서. 그리고 만약 그 유랑 부부를 만나면 …… 이걸 불쌍한 부인에게 주도록 하게."

22

보토는 바로 묘지 입구에서 일하고 있는 노인한테 안내를 받았다. 님프취 부인의 묘지는 손질이 잘 되어있었다. 담쟁이덩굴이 늘어져 있고 제라늄 화분이 하나 놓여 있었다. 쇠말뚝에 걸려 있는 밀집꽃 화환을 보고서 보토는 "레네로구나."라고 혼잣말을 했다. "여전하네 …… 나는 너무 늦게 왔어." 그가 옆에 서 있는 노인을 돌아보며 말했다. "참석자는 적었지요?"

"네, 적었습니다."

"세 사람, 네 사람?"

"딱 네 분이었습니다. 우리 소장님도 참석하셨지만, 기도만 하셨지요. 함께 온 중년의, 마흔 살 정도의 몸집이 큰 부인이 계속 울었습니다. 젊은 아가씨도 함께 왔죠. 그 아가씨는 매주 한 번씩 오는데, 지난 일요일에는 이 제라늄을 가져왔습니다. 비석도 세운다고 합니다. 요새 유행하는, 푸른 광을 내서 이름하고 날짜를 적는 것으로 말입니다."

노인은 묘지기의 예를 지키며 뒤로 물러갔고, 보토는 밀집꽃 화환을 레네의 것과 나란히 걸고 밀집꽃과 흰 장미는 제라늄 화분 주위에 놓았다. 그리고 진심으로 님프취 부인을 생각하며 잠시 소박한 묘지를 바라보다가 다시 묘지 출구 쪽으로 갔다. 옆에서 격자 울타리 작업을 하는 노인은 모자를 벗고 그를 바라보며 마음속으로, 아까 악수를 할 때 보니 틀림없이 신분이 높은 것 같은데 그런 사람이 무슨 이유로 이런 늙은 부인의 묘지를 찾아온 것일까, 라고 생각하고 있었다. "이유가 틀림없이 있어. 마차도 돌려보낸 걸 보면 그래 ⋯⋯." 그러나 수수께끼가 풀릴 길이 없음을 곧 깨닫고 그는 될 수 있는 한 감사하는 마음을 나타내려고 옆에 있는 물뿌리개를 집어 들고 작은 무쇠 분수로 간 다음 다시 님프취 부인의 묘로 돌아와 강한 햇살 때문에 시든 담쟁이에다 물을 주었다.

그 사이 보토는 롤크루크 여인숙 옆에서 기다리고 있던 마차로 돌아왔고, 한 시간 후에는 란드그라펜 가에 도착했다. 마부가 깎듯이 마차에서 내려 문을 열어 주었다.

"다 왔네요." 보토가 말했다. "조금 더 드리겠습니다. 짧은 시골 여행이라도 다녀온 것 같습니다 ⋯⋯."

"그럼요, 그 정도면 긴 여행이죠."

"그러네요." 리네커가 웃었다. "그러면 좀 더 얹어 주어야겠는데."

"이 정도면 됐습니다, 고맙습니다, 남작님."

"말도 좀 잘 먹이도록 하세요. 보아하니 불쌍합니다."

그는 인사를 하고 계단을 올라갔다.

집에 들어와 보니 너무 조용하고 하인들도 보이지 않았다. 이 시간이면 주인이 클럽에 있을 것으로 생각하기 때문이었다. 적어도 홀아비 신세가 된 후에는 그랬다. "믿을 수 없는 사람들이군." 그가 불쾌한 듯 중얼거렸다. 하지만 사실은 혼자 있는 것이 좋았다. 그는 아무도 보고 싶지 않고 혼자서 생각에 잠기려고 발코니로 나가서 앉았다. 발코니는 차양이 내려진 데다 푸르고 흰 술까지 길게 매달려서 답답했다. 그가 일어나서 차양의 커다란 아마포 천을 걷어 올리자 좀 나아졌다. 신선한 공기가 상쾌하게 흘러들어오자 그는 심호흡하면서 난간 옆으로 가서, 오후의 햇빛이 들판과 숲 저쪽 샤를로텐부르크 성의 둥근 지붕에 내리쬐어 공작석 빛깔의 초록빛 덮개를 반짝이는 것을 바라보았다.

"저 뒤가 슈판다우로군." 그가 혼잣말했다. "슈판다우 저쪽에는 기차 제방이 있어 라인 강까지 철로가 이어져 있고, 그 철로 위로 지금 기차가 객차를 여러 개 달고서 달리는 것이 보이네. 그 가운데 하나에는 케테가 탔을 텐데, 어떤 모습일까? 물론 잘 있겠지. 틀림없어. 그런데 무슨 말을 할까? 글쎄, 여러 가지 말, 온 천장의 흥미진진한 이야기, 잘링어 부인의 치장, 그리고 나서 결국 베를린이 제일 좋다는 이야기겠지. 그런데 아내가 다시 돌아오는데 나는 기쁘지 않단 말인가? 그처럼 아름답고, 젊고, 행복하고, 쾌활한 아내인데. 나도 기쁘다. 그렇지만 오늘만은 돌아오지 않았으면 좋겠다. 제발 안 돌아왔으면 해. 하지만 장담할 수가 없어. 3일 전부터 편지가 오지 않았으니 갑자기 나타나서 놀라게 하려는 것은 아닐까?"

한동안 그는 이런 것을 계속 생각하고 있었는데 케테 대신

이것저것 지나간 일들, 되르 씨 댁의 능원, 빌머스로프로의 산책, 한켈 적하장에서의 소풍이 머릿속에 떠올랐다. 그 날은 마지막 아름다운 날, 마지막 행복한 시간이었다. …… "그때 머리카락은 너무 단단히 묶는다면서 그녀가 싫다고 했지. 그런데 나는? 왜 나는 고집을 부렸을까? 그래, 그런 수수께끼 같은 힘이 있어, 지옥에서 오는지 천국에서 오는지는 몰라도 이 세상에는 그런 애정이 있어서 내가 지금 거기에 얽매여 벗어나지 못하는 거야. 그 날 오후, 우리 단둘이서 방해가 있으리라고는 생각도 못 했던 그때 그녀는 정말로 여자답고 따뜻했었지. 그때 수풀 속에서 주위의 꽃을 따던 그녀의 모습은 지금도 잊을 수 없어. 그 꽃을 아직도 보관하고 있지만 이젠 그것도 치워야지. 그런 죽은 물건이 무슨 소용이란 말인가? 마음만 산란하게 하고, 만일 남의 눈에라도 띄면 나의 작은 행복, 가정의 행복을 파괴하게 되지."

그가 일어나 발코니에서 방을 가로질러, 뜰을 향하고 있는 서재로 들어갔다. 아침에는 서재에 햇빛이 밝게 들어오지만, 지금은 짙은 그늘이 져 있었다. 서늘해서 상쾌했다. 그는 총각 시절부터 사용하고 있는 멋진 책상으로 다가갔다. 책상의 흑단 서랍은 은으로 작은 꽃장식이 되어있었다. 이 서랍의 한가운데에는 칸을 나누어 귀중품을 보관하는 성지(聖地)가 있고, 그 뒤로 용수철을 눌러서 잠그는 비밀 칸도 있었다. 용수철을 눌러 비밀 칸이 나오자 빨간 끈으로 묶은 작은 편지 다발이 보였는데, 맨 위에는 지금 말한 꽃이 놓여 있었다. 편지 다발을 손에 놓고 누게를 날아 보다가 그가 실을 풀면서 말했다. "기쁨이 많으면 괴로움도 많

아. 얽히고설켜 있네. 옛 노래처럼."

그는 혼자 집에 있어서 놀랄 염려는 없었다. 그래도 아주 안심할 수는 없다고 생각하고 그는 일어나서 문을 잠갔다. 그런 다음 맨 위에 있는 편지를 읽었다. 그것은 빌머스트로프에 산책하러 가기 전날의 편지로 그 당시 연필로 표시해 놓은 부분을 읽어보니 또 다른 감회가 있었다. "줄기(Stiehl)나, 모두(Alleh) …… 같은 철자도 지금 보니, 세상의 어떤 정자법보다 더 사랑스럽군.[133] 그리고 글씨가 아주 선명하고, 내용이 훌륭하고 장난스럽네. 그녀는 모든 것이 조화롭게 섞여 있어서 이성적이면서도 열정적이었지. 그녀의 말에는 개성이 있고 깊은 감정이 담겨 있었어. 그에 비하면 교육이라는 것은 얼마나 초라한 것인지 몰라."

이제 두 번째 편지를 쥐고 편지를 나중 것에서 앞의 것으로 거꾸로 읽어 보려고 했다. 그러나 그것은 마음에 상처를 줄 뿐이었다. "무엇 때문에? 무엇 때문에 이미 기억 속에서 죽어 버렸고, 죽어야만 하는 것을 되살려 새롭게 하려는가? 이런 것은 치워서 추억이 담긴 물건이나 추억을 없애야 해."

이렇게 결심을 하자 그는 서둘러 책상에서 일어나 난로 차단막을 밀어젖히고 편지를 태우기 위해 작은 난로로 다가갔다. 그리고 달콤한 고통을 연장하려는 듯이 천천히 한 장 한 장을 불위에 던지면서 태웠다. 마지막으로 손에 남은 것은 꽃다발뿐이었다. 깊은 생각에 잠겨 있는 사이에 다시 한 번 꽃을 하나씩 보

---

133 둘 다 h가 불필요하다.

기 위해 머리카락을 풀어 볼까 하는 생각을 했다. 그러다가 갑자기 미신의 공포에 사로잡혀 그는 꽃을 편지 위로 던져 버리고 말았다.

탁 소리가 나더니 모든 것이 끝났고 불꽃도 꺼졌다.

"이제 나는 자유로운가? …… 내가 그러길 바라는 걸까? 그러고 싶지 않다. 모두 재가 되었어. 그래도 나는 아직 얽매여 있다."

23

보토는 잿더미 속을 들여다보고 있었다. "얼마나 적으면서 또 얼마나 많은가?" 이렇게 말하면서 그는 중앙에 폼페이 벽화의 모작 그림이 있는 멋진 철망을 끌어다 전처럼 난로 앞에다 놓았다. 그의 눈은 지금까지 여러 번 그 그림을 보아 왔지만 무슨 그림인지 눈여겨보지 않았는데, 이제 비로소 제대로 눈에 들어왔다. "방패와 창을 쥔 미네르바로군. 창을 발아래에 놓았어. 평화의 의미겠지 …… 그런 것 같아." 그는 일어나서 최고의 보물이 사라져서 초라해진 비밀 상자를 닫고 다시 집의 전면으로 나왔다.

좁고 긴 낭하를 지나는 도중에 그는 방금 동물원 산책에서 돌아온 요리사와 하녀를 만났다. 두 여자가 당황하고 걱정하며 서 있는 것을 보자 인간적으로 동요했지만, 그는 마음을 억누르고 빈정대면서 한 번쯤은 본보기를 부여줘야겠다고 다짐했다. 그는 작정하고 사나운 제우스[134]의 역할을 맡았다. "도대체 어디를 갔다 오는 거야? 이래서야 일을 제대로, 잘한다고 할 수 있겠나? 사모님이 돌아왔을 때 (오늘이라도 돌아올는지 모르지!) 집

---

134 신들의 우두머리.

안을 엉망으로 보여줄 수는 없잖아. 하인은 어디로 간 거야! 아냐, 아무 말도 알고 싶지 않아. 다 듣기 싫어, 변명은 필요 없어."
이렇게 말을 하고 나서 걸으면서 곧 미소를 지었지만, 그것은 자신에게 보내는 미소였다. '설교는 쉽지만 제대로 행동하고 실천하는 건 얼마나 어려운 일인가? 나야말로 엉망진창이다. 나 자신이 잘못하고 잘못된 길을 가고 있지 않은가? 과거에 그런 것은 할 수 없다지만, 지금도 그렇다면 그건 안 될 일이지.

그는 다시 발코니로 나가 앉아 종을 쳤다. 하인이 나타났는데, 그는 하녀보다도 더 걱정스러워하며 어쩔 줄 몰라 했다. 하지만 그럴 필요 없었다. 태풍은 이젠 지나간 것이니까. "요리사에게 뭐 좀 먹겠다고 말해주게. 왜 멍하니 서 있지? 아, 알겠어."(그러면서 그가 웃었다) "집에는 아무 일 없었어. 다 괜찮아 …… 자, 차를 가져오게, 차 갖다 주면 돼. 그리고 빵 몇 조각도, 어서, 난 배가 고파. 그리고 저녁신문 왔나?"

"네, 대위님."

오래지 않아 차 테이블이 바깥 발코니에 준비되고 먹을거리도 나왔다. 보토는 흔들의자에 기댄 채 작고 푸른 불길을 보면서 생각에 잠겨 있었다. 그리고 우선 아내가 애독하는 〈다스 프램덴블라트〉를; 이어서 〈크로이츠 차이퉁〉을 집어 들고 마지막 면을 읽었다. "흠, 케테는 이 마지막 면을 이제 원본에서 매일 생생하게, 다시 말해 슐랑엔바트에서보다 12시간이나 빨리 읽을 수 있게 되었으니 무척 기뻐하겠지. 그긴 맞아. '금일 결혼식을 올렸기에 삼가 공고함. 법률 시보 예비 육군 소위 신랑 아달베르트 폰

리히터로, 신부 힐데가드 폰 홀체', 좋아. 이렇게 계속 사람들이 살고 사랑하는 것을 본다는 건 참 즐거워. 결혼과 세례. 그리고 그 사이에 두세 건의 사망 통지. 이건 읽을 필요 없어. 케테도 읽지 않고 나도 마찬가지야. 단 반달렌[135]이 '노 선배'를 잃었을 경우라든지, 사망 통지서 한가운데에 군단 표식이 있는 경우는 다르지. 그런 것은 유쾌한 일이거든. 그럴 때면 마치 옛 용사들이 발할라[136]로 가는 길에서 호프부로이[137]로 초대를 한 기분이야. 사실은 슈파텐브로이가 더 낫긴 한데."

초인종 소리가 울리자, 그는 신문을 다시 내려놓았다. "벌써 도착했나? ……" 아니, 아무도 아니었다. 음식점에서 보낸 수프 목록인데, 가격이 단 50페니히였다. 그래도 언제 아내가 느닷없이 나타나 놀라게 할지 모르기 때문에 그는 저녁 내내 긴장을 늦추지 않았다. 그리고 앞쪽에 트렁크가, 뒤에 부인용 여행 모자가 보이는 합승마차가 란드그라펜 가로 들어올 때마다 그는 중얼거렸다. "케테로군. 케테가 저런 것을 좋아하지. '여보, 정말 우스웠어요.'라고 말하는 목소리가 귀에 쟁쟁하군."

케테는 오지 않았다. 케테 대신 그 다음 날 아침, 사흘 후에 돌아온다는 편지가 도착했다. 아직도 잘링어 부인과 함께 여행하고 있어요, 부인은 아주 상냥한 분이라 즐겁고 멋지고 편안하

---

135   게르만 민속 중의 하나인 이 이름을 딴 하이델베르크의 학생결사.
136   Walhalla, 북유럽 신화에 나오는 천국. 주신 오딘의 궁전.
137   호프부로이/슈파텐 브로이, 술집 이름.

게 여행하고 있어요.

보토는 편지를 내려놓았다. 아름답고 쾌활한 아내를 사흘 안에 다시 만날 생각을 하니 순간 매우 기뻤다. "우리의 마음에는 갖가지 모순이 자리 잡고 있어 …… 케테는 철이 없지만 철없는 아내도 없는 것보다는 낫지."

그는 곧 아랫사람들을 모아놓고 사흘이면 사모님이 돌아올 것이니, 빠짐없이 잘 정리하고 집 안 청소도 해 놓으라고 했다. 그리고 큰 거울에도 먼지 하나 없도록 하라고 했다.

그렇게 지시를 하고 그는 근무하러 병영으로 갔다. "누가 물으면 5시에 돌아온다고 하게."

남은 시간에 대한 그의 계획은 정오까지는 기병중대의 병영에 있다가 한두 시간 말을 타고나서 클럽에서 식사할 예정이었다. 클럽에서 다른 사람은 못 만나도 발라프레만은 꼭 만날 것이니, 그러면 둘이서 휘스트[138]놀이하면서 사실이든 사실이 아니든 궁중의 소문에 관해 이야기를 나눌 생각이었다. 발라프레는 신뢰할 수 있는 인물이긴 하지만 근본적으로 하루에 한 시간씩은 거르지 않고 엉터리 얘기나 허풍을 떠는 버릇이 있었다. 이 일은 일종의 정신적인 스포츠로, 그의 오락 중에서 제1순위를 차지하고 있었다.

그의 계획은 예정대로 흘러갔다. 병영의 큰 시계가 열두 시를 치자마자, 그는 안장에 올라 먼저 린덴 가(街), 루이젠 가를 지나

---

138 카드놀이의 일종.

마지막으로 멀리 운하를 따라 플레첸 호수로 가는 길로 접어들었다. 그러자 아무리 괴롭더라도 레네와는 이별을 해야 한다는 결단을 내리기 위해서 이 근방을 말을 타고 지나갔던 기억이 새로워졌다. 벌써 3년이 지나갔다. 그 사이에 무슨 일이 있었는가? 기쁜 일이 많았다. 그건 확실하다. 하지만 그건 참된 기쁨은 아니었다. 달콤한 사탕, 그 이상의 것은 아니었다. 인생을 사탕으로 살 수 있는 사람이 어디에 있단 말인가!

한동안 이런 생각을 하고 있는데, 융페른하이데에서 운하로 가는 승마 길을 따라 두 동료 군인이 다가오고 있었다. 군모를 보면 멀리서도 창기병이라는 것을 알 수 있었다. 대체 누구지? 이 의문은 금방 풀렸다. 상대방이 백 보의 거리까지 채 오기 전에 사촌인 렉신 형제라는 것을 알 수 있었다. 두 조카는 같은 연대에 근무하고 있었다.

"아, 리네커" 하고 형 쪽이 말했다. "어디로 가는 길이에요?"

"하늘이 파란 데까지 그냥 가고 있어."

"그건 너무 먼데요."

"그러면 자트빈켈까지."

"그건 괜찮네요. 함께 가도 되죠? 방해되지 않는다면……(그러면서 그는 동생을 바라보았다) 쿠르트, 미안하지만, 리네커와 단둘이 할 말이 있어. 미안해 ……."

"둘이서 이야기 나누세요. 형 좋으실 대로 해요. 보첼[139]" 이렇

---

139 Bozel, 보기슬라브(Bogislaw)의 약칭.

게 말하면서 쿠르트 폰 렉신은 인사를 하고 사라졌다. 보첼은 말의 머리를 돌리더니, 자기보다 훨씬 상관인 리네커의 왼쪽에서 나란히 가면서 말했다. "그럼 자트빈켈까지 가요. 하지만 테겔 사격장에는 가지 말아요."

"그렇게 하도록 하지." 리네커가 대답했다. "첫째는 나를 위해, 둘째는 자네들을 위해, 그리고 마지막으로는 헨리에테를 위해서…… 만약에 까만 머리 헨리에테가 자기 보첼이 탄환에, 그것도 친구의 유탄(榴彈)에 맞아 죽었다면 뭐라고 말하겠어?"

"물론 가슴 아픈 일이지요." 렉신이 대답했다. "그리고 그녀와 나의 계획이 틀어졌다고 생각하겠지요."

"무슨 계획?"

"바로 그게 지금 말하려는 초점이에요."

"나한테? 어떤 이야기를 하려는 건데?"

"짐작하고 계시겠지만, 별로 어려운 문제는 아니에요. 제 이야기는 관계, 다시 말해서 저의 관계에 관한 것입니다."

"관계라" 보토가 웃었다. "그렇다면 한 번 힘이 되어 볼게, 렉신. 그러나 솔직히 말해서 어째서 하필 나한테 상담을 할 생각인지 알 수가 없네. 나는 어떤 일에도, 특히 그 방면의 일에 재주가 없어. 그런 일에는 권위자들이 많잖아. 그중의 한 사람은 자네도 잘 알고 있지. 자네의 친구이자 내 특별한 친구 말이야."

"발라프레요?"

"그래."

냉랭한 태도와 거절하는 듯한 태도를 알아차리고 렉신은 기분이 상해서 입을 다물었다. 보토는 좀 너무했다고 생각하고 이야기를 처음으로 돌렸다. "관계라면, 렉신, 미안하지만, 그런 것은 너무 많지 않아?"

"그건 그래요. 많기도 하고 또 여러 가지지요."

보토는 어깨를 움츠리며 웃었다. 렉신은 아직 기분이 덜 풀렸지만 모처럼의 상담을 중단해서는 안 되겠기에 마음을 돌려 말했다. "정말 많긴 하죠. 그렇지만 리네커, 그렇게 발을 뺄 것으로 생각지는 않았어요. 나는 ……."

"자, 어서 말해 봐."

"그럴게요."

잠시 뒤 렉신은 말을 이었다. "나는 고등 교육을 받았어요. 군에서도, 그리고 그 전에는 (그것 때문에 군에 들어가는 것이 늦어졌지만) 본 대학과 괴팅겐 대학에서요. 그래서 일반적인 문제 같으면 남의 지도나 충고를 받을 필요가 없습니다. 그런데 곰곰이 생각해 보니 내 문제는 일반적인 문제가 아니고, 예외적인 경우거든요."

"누구든 그렇게 생각하지."

"간단히 말한다면 나는 얽매여 있어요. 아니, 헨리에테를 사랑하고 있습니다. 내 심정을 더 잘 표현한다면 까만 머리 에테[140]를 사랑하고 있어요. 주보(酒保)를 생각나게 하는 에테라는 이 평범한 이름이 제가 보기에는 가장 잘 맞는 이름이에요. 이 문제에

---

140 헨리에테의 애칭.

서 필요 이상으로 점잔을 피울 생각은 없어요. 나는 진지하고, 진지하기 때문에 점잔 빼고 미사여구 쓰는 것은 정말 싫습니다. 그런 것은 가볍게 만드는 것이니까요."

보토는 동의하면서 고개를 끄덕였다. 이때까지 그의 태도에 나타나던 놀리고 무시하는 태도는 사라져 갔다.

"에테로 말하자면" 하고 렉신이 말을 계속했다. "천사 가문 태생이 아니니 그녀도 천사가 아닙니다.[141] 하지만 이 세상에 천사가 어디 있습니까? 우리 주변이요? 아닙니다. 이런 구별은 전부 인위적인 것으로, 가장 심한 것은 도덕 분야입니다. 물론 도덕이라든가 그 비슷한 아름다운 것이 세상에 있긴 하지만, 순수함이나 도덕은 비스마르크나 몰트케처럼 흔하지가 않아요. 나는 완전히 그렇게 믿고 그 생각이 옳다고 생각하기에 가능한 한 이것을 행동의 지침으로 삼으려고 합니다. 그런데 보세요, 리네커. 만약에 우리가 우리 사회의 형식이나 인습만큼 지루하고 고집스러운 이 운하를 따라 말을 타고 가는 것이 아니라면, 형편없는 이 도랑이 아니라 새크라멘토[142] 강변을 걷는 것이라면, 테겔 사격장이 아니라 우리 앞에 금광이 있다면 나는 당장 에테와 결혼합니다. 그녀 없이 살 수 없고 그녀가 나에게 잘 해주고 그녀의 자연스러움, 소박함, 참된 사랑은 나에게는 열 명의 백작 아가씨와도 비할 수 없으니까요. 하지만 그럴 수가 없어요. 부모님에게 걱정

---

141 귀족 태생이 아니라는 의미.
142 캘리포니아에 있는 긴 강.

을 끼치고 싶지 않고, 27살 나이에 군대를 나와서 텍사스에서 카우보이가 되거나 미시시피 강의 증기선 종업원이 되기는 싫습니다. 그래서 중간의 길을 택해서 ……"

"그건 무슨 말이야?"

"공인받지 않고 결혼하는 것이요."

"다시 말해 결혼식 없는 결혼이란 말이군."

"그렇게 말하고 싶으면 그렇게 하세요. 말이란 것은 저한테 문제가 되지 않아요. 공증, 선서도 마찬가지고요. 저는 상당히 염세적인 데가 있어서 목사의 축복 같은 것은 조금도 믿지 않아요. 간단히 말해서 저는 일부일처제를 신봉할 수밖에 없지만, 이것은 도덕상의 이유에서가 아니라 타고난 성품 때문이지요. 나는 한 시간 만에 만나고 헤어지는 그런 관계는 마음에 들지 않아요. 하긴 그래서 내가 나를 염세주의자라고 부르지만, 어쩌면 속물이라고 하는 것이 훨씬 더 잘 어울릴는지도 몰라요. 내가 동경하는 것은 소박한 방식, 조용하고 자연스러운 삶이에요. 그런 것만이 마음과 마음을 결합할 수 있게 하고, 인간이 가질 수 있는 최상의 것을 얻게 합니다. 성실과 사랑과 자유 말이에요."

"자유." 보토가 되풀이했다.

"그래요, 리네커. 그러나 저는 그 배후에는 위험이 잠복해 있고, 자유의 기쁨이란 어떤 자유의 경우라 하더라도 쌍날의 칼과 같은 것이어서 잘못하면 자신에게 상처를 입히게 된다는 것을 압니다. 그래서 지혜를 빌리려고 하는 거예요."

"자, 내가 대답하겠네." 보토가 말했다. 이 고백을 듣고 있는 동안 그 역시 자신의 과거 생활, 현재 생활이 마음속에 떠올라 매 순간 진지한 분위기로 끌려들어 갔다. "그래, 렉신, 나도 최선을 다해서 말해보겠네. 그렇게 할 수 있을 것 같아. 그런데 내가 권하고 싶은 것은 그러지 말라는 것이야. 자네 생각대로 실행하는 경우 결과는 두 가지인데 그 어느 것도 좋지가 않아. 애정을 지키고 고집대로 하는 것, 그것을 뭐라고 부르던 그렇게 하면 계급, 가문, 자네의 인생과 결별하게 되는 거고, 그러면 흙탕에 빠진 것은 아니라고 해도 결국 조만간 스스로 끔찍스럽고 짐스럽게 느껴질 거야. 만약 상황이 좀 다르게 진행된다면, 대개는 상당한 시간이 지나면 그렇게 되는 법인데, 자네는 사회나 가족과 화해하게 되지만 이후 참담한 상태가 되어 행복한 때에, 그보다 더 중요한 것은 다른 사람들과 얽혀서 하나가 되어야만 하는 고통스럽고, 어렵고, 불안한 때에 어울리지 못하게 된다는 것이야. 그건 괴로운 일이거든."

렉신이 말을 하려 했지만, 보토는 그것을 보지 못한 채 말을 이었다. "렉신, 자네가 아까 관계에 대해서 멋진 표현을 하면서 한 시간 만에 만나고 헤어지는 관계라는 문구를 썼네만, 사실 그런 건 관계도, 최악의 관계도 아니냐. 최악의 관계란 자네 말을 빌린다면 가운데 길을 택하는 것이야. 그런데 내가 꼭 충고하고 싶은 건 그 중간 길은 피하라는 거야. 중간은 조심해야 해. 이겼다고 생각하지만, 사실은 파산이고, 항구(港口)라고 믿지만, 사실은 난파야. 겉으로 볼 때는 만사 순조롭게 진행되어서 저주, 말 없는 비난이 사라져 보이지만, 결과는 절대로 좋지 않아. 그리고 그건 당연한 일이야. 사물에는 어떤 것이나 자연의 귀결이라는 게 있다는 걸 잊어선 안 돼. 일단 일어난 일은 취소할 수 없고, 영혼 속에 새겨진 것은 결코 색이 바래지거나 사라지지 않아. 추억이 남아있기 때문에 자꾸 비교하게 되거든. 그래서 다시 한 번 말하지만, 그런 생각은 그만두게. 그렇지 않으면 자네의 삶에는 구름이 끼이 평생 빛과 밝음을 잊지 못하게 돼. 많은 것을 해도 되지만, 영혼을 흔드는 일, 마음에 사무치는 일은 하면 안 되네, 자신의 마음이라 할지라도 말이야."

24

사흘이 지나 출발 직전에 보낸 전보가 도착했다. "오늘 저녁에 도착해요, K."

정말로 그녀가 왔다. 보토는 안할트 역에 마중 나가 잘링어 부인을 소개받았다. 좋은 여행 동반자를 만나 다행이라는 보토의 감사의 말에 부인은 귀도 기울이지 않은 채 오히려 자기가 얼마나 행복했는지, 아니 그것보다도 이처럼 매력 있는 젊은 부인을 둔 당신은 얼마나 행복하냐는 말만 되풀이했다. "남작님, 만일 내가 운 좋게 이분의 남편이라면, 3주나 부인과 떨어져 있지는 않을 거예요." 그러고 나서 부인은 한동안 모든 남자에 대해 욕을 퍼붓더니 꼭 빈을 방문해 달라고 부탁했다. "빈에서 한 시간도 채 되지 않는 곳에 작은 집이 하나 있어요. 말 두세 필과 부엌도요. 프로이센이라면 학교, 빈이라면 부엌이 자랑거리죠. 어느 쪽이 더 좋은지 저는 모르겠어요."

"나는 알아요." 하고 케테가 말했다. "보토도 알고 있고요."

헤어진 후에 젊은 부부는 짐을 미리 보내도록 지시하고 덮개를 건 마차에 올랐다. 케테는 뒤에 기댄 채 삭은 말을 뒷좌석에 올렸다. 거기에는 베를린 귀부인의 매력에 완전히 넋을 빼앗

긴 슐랑엔바트 호텔 여주인이 작별할 때 선물로 준 커다란 꽃다발이 놓여 있었다. 케테는 보토의 팔을 잡고 그에게 기대 있었는데, 그것도 잠시 곧 몸을 똑바로 일으켜 계속 바닥에 떨어지는 꽃다발을 양산으로 누르면서 말했다. "정말이지, 여기는 멋있어요. 사람들 전부, 그리고 좁은 곳을 헤쳐 나가는 슈프레 강의 배도 멋져요. 그리고 먼지도 얼마 없고요. 요즘에는 물을 뿌려 놓으니 정말 고마운 일이에요. 대신 긴 드레스를 입고 다닐 수는 없지만요. 저것 좀 보세요. 저 빵집 마차를 개가 끌고 있어요. 정말 우스워요. 그런데 운하는 …… 왜 항상 이 지경인지 모르겠네요."

"맞아" 하고 보토가 웃었다. "항상 그래. 7월 한 달 동안은 더위가 이어졌는데도 조금도 나아지지 않았어."

어린나무 밑을 마차가 달리고 있을 때, 케테는 보리수 나뭇잎을 한 장 떼어 손바닥 위에 놓고는 소리가 날 정도로 탁 쳤다. "집에 있을 때는 언제나 이런 놀이를 했어요. 슐랑엔바트에서도 별로 할 일이 없으면 이런 놀이를 하거나 어린 시절에 하던 여러 가지 놀이를 하면서 놀았어요. 그런데 내가 왜 이러지요. 이런 바보스러운 짓을 열심히 하고 있으니 말이에요. 이젠 나이든 어른이라 이런 건 다 졸업했는데."

"케테, 그게 무슨 소리야 ……."

"사실이에요. 이제는 중년 부인이에요. 그렇다니까요 …… 그런데 저걸 보세요. 저기에 아직 격자 울타리와 옛날 바이스비어 술집이 남아있군요. 그다지 점잖지 못한 우스운 이름이 저렇게 붙어 있어서[143] 기숙사에 있을 때 우리는 죽어라 웃은 적이 있었어요. 저런 술집은 벌써 없어졌다고 생각하고 있었는데, 베를린 사람들은 이런 것을 없애 버리지 않고 오래오래 그냥 놔두는 모양이죠. 술집에 우스운 이름을 붙이지 않으면 직성이 안 풀리나 봐요."

보토는 행복과 언짢은 기분이 뒤섞인 묘한 기분이 되었다. "당신은 전혀 변하지 않았어, 케테."

"그럼요. 왜 변하겠어요? 슐랑엔바트에 간 건 변해서 돌아오기 위한 것이 아니었어요. 적어도 내 성격이나 놀기 좋아하는 것 같은 것은 말이죠. 혹시 나한테 변한 데가 있나요? 자, 여보, 보세요."

"중년 부인이 됐나?"

그녀는 그의 입에 손가락을 대고 얼굴의 반을 감추고 있던 여행용 면사포를 뒤로 젖혔다. 바로 그때 포츠담 고가선로 다리 밑을 지나가고 있는데, 급행열차가 머리 위의 철교를 흔들면서 큰 소리를 내며 지나갔다. 다리를 빠져나오자 그녀가 말했다.

"언제나 저 아래 있으면 기분이 안 좋아요."

"위에 있는 사람도 마찬가지일 거야."

"그럴지 모르죠. 그건 순전히 기분 문제겠지요. 기분이란 건 상당히 큰 힘을 가지고 있어요, 그렇게 생각지 않아요?" 그렇게

---

143 첫 번째 주인 이름을 따라 지은 부버리츠(Buberitz)라는 술집으로, puperitz(방귀 뀐다)와 비슷하게 들린다.

말하고는 갑자기 뭔가 생활과 깊은 관계가 있는 무서운 일이라도 생각난 것처럼 한숨을 내쉬었다. 그러고 나서 말을 계속했다. "영국에서는, 암스트롱 씨의 말에 의하면, 그분은 온천장에서 알게 된 사람인데, 자세한 것은 나중에 말해줄게요, 좌우간 알펜스레벤 가문의 사람과 결혼한 사람인데요, 영국에서는 죽은 사람을 15피트나 깊게 매장한다는 거에요. 사실 15피트나 5피트나 매한가지지만, 그 말을 듣는 순간에는 클레이[144]가, 이건 순수한 영어예요, 백 파운드 무게로 내 가슴을 덮는 듯한 기분이었어요. 영국에는 무거운 점토가 많대요."

"암스트롱이라고 했지…… 바덴의 용기병에도 암스트롱이라는 사람이 있어."

"그분 사촌이래요. 모두가 다 사촌 간이래요. 우리와 마찬가지지요. 그분의 사소한 개성을 이야기할 수 있어서 즐거워요. 코밑수염이 있는 완벽한 기사이긴 하지만 수염이 너무 심해요. 연상 코밑수염 끝을 비틀기 때문에 정말 우스워요."

10분쯤 지나자 마차는 집 앞에서 멈췄다. 보토는 아내에게 팔을 내밀고 계단을 올라갔다. 큰 낭하의 문 주위에는 꽃술이 둘려지고 유감스럽게도 'I'자가 하나 빠진 환영[145]이라고 쓴 팻말이 약간 비스듬히 드리워져 있었다. 케테가 그것을 보고 웃었다.

"환영! 단 'I'자가 하나밖에 없는 것을 보면 절반만 그렇다는

144　clay, 점토.

145　Willkommen을 Wilkommen으로 쓴 것.

의미군요. 맙소사. 게다가 'ㅣ'은 사랑의 문자가 아닌가요? 그렇다면 나도 당신에게 모든 것을 절반만 드리겠어요."

이렇게 말하면서 그녀는 문을 열고 현관으로 들어갔다. 거기에는 요리사와 하녀가 벌써 기다리고 있다가 마님 손에 키스했다.

"잘 있었어, 베르타? 잘 있었어, 미네테? 이젠 드디어 집으로 돌아왔어. 어때, 나 어때 보여? 건강해진 것 같아?" 그러고 나서 하녀에게 대답할 틈도 주지 않은 채, 물론 대답을 들으려고 생각지도 않았지만, 곧 말을 이었다. "하지만 모두에게 휴식이 되었을 거야. 특히 미네테는 아주 건강해졌어."

미네테가 당황해서 아래를 내려다보자 그녀가 자상하게 이렇게 덧붙였다. "단지 이 근방의 턱하고 목 언저리만 말한 거야."

그 사이에 하인도 나왔다. "아, 오르트. 난 정말 걱정하고 있었는데, 덕분에 별일 없었나 보네. 조금도 약해지지 않았어, 얼굴이 좀 창백해 보이는 건 무더위 때문이겠지. 그런데 주근깨는 여전하네."

"네, 부인. 그대로 있습니다."

"맞아. 그거 진짜니까."

이렇게 말하면서 그녀는 침실로 들어갔다. 보토와 미네테는 그 뒤를 따라갔고 나머지 사람들은 부엌으로 물러갔다.

"자, 미네테 좀 도와줘. 맨 먼저 외투를, 그리고 다음에는 모자를. 대신 조심해야 해. 그렇지 않으면 모두 먼지를 뒤집어쓸 테니 말이야. 그리고 오르트에게 말해서 바깥 발코니에 식탁 준비를 하게 해줘. 난 온종일 아무것도 먹지 않았거든. 집에서 만들어 주는 게 훨씬 맛있을 거로 생각해. 이젠 됐어. 가도 좋아, 미네테."

미네테는 서둘러 나갔다. 케테는 거울 앞에 선 채 흐트러진 머리칼을 쓸어 올렸다. 그리고 거울 속의 보토를 보았다. 그는 그녀 옆에 서서 아름답고 젊은 아내를 바라보고 보았다.

"여보, 보토." 보토 쪽으로 몸을 돌리지 않은 채 그녀가 장난기 섞인 요염한 자세로 말했다.

그 사랑스러운 교태는 충분히 효과를 냈다. 보토는 그녀를 껴안았고 그녀는 남편의 애무에 몸을 맡겼다. 다시 그는 아내의 허리를 껴안아 높이 쳐들었다. "케테, 인형. 사랑스러운 인형."

"인형, 사랑스러운 인형이라고 말하면 워낙은 성을 내야 하는 거예요. 왜냐하면, 인형은 가지고 노는 거잖아요. 그렇지만 나는 그걸 나쁜 의미로 생각지는 않겠어요. 그 반대예요. 인형은 제일 사랑을 받고 가장 소중한 대접을 받는 거지요. 나한테는 그게 중요해요."

25

상쾌한 아침이었다. 하늘에는 구름이 반쯤 끼어 있고 서쪽에서 불어오는 산들바람을 맞으며 젊은 부부는 발코니에서, 미네테가 커피 테이블을 치우는 동안, 동물원과 코끼리 우리의 화려한 천정이 아침 햇살을 받는 것을 바라보고 있었다.

"난 아직 아무 얘기도 못 들었어."라고 보토가 말했다. "당신이 금방 잠들어서 말이야. 잠이란 신성한 것이지. 하지만 이제부터 전부 얘기를 들어 봐야겠어."

"얘기라고 하니, 무슨 얘기를 할까요? 당신에게 편지를 많이 써 보냈잖아요. 안나 그레베니츠 이야기, 잘링어 부인 이야기 전부를 당신은 나만큼 알고 있잖아요, 안 그래요? 아니면 나 이상 잘 알고 계실 거예요. 내가 아는 것 이상을 써 보냈으니까요."

"그렇기는 해, 그런데 몇 번이나 '그건 만나서 이야기해요.'라고 썼잖아. 지금 직접 만나고 있는 것 아닌가? 아니면 당신이 뭔가 숨기고 있지 않나 하는 생각을 하게 되거든. 짧은 여행도 한 것 같던데 그 얘기는 안 했잖아. 그리고 비스바덴에도 갔다고 했지. 비스바덴에는 대령이나 노장군들만 아니라 영국인노 있었다며. 영국인 이야기가 나오니까 당신이 스코틀랜드인에 관해 이야기해 준다고 한 것이 생각나네. 그 사람 이름이 뭐였지?"

"암스트롱, 암스트롱 씨예요. 정말이지 멋진 분이었어요. 부인은 요전에도 말씀드린 대로 알펜스레벤 가문 사람으로, 남편이 말을 할 때마다 시종 당황한 얼굴이었어요. 그분은 정말 진짜 신사이고 단정한 분이었는데, 자세력을 잃거나 좀 부주의할 때도 그랬어요. 신사도란 그런 때에 가장 잘 나타나는 것인가 봐요. 그렇게 생각지 않으세요? 푸른 넥타이에 노란 여름 양복을 입고 있는데 마치 그 양복을 꿰매 놓은 것처럼 보여서 안나 그레베니츠는 항상 '봐요, 저기 필통이 오고 있어요.'라고 말했어요. 늘 커다란 양산을 펴들고 다녔는데, 그건 인도에 있을 때부터의 습관이래요. 스코틀랜드 연대의 장교로 있을 때, 그 연대가 오랫동안 마드리드와 뭄바이에 주둔하고 있었대요. 혹 델리였는지도 몰라요. 다 마찬가지예요. 정말 모든 것을 겪은 분이더군요. 그분의 이야기에는 매력적인 데가 있었어요. 이따금 어떻게 받아들여야 할지 망설여질 때도 있었지만 말이에요."

"그가 귀찮게 굴었어? 무례했나?"

"무슨 말씀이세요. 훌륭한 분이었고 나무랄 데가 없는 기사였어요. 그분이 어떻게 말을 하는지 예를 들어 보여드리죠. 우리 맞은편에 폰 베델 노장군 부인이 앉아있었는데 그때 안나 그레베니츠가 (그때가 바로 쾨니히그레츠 전쟁 기념일[146]인 것 같

---

146 1866년의 전쟁에서 프로이센군은 오스트리아군을 무찌르고 승리했다.

은데요) 7년 전쟁 때 베델 가문의 인물들이 33명이나 전사했다면서요, 라고 물어보았어요. 노부인은 그렇다고 하면서 실제로는 몇 사람 더 된다고 덧붙여 말했어요. 옆에 있는 사람들이 모두 그 숫자가 많아서 놀랐거든요. 그런데 암스트롱 씨만은 그러지 않았어요. 그래서 나는 농담을 섞어 어떻게 그렇게 대단치 않다는 태도를 보일 수 있냐고 물었더니, 그렇게 작은 숫자를 가지고 뭘 흥분하느냐고 되묻는 거예요. '작은 숫자라뇨.' 하고 내가 말을 막았더니, 그분은 웃으면서 나를 설득이라도 시키려는 듯이 암스트롱 가문에는 여러 전쟁에서 죽은 사람의 수가 133명이라고 말하는 거예요. 처음에 노부인은 이것을 진담으로 받아들이지 않았는데, (암스트롱 씨가 정말이라고 우기기 때문에) 이상히 여겨 그 133명이 진짜 모두 '전사'한 것이냐고 물었어요. '아닙니다, 부인. 전사는 아닙니다. 대부분은 말 도둑질 때문에 당시 우리의 적인 영국인에게 교수형 당한 것입니다.'라고 대답했어요. 우리가 점잖지 못하고 창피스런 교수형 이야기에 깜짝 놀라니, 그분은 정색하면서 말했어요. 우리가 이 말을 불쾌하게 생각한다면 그건 잘못된 생각이며, 시대와 견해는 변하는 법이기에 정작 이 사건에 관련된 자기네 집안사람들은 용감한 행동에 대해서 긍지를 가지고 돌이켜 본다고 말했어요. 스코틀랜드의 전쟁 방식은 3백 년간 주로 가축 약탈과 말 도둑질이었고, 그것은 그냥 국민적인 관습으로, 그 자신이 보기에 국토 약탈과 가축 약탈 사이에 큰 차이점은 없어 보인다고 했어요."

"가면은 벗은 벨펜파[147]로군" 보토가 말했다. "하지만 말은 되네."

"그럼요. 그래서 그런 말을 할 때는 언제나 나도 그분 편을 들었어요. 정말 그분은 재미있는 사람이었어요. '우리는 무슨 일이고 너무 진지하게 생각해서는 안 됩니다. 아무 소용도 없거든요. 그러나 낚시만은 진지한 작업입니다.'라고 했어요. 그분은 두 주일간 네스 호수 혹은 로치 호수로 낚시하러 간다는데, 스코틀랜드에는 그런 우스운 지명이 있나 봐요. 그리고 그럴 때는 보트 속에서 자고 해가 뜨면 다시 일어난대요. 이렇게 두 주일이 지나면 그때에는 피부가, 비늘 모양의 피부가 다 벗겨져 갓난아기처럼 된대요. 낚시를 그분은 단지 허영심 때문에 한다는데, 이렇게 매끄러운 살결은 인간이 가질 수 있는 가장 소중한 보물이라고 했어요. 그렇게 말하면서 내 얼굴을 쳐다봤기 때문에 금방 대답을 할 수 없었어요. 정말이지 남자들이란! 그렇지만 사실 나는 처음부터 그분에게 호의를 가졌어요. 그분의 말투에는 이따금 길고 장황한 데도 없지 않았지만, 쉬지 않고 이 말 저 말을 하는 사람들이 하도 많아서 불쾌하게 느껴지지 않았어요. 그분이 자주 하는 말은 '나는 접시 하나가 한 시간 동안 테이블 위에 놓여 있는 것을 보면 참을 수가 없습니다. 계속 같은 것이 싫습니다. 자주 바꿔야 기분이 좋습니다.'예요. 그분은 계속 화제를 수백 가지 수천 가지로 바꾸어 갔어요."

---

147   하노버를 지배하던 가문으로 교황파라고도 한다.

"그렇다면 서로 의견이 통하는 사람끼리 만난 것이네." 보토가 웃었다.

"그래요. 그래서 헤어질 때 서로 이야기를 주고받는 식으로 편지를 쓰자는 약속을 하게 되었어요. 우리 집 손님들이나 당신 친구들은 모두 너무 철저해요. 그중에서도 당신이 제일 철저해서 이따금 나는 억압을 받는 것 같아서 불안해요. 당신도 암스트롱 씨처럼 조금만 더 단순하고 아무 말이나 한다든지 조금만 더 빨리, 그리고 매번 같은 화제를 이야기하지 않겠다고 약속해 주면 좋겠어요."

보토는 고치겠노라고 약속했다. 그러자 과장된 말투를 좋아하는 케테는 상상도 못 할 만큼 돈이 많은 미국인 이야기, 태어날 때부터 온몸에 색소가 없고 토끼 같은 눈을 가진 스웨덴 사람 이야기, 아름다운 스페인 여자의 이야기를 하고, 림부르크와 오라니엔슈타인, 나사우로 갔던 오후의 소풍 이야기를 하고, 지하 묘지와 사관학교, 냉수 치료시설 등에 관해 남편에게 말하다가 갑자기 샤를로텐부르크 성의 둥근 천정을 가리키면서 말했다. "여보, 오늘 중으로 저기에 가거나, 아니면 베스트엔드나 할렌 호수에 가요. 베를린의 공기는 숨이 탁 막히는 것 같아서 신의 숨결을 전혀 느낄 수 없어요. 야외에 나가면 느낄 수 있는데, 그걸 시인이 그렇게나 찬미하는 것도 무리가 아니에요. 나 같은 자연의 사람은 뭐랄까 순수함, 천진스런 것이 좋아요. 여보, 순수한 마음씨란 성발로 보불이에요. 나는 인세까지나 순수한 마음씨를 긴직하겠다고 결심했어요. 당신도 나를 도와주셔야 해요. 도와주겠다고 꼭 약속해 주세요. 아니, 그러지 마시고 신부에게 하듯이 이마에 세 번 키스해 주세요. 애정 어린 키스가 아니라 성스러운 키스를 원해요 …… 간단한 점심을, 따뜻한 음식을 먹고 난 뒤에 3시쯤에는 밖으로 나갈 수 있을 거예요."

정말로 그들은 밖으로 나갔다. 샤를로텐부르크의 공기는 베를린의 공기보다도 더 '신의 숨결'을 느낄 수 없었다. 그래서 케테는 할렌 호수로 가는 것을 포기하고 성의 공원에 남기로 했다. "베스트엔드는 재미가 없고, 할렌 호수까지 가는 것은 슈랑엔바드로 가는 것의 절반이나 되는 먼 여행이에요. 그렇지만 성의 공원에 있으면 영묘(靈廟)를 볼 수 있고 거기에 들어가면 푸른 광선이 들어와 이상하게 감동하게 되어 푸른 하늘 일부분이 영혼 속으로 들어온 것처럼 기분이 좋아져요. 그럴 때면 나도 모르게 기도하고 싶은 기분이 들고, 생각도 경건해져요. 영묘가 아니더라도 거기에는 방울을 매달아 놓은 잉어 다리도 있어요. 대형 잉어를 보면 마치 악어가 나오는 것 같아요. 거기엔 어떤 여자가 과자하고 빵을 파는데, 사주면 작은 선행을 하는 셈이죠, '선행'이라 말은 의두적으로 한 말로, '기독교인답게'라는 말을 피한 것인데, 왜냐면 잘링어 부인도 그런 식으로 말하기 때문이에요."

모든 것이 계획대로 잘 진행되어 잉어에게 먹이를 주고 나서 두 사람은 다시 공원으로 들어가 로코코 양식의 조각, 역사적인 기념물이 있는 전망대 가까이 갔다. 케테는 그런 유물에 관해서는 전혀 모르고 있어서, 보토는 이 기회를 이용하여 폰 비숍스베더 장군[148]이 프리드리히 빌헬름 2세를 혼수상태에서, 다시 말해 애인의 손으로부터 구해내, 덕목의 길로 돌아가게 하려고 바로 이곳에서 돌아가신 황제와 선제후의 망령이 나타나게 했다는 이야기 등을 해주었다.

"그것이 도움 되었다는 말인가요?" 하고 케테는 말했다.

"아니."

"유감이네요, 그런 말을 들으면 언제나 한없이 슬퍼져요. 그 불행한 왕이 (틀림없이 불행했을 것으로 생각해요) 루이제 황후의 시아버지였다는 것을 생각하면 가슴이 찢어지는 느낌이에요. 황후는 얼마나 괴로워했을까요. 어째서 우리 프로이센에 그런 일이 생겼는지 상상할 수 없어요. 그런데 그 망령을 나타나게 한 장군 이름이 비숍스베더라고 하셨지요?"

"궁중에서는 그를 청개구리라고 불렀다는 거야."

"날씨를 예고했나요?"

"아니, 녹색 상의를 입었기 때문이야."

"아유, 우스워요. 청개구리라뇨."

---

148 Hans Rudolf von Bischoffwerder(1741~1803) 프리드리히 빌헬름 2세의 고문.

26

해가 질 무렵에 두 사람은 집으로 돌아왔다. 케테는 모자와 외투를 미네테에게 주고, 차 마실 준비를 부탁하고 나서 보토의 뒤를 따라 그의 방으로 들어갔다. 여행에서 돌아온 첫날을 온종일 그의 곁에서 보낸 것을 분명히 의식하고 그 보답을 받으려는 생각에서였다.

보토도 이 생각에 찬성이어서 추위를 느끼는 아내의 다리 밑에 쿠션을 받혀 담요로 다리를 감싸 주었다. 그러나 조금 후에 곧 해결해야 할 용건이 있어 급히 불려 나갔다.

2, 3분이 지났다. 쿠션과 담요로는 따뜻함을 별로 느낄 수가 없어서 케테는 초인종을 눌러, 들어온 하인에게 추우니까 땔나무를 조금 가져오라고 일렀다.

그런데 난로 앞 차단용 칸막이를 제쳐 놓고 보니 잿더미가 철판 위에 수북하게 쌓여 있었다.

바로 그때, 다시 돌아온 보토는 눈앞의 광경을 보고 깜짝 놀랐다. 그가 곧 정신을 가다듬었지만 케테는 손가락으로 잿더미를 가리키면서 늘 하는 농담 섞인 어조로 말했다. "이건 뭐죠? 자, 현장을 잡았어요. 어서 고백하세요. 연애편지죠? 그래요, 안 그래요?"

"당신은 자신이 원하는 대로 믿으려고 하는 것 같아"

"그래요, 안 그래요?"

"좋아, 그래."

"그 말을 들으니 됐어요. 안심되니까요. 연애편지란 너무 우
스워요. 그렇지만 두 번 태우는 것이 좋겠어요. 재로 만들었으니
이번에는 연기로요. 아마, 잘 될 거예요."

케테는 하인이 가져온 장작을 올려놓고 몇 번의 성냥으로
불을 붙였다. 성공이었다. 불은 곧 환하게 타올랐다. 그녀는 팔
걸이의자를 불 옆으로 끌고 와서 따뜻하게 하려고 발을 편안하
게 쇠 철망 앞까지 뻗으면서 말했다. "그러면 이번에는 러시아
여자 이야기를 해 드리죠. 진짜 러시아 여자는 아니었는데, 머
리가 아주 좋았어요. 눈은 아몬드색이었는데, 그런 여자들은 전
부 그런 눈빛을 하는 것 같아요. 슐랑엔바트에 요양하러 온 것
이라고 했지만, 왜 거기 왔는지 누구나 다 알 수 있어요. 그 여
자한테는 의사가, 적어도 정식 의사가 없었어요. 매일같이 프랑
크푸르트 혹은 비스바덴, 때에 따라서는, 다름슈타트까지도 가
는데, 늘 누군가와 함께 가요. 그녀가 같이 다니는 사람이 늘 바
뀐다는 소문이 있었어요. 그녀의 치장이나 하고 다니는 태도
를 정말 보여드리고 싶어요. 시녀를 데리고 식당에 나타날 때
도 인사하는 적이 드물어요. 사실 시녀는 이런 여자들에겐 없어
서 안 되는 장식붙이지요. 그래서 우리는 그녀를, 그 러시아 여

자를 퐁파두르[149]라고 불렀어요. 우리가 그렇게 부르는 것을 그 여자도 물론 알았어요. 완전히 우리 편인 베델 노장군 부인이 짜 증을 내면서 이 의심스러운 여자한테 (그녀가 의심스러운 여자 라는 건 확실해요) 테이블 너머로 크게 소리쳤어요. '자, 여러분, 유행이란 언제나 변하지요, 가방, 손가방, 지갑, 손지갑까지도 변 하지요. 내가 젊었을 때만 해도 아직 퐁파두르[150]가 유행했지만, 요즘에는 퐁파두르는 찾아볼 수 없어요, 안 그래요? 요즘은 정말 퐁파두르가 없어요.' 우리는 크게 웃으면서 다 같이 퐁파두르 쪽 을 돌아보았어요. 그런데 결국은 그 끔찍한 여자가 우리를 이겼 어요. 그녀가 찢어지는 큰 목소리로 말했어요, 왜냐면 베델 부인 이 귀가 나쁘거든요. '네, 장군 부인, 말씀하신 그대로예요. 이상 한 것은 퐁파두르가 사라지자, 이번에는 레티큘[151]이 나타났죠. 나중에는 리디큘[152]이라고 불렀죠. 그래서 그런 리디큘이 요즘도 있어요.' 이렇게 말하면서 착한 베델 노부인을 쳐다보았기 때문 에 노부인은 대답 한마디 못하고 일어나 식당을 나가 버렸어요. 이 일을 당신은 어떻게 생각하세요? 이런 무례한 행동에 대해서 말이에요? …… 아니, 왜 말이 없으세요? 내 말을 안 듣고 있군요 ……."

"아냐, 듣고 있어. 케테 ……."

---

149   프랑스 루이 15세의 정부로 후작 부인.

150   Pompadours 퐁파두르 후작 부인의 이름을 딴 편물을 넣은 일종의 주머니.

151   Reticules 프랑스 혁명 시대에 유행한 편물 주머니.

152   Ridicules 우스운 것이라는 뜻.

3주일 후에 야코비 교회에서는 결혼식이 있었다. 수도원 입구처럼 생긴 교회의 현관에는 오늘도 호기심 많은 사람이 운집하고 있었는데, 대부분은 직공 부인들로, 그중에는 어린아이를 안고 있는 여자들도 있었다. 학생들과 부랑인들도 있었다. 여러 종류의 마차도 들어왔고 처음 도착한 마차 중 하나에서 한 쌍이 내렸는데, 이들이 거기에 있는 사람들의 시야에 들어오는 동안 웃음과 속삭임이 일어났다.

"저 타유를 봐요." 하고 제일 가까이 서 있는 어느 여자가 말했다.

"타유라니요?"

"코르셋 말이에요."

"고래 뼈 같아요."

"맞아요."

이런 대화는 한동안 계속될 것 같았으나, 그때 신혼부부를 태운 마차가 도착했기 때문에 중단되었다. 마부가 마부석에서 뛰어내려 문을 열려고 가려는데, 실크해트와 뾰족하고 높은 고풍의 옷깃을 한 마른 신랑이 재빨리 내려 신부에게 손을 내밀었다. 신부는 대단히 아름다운 아가씨인데, 보통 신부가 아름답다는 것은 얼굴이 아름답다는 것보다는 입고 있는 흰 공단 의상을 더 부러워하는 것이었고, 이 경우에도 그 예를 벗어나지 않았다. 조금 후에 두 사람은 약간 닳은 융단을 깐 몇 개의 계단을 올라가 사람들의 환영을 받으면서 회랑을 지나 교회 문 안으로 늘어갔다.

"화관은 없나요?" 하고 조금 전에 되르 부인의 타유를 혹평했던 여자가 말했다.

"화관? …… 화관이요? …… 그거 모르세요? …… 세상 사람들의 소문 못 들었어요?"

"아, 들었어요. 그렇군요. 그렇지만 코나츠키 부인, 만약 세상 사람들의 소문을 겁내다간 화관이란 것이 없어지게 되고 프리드리히 거리에 있는 슈미트 꽃가게는 문을 닫아야 하잖아요?"

"그러네요." 하면서 코나츠키 부인이 웃었다. "정말 그렇게 되겠네요. 하지만 신랑치고는 나이가 많이 들어 보이네요. 아마 쉰은 되었을 거예요. 마치 은혼식을 겸해서 올리는 것 같아요."

"그래요, 그렇게 되어 보여요. 빳빳하고 높은 옷깃 보셨어요? 저런 옷깃이 요즘도 있네요."

"또다시 소문이 나다가는 그걸로 신부를 죽일 수도 있겠어요."

"네, 그럴 수도 있죠."

이런 대화가 계속되고 있는 동안, 교회 안에서는 오르간 서곡이 들려왔다.

다음 날 아침, 리네커와 케테는 아침 식사를 하려고 이번에는 보토의 서재에 앉아있었다. 맑은 공기와 햇빛이 들어오도록 창문은 두 개 다 활짝 열려 있었다. 마당 주위에는 둥지를 틀고 있는 제비들이 지저귀며 날고 있었다. 매일 아침 빵부스러기를 던져 주는 것이 습관이 되어있어서 보토는 지금도 그 목적으로 빵 바구니로 손을 내밀었다. 그런데 5분 전부터 애독하는 신문에 빠져 있는 젊은 아내가 마구 웃어대기 시작해서 바구니를 내려놓고 말았다.

"아니. 케테 무슨 일이야? 특별히 재미있는 것이라도 발견한 거야?"

"네, 여기 있어요. ……너무 우스워요, 무슨 이름이 이럴까! 결혼이나 약혼광고 때 보면 그래요. 들어보세요."

"열심히 듣고 있어."

"오늘 거행된 결혼식을 알려 드립니다. 공장장 기데온 프랑케, 막달레네 님프취. …… 글쎄 님프취래요. 더 우스운 이름 봤어요? 게다가 기데온이래요."

당황한 것을 감추기 위해서 보토가 신문을 펴들었다. 그러나 곧 신문을 아내에게 돌려주면서 될 수 있는 대로 경쾌한 어조로 말했다. "기데온이 어떻다고 그래, 케테? 기데온이 보토보다 더 나아."

작품 해설

시적 사실주의, 변용

독일의 사실주의 문학이 세계문학에서 높은 관심과 이해를 받지 못하는 것은 그것이 현실의 객관적인 반영이라는 일반적인 리얼리즘 문학과 거리가 있기 때문이다. 디킨스, 하디, 발자크, 플로베르, 도스토옙스키 등의 소설과 폰타네의 소설과는 차이가 있다. 다른 나라의 사실주의 작가들과 비교해 폰타네의 소설은 사변적이며 낭만주의에서 벗어나지 못한 것으로 보이고, 현실에 대한 비판이 약하고 향토적인 범주를 벗어나지 못한다는 평을 듣는데, 그것은 현실을 바라보는 방식의 차이에서 온 것이다.

폰타네의 소설에서 무엇보다도 중요한 것은 이른바 변용(Verklärung)이라는, 현실을 재창조하는 방식인데, 이것은 독일 사실주의 문학의 특징이기도 하다. 폰타네는 〈1848년 이후 우리의 서정 문학과 서사문학〉에서 "진정한 사실주의는 항상 아름다움으로 충만해야 한다. 왜냐하면, 아름다운 것은 추한 것과 마찬가지로 삶에 속하는 까닭이다. 추한 것이 더 우세하다고 아직 안 빈모 등녕되지 않았다"라고 말하고 있다. 중요한 것은 자연과학적인 현실의 복사가 아니라 주체적인 재창조, 현실을 포에지로, 예술로 변화시키는 것이다. 이른바 독일의 '시적 사실주의'는 현실을 사실적으로 그리되 예술이 되기 위해서는 현실을 예술로 승화시켜야 한다는 것으로, 여기서 변용이란 현실을 예술의 차원으로 변화시키는 것을 말한다. 이를테면《얽힘 설킴》에서 세탁부인 레네의 고달픈 노동이나 되르 씨의 장애인 아들에 관해서는 별 언급이 없다. 오히려 되르 씨의 채소밭은 성(城)처럼, 베를린 교외의 쓸쓸한 산책로는 낙원처럼 그려져 있다. 이른바 독일의 '시적 사실주의'는 현실을 사실적으로 그리되 예술이 되기 위해서는 현실을 예술로 승화시켜야 한다는 것으로, 변용이란 현실을 예술의 차원으로 변화시키는 것을 말한다.

《얽힘 설킴 Irrungen, Wirrungen》

사랑의 갈등, 인습과의 충돌에 관해 이야기할 때에도 폰타네의 표현은 잔잔하며, 인습을 타파하는 대신 포용하는 식이다. 현실을 비판적으로 토막 내고 파괴하는 대신에 체념, 혹은 유머로 그것을 수용한다. 그런 점에서도 폰타네는 괴테의 후배라고 할 수 있다.

1870년경의 베를린이 배경인《얽힘 설킴》은 초반에는 서정적이며 거의 비현실적인 분위기로 시작된다. 레네가 보토와 만나는 되르 씨의 농원이나 그들이 산책하는 빌스도르프 마을은 베를린 시내에서 동떨어진, 인적이 드물고 일상의 소요에서 벗어난 일종의 낙원, 동화적인 공간이다. 그러다가 한켈 적하장이라는 유원지로 나가 하룻밤을 보낸(제10장) 두 사람은 다음 날 여자들을 동반하고 그곳으로 놀러 온 보토의 친구들과 마주치게 됨으로써 차가운 현실의 벽과 직면하게 된다. 이 사건 후 두 사람은 이별하게 된다. 베를린 시내에서 자신의 경제력을 벗어나는 생활을 하는 보토가 레네를 떠나는 것은 신분, 인습 때문만이 아니라 그의 집안이 떠안고 있는 빚 때문이다.

총 26개의 장으로 구성된 이 소설에서 중요한 것은 계층이 다른 남녀의 만남과 사랑이 아니라, 허락되지 않는 사랑에 이들이 어떻게 대처하는가 하는 것이다. 두 사람의 이별은 이미 소설의 초반부터 암시되다가 여름 두 달 정도 지나, 소설의 분량으로는 절반이 좀 지나서 두 사람은 헤어진다(15장). 그리고 레네와 헤어져(제16장) 보토는 곧 케테와 결혼한다. 길에서 보토 부부와 잠깐 마주친 레네는 이사를 하고, 그 후 약 2년 반이 흐른 후 기데온 프랑크라는 남자의 청혼을 받는다. 그리고 레네의 양어머니인 님프취 부인이 사망한다(제19장). 제20장부터 마지막 장 제26장에서는 아내가 집을 비운 동안 보토가 기데온의 방문을 받고 옛 애인 레네에 관해 질문을 받는다. 기데온에게서 님프취 부인의 사망 소식을 들은 보토는 묘지를 찾아가 지난날을 회상한다. 여행에서 돌아온 케테가 어느 날 신문에서 레네와 기데온의 결혼광고를 보면서 레네의 성(姓)인 님프취와 신랑 이름 기데온이 우습다고 말하자 당황한 보토가 경쾌한 어조로 "기데온이 어떻다고 그래, 케테? 기데온이 보토보다 더 나아."라고 말하는 것으로 이 소설은 끝난다.

이 결말이 행복한 것인가, 아니면 비극적인 것인가에 관해서는 의견이 다를 수 있다. 레네와 결혼하는 기데온이 케테와 결혼한 자신보다 더 낫다고 말하는 보토의 말은 케테와의 결혼을 후회하는 것처럼 들리지만, 인습을 벗어나는 결혼에 대한 그의 생각은 낮은 계층의 여자를 사랑한다며 조언을 구하는 사촌에게 그 결혼을 반대하는 충고에서 확실히 드러난다. 보토는 이렇게 말한다. "애정을 지키고 고집대로 하는 것, 그것을 뭐라고 부르던 그렇게 하면 계급과 가문, 인습과 결별을 고하게 되고, 진흙탕까지는 아니라도 조만간 스스로 끔찍스럽고 짐스럽게 느껴지기 마련이야." (제23장)

여성문학적인 시각에서 폰타네의 이 소설은 지탄을 받을만하다. 아무리 지방 귀족의 몰락과 노동에 기초한 신중산층의 세대교차를 보여준다고 해도 보토에 대한 레네의 체념은 부자연스럽고 냉정한 것이 사실이다. 뱃놀이에서 만나 얼마 뒤 하룻밤을 산장에서 함께하고 그 이틀 후에 이별을 통보한 남자에 대한 레네의 반응이 "자부심과 기쁨 그리고 감사하는 마음뿐"이며 "비난, 하소연 같은 것은 하나도 없고 오히려 반대로 정답게 동의하는 것처럼 보였다"는 작가의 서술은 남성 중심적인 시각이다. "아름다운 꿈을 꾸었으면 그것만으로 신께 감사를 드려야 하고, 꿈이 사라져 현실이 다시 나타나기 시작했다고 해서 불평할 건 없어요. 지금은 감당하기 어렵지만, 그럭저럭 지내다 보면 모든 것을 잊고 다시 밝은 얼굴이 될 거예요."라고 레네는 말한다. 레네는 남성작가에 의해 미화되어 있다. 인습과 질서의 이름으로 그녀는 사랑하는 사람으로부터 버림을 받으면서도 그런 운명을 솔선해서 받아들인다.

이 소설에는 두 계층이 서로 대립하고 있다. 한쪽으로 보토와 그를 둘러싼 프로이센 장교들과 지방 귀족(보토의 어머니, 외삼촌, 케테), 다른 한쪽으로는 레네를 중심으로 하는 뒤르의 농원(뒤르 부부, 님프춰 부인)과 기데온이 있다. 귀족사회는 무너져 가는 사회로, 보토의 친구들은 클럽에서 모여 소문을 주고받거나 여성들과 교외로 놀러 다닌다. 보토의 외삼촌은 정치적으로 완고하며, 케테는 모든 것을 익살스럽게 보는 "어 리틀 실리" 한 타입이다. 반면 뒤르는 채소를 시장에 내다 팔면서 약간의 거짓말을 하고, 그의 부인은 결혼 전에 백작과 연애사건이 있었지만, 이들 부부는 현실을 직시하며 열심히 노동하는 사람들이다. 한편 항상 벽난로 앞을 지키고 있는 레네의 양어머니는 늙고 가난하지만, 남녀 간의 문제에서 누구보다 앞서며, 포용력 있게 생각하는 사람이며, 레네와 결혼하게 되는 기데온은 건실한 신앙인이자 자수성가한 사업가로, 새로운 시대의 주인공이다.

주목할 것은 화자(話者)의 시선인데 폰타네는 하층의 애인을 버리고 부유한 귀족의 딸과 결혼하는 보토를 종종 거리를 두고 바라본다. 작가는 보토에게 완전히 빠져있지는 않은데, 그것은 레네의 남편이 되는 기데온에 대해서도 마찬가지이다. 기데온은 머리카락이 광이 날 정도로 까맣고, 손에는 검은 장갑을 끼었다. 그의 결혼식 날 구경꾼들은 쉰이 다 돼가는 레네의 신랑을 보면서 거의 은혼식의 주인공 같다고 말하는데, 특히 높고 빳빳한 기데온의 상의 옷깃은 그가 건실하지만, 도덕적으로 편협할 수 있다는 인상을 준다. 대신 레네에 대해서는 화자는 처음부터 끝까지 변함없는 애정으로 일관하고 있다.

그 외의 소설

일관되게 폰타네는 변화하는 사회 속의 계층의 문제에 관심을 가졌다. 《얽힘, 설킴》 이후 3년 뒤에 발표한 《예니 트라이벨 부인 Frau Jenny Treibel》(1891)에서 그는 번창한 염료공장을 소유한 트라이벨 가문을 통해서 보불 전쟁 이후 급속히 신분상승을 한 부르주아 계층의 이중적 도덕성을 보여준다.

폰타네를 널리 알린 대표작 《에피 브리스트 Effi Briest》(1895)는 사랑과 결혼의 문제를 다룬다. 에피는 부모의 권유로 17살에 스무 살 연상의 인스테텐 남작과 결혼한다. 쓸쓸한 영지로 이주한 에피는 적막한 시골생활을 견디기 어렵다. 크람파스 소령에게 끌린 에피는 그와 몰래 만나지만, 남편이 직장을 베를린으로 옮기게 되자 두 사람의 관계는 끝난다. 하지만 몇 년 후 소령과 주고받은 편지가 발견되어 에피의 결혼은 파국으로 치닫는다. 남편과의 결투에서 크람파스 소령은 세상을 떠나고, 이혼당한 에피는 사회로부터 외면당한 채 수년 후 외롭게 세상을 떠난다.

마지막 소설 《슈테힐린 호수 Der Stechlin》(1897)는 둡스라브 폰 슈테히린 백작의 외아들 볼데마르가 친구들과 함께 아버지를 방문하는 것으로 시작되어 그가 베를린에서 백작의 딸과 결혼하고, 얼마 지나지 않아 아버지가 사망하여 이들 신혼부부가 고향으로 돌아오는 내용이다. 약 6개월 동안에 일어나는 일로 슈테힐린 호수가 있는 슈테힐린 지역과 베를린 지역이 대조되고 있으며 제1세대의 질병과 죽음, 장례식이 제2세대의 구애와 약혼, 결혼과 교차하고 있다. 깨어 있는 정신을 가진 아버지 둡스라브가 새로운 정치적, 경제적 견해를 가진 아들 볼데마르로 자연스럽게 이어지는 세대교체의 모습은 폰타네가 이상적으로 생각했던 사회개혁의 모습인지도 모른다.

연보